生きねばや

評伝 村越化石

荒波力

この作品を化石の甥の故・村越鉦吾氏に捧げます。

目次

プロローグ

もしあなたが少年の日、ある日突然、今までの平穏な生活を打ち切られて、家族と離れてたった一人名前を隠して他郷で暮らさなければならなくなったとしたら、あなたはどう生きますか？そんな生活に堪えられますか？

この作品は、そんな過酷な宿命に翻弄されても、絶望のあまり自棄自暴に陥ることなく、ひたむきに一筋の道を歩き続けて大輪の花を咲かせ、命の限り精進を続けた一人の男の生涯を追跡したものである。

その男の名前は村越化石。元ハンセン病の俳人である。彼の生涯は、「静岡新聞」（平成二十六年三月十一日）に掲載された彼の訃報に凝縮されている。

村越化石さん死去／九十一歳元ハンセン病、「魂の俳人」
療養生活、俳句に光明
病と闘いながら俳句に精進し、「魂の俳人」として知られた元ハンセン病患者、村越化石（むらこし・かせき、本名英彦氏が八日午後六時二十四分、老衰のため群馬県草津町の療養施設で死去した。九十一歳。自宅は同町栗生六五〇の「栗生楽泉園」。告別式は近親者のみで行った。

旧志太郡朝比奈村（現藤枝市岡部町新舟）出身。旧制志太中（現藤枝東高）在学中、十六歳でハンセン病の罹患が発覚し、草津町で長く療養生活を送った。

新聞俳句の投稿をきっかけに「化石」と号して創句活動に取り組んだ。病や失明などの苦難の中、望郷の念や母への愛を込めた俳句を詠み続け、昨年には卒寿記念の句集『籠枕』を上梓した。蛇笏賞、詩歌文学館賞、山本健吉賞、紫綬褒章などを受けた。二〇〇二年には六十年ぶりに帰郷し、玉露の里で自身の句碑の除幕式に立ち会った。

村越化石氏は、ハンセン病の長い療養生活の中で俳句の世界に光明を見いだした。治療のために故郷の旧志太郡岡部町（現藤枝市）を離れ、東京の病人宿で仲間から俳句を教えられた。「化石」の俳号は「土中に埋もれ、すでに石と化した物体になぞらえ」て自ら付けたという。特効薬プロミンで治癒した後も後遺症は残った。自由の利かない体と終わりの見えない療養生活で、作句は心のよりどころになった。

群馬県草津町の療養所の図書館で大野林火の句に感銘を受け、大野主宰の句誌『濱』に境遇を隠したまま投句した。大野には療養所の俳句会の指導を依頼し、生涯の師弟関係を築いた。四十八歳で両目を失明した後も心眼をとぎすませ、『山国抄』や『端坐』『筒鳥』などの句集を次々に発表した。

〈望郷の目覚む八十八夜かな〉。実家近くにある「玉露の里」の石碑に刻まれた句は、すがすがしい言葉で遠い古里を懐かしむ。毎年二千句が寄せられる藤枝の俳句大会では、今年度まで最優秀賞の選句を続けた。

この記事に、「十六歳でハンセン病の罹患が発覚し」とあるが、十五歳である。

またこの記事には、大きな黒いベレー帽をすっぽりと被り、黒縁の眼鏡をはめた晩年の彼の顔写真も掲載されている。見えないはずなのに、黒縁の眼鏡をかけるところに彼の美的センスが窺える。とてもお洒落な人であった。

現在、俳壇の最高の賞が蛇笏賞とされているが、化石は昭和五十八年に第十七回蛇笏賞を貰っている。この時彼は六十歳で、歴代最年少での受賞であった。令和四年の第五十六回までを眺めても、彼よりも若くて受賞したのは、平成二年の第二十四回蛇笏賞を四十八歳で受賞した角川春樹が一人いるのみである。

また彼は、一流の俳人でも、ほんの一握りの人しか貰うことの出来ない学術芸術上の功績者に贈られる紫綬褒章を平成三年の秋に受章しているが、この時には、皇居で天皇に拝謁し、お言葉を賜っている。ハンセン病及び元ハンセン病の表現者で、このような栄誉を授かったのは彼だけである。

彼の受賞はこれらの他にも、彼が所属した俳句結社「濱」内の濱賞、濱同人賞を初め、角川俳句賞、俳人協会賞、点字毎日文化賞、群馬県社会福祉協議会会長賞、旧岡部町の特別功労等があり、俳句関係の主な賞は総なめにしている。

彼は俳壇にも重きをなし、平成五年五月に俳人協会群馬県支部が結成された時には、顧問に推され、平成九年二月には、俳人協会の名誉会員に推されている。

長く「朝日新聞」に掲載された大岡信（昭和六年～平成二十九年）の「折々のうた」にも、彼の俳句が四度取り上げられた。

闘うて鷹のゑぐりし深雪（みゆき）なり　（昭和五十八年十二月十九日）
山眠り火種のごとく妻が居り　（平成元年一月十六日）
大寒の生きては塵芥（ごみ）を出しにけり　（平成七年一月二十四日）
これからの長夜無明（ちょうやむみょう）の身の置き処　（平成十二年八月二十六日）

また、「読売新聞」に連載されている長谷川櫂（昭和二十九年生）の「四季」にも、現在までに六度取り上げられた。

生きてゐることに合掌柏餅　（平成十六年五月五日）
籠枕眼の見えてゐる夢ばかり　（平成十九年八月三日）
臘梅（ろうばい）の一枝初心の香りあり　（平成二十年一月十七日）
また生きてまたまた生きて冬帽子　（平成二十二年十二月九日）

再びの命涼し座しゐたり　（平成二十五年五月三十一日）

闇浄土万の虫の音鏤（ちりば）めぬ　（平成二十八年八月二十七日）

「毎日新聞」は、昭和四十二年から、年末に俳壇の重鎮四名による「私が選んだ今年の秀句」十句ずつを発表（初めの頃は五、六人、八句ずつ）しているが、化石の句は昭和四十三年の大野林火選の〈闘うて鷹のえぐりし深雪（みゆき）なり〉から平成二十三年の大峯あきら選の〈行く雲を指さす二月来りけり〉まで十六回、十六句が掲載されている。

また、KADOKAWAから年一回発売される『俳句年鑑』は、昭和六十三年十二月に発売されたものから、俳壇の実力者によるその年の「秀句百句選」（後、「二〇〇句選」）を掲載しているが、化石のものは、最初（昭和六十三年十二月）の上田五千石選の〈あたたかく声に覚えのありて会ふ〉から平成二十二年十二月に刊行された正木ゆう子選の〈昔拾ひし石の一つと春惜しむ〉まで十五回、十五句が掲載されている。

化石が、俳壇で常に注目を浴びる俳人の一人であったことがよくわかる。

これらの句を通して見えて来るのは、彼の澄み切った心である。まるで高僧の良寛のようである。

ハンセン病の作家として著名な北条民雄には、良き理解者の作家川端康成がいた。また歌人明石海人には、歌人前川佐美雄や歌人で医官でもあった内田守人がいた。

俳人村越化石には、戦時中、ハンセン病俳人たちが一番苦しい時代に命がけで句誌『鴫野』の誌面を提供し続け、化石の生涯の指針となった「肉眼はものを見る／心眼は仏を見る／俳句は心眼あるところに生ず」の言葉を与えた医者で俳人の本田一杉と、戦後、彼の才能を見い出し、彼を俳壇の檜舞台に押し出し、自身が主宰する句誌『濱』と栗生楽泉園の機関誌『高原』で大きく育てた俳人大野林火と、彼の死後、その志を受け継いだ彼の門弟の俳人松崎鉄之介がいた。

その大野が、次の文章を残している。

最近私に示した
天が下雨垂れ石の涼しけれ
には自然に帰一した浄土相さえほの見える。精神の深まりである。ここに小説の北条民雄、短歌の明石海人、俳句の村越化石という癩文学の三本柱が成り立ったのは本望であろう。しかも、北条民雄や明石海人がハンセン氏病の悲惨さ、怖しさのなかに命を終ったのに対し、化石にはその後の長い歳月があった。化石の特色はそこにある。いえば、民雄、海人の知らなかった無菌になってからの生きざまである。もうこれ以上のものが生まれるとは思えない。正に最後の癩文学が化石によって示されたといってよいのである（「松虫草　私の俳句歳時記・八月」『濱』昭和五十一年十月号）。

北条民雄や明石海人が、ハンセン病を代表する作家や歌人に止まることなく、その時代を代表する作家や歌人として評価されている如く、村越化石も、昭和から平成を代表する俳人の一人として評価されていることは間違いがない。

同時代の、前衛俳句の旗手として活躍した金子兜太（大正八年〜平成三十年）や伝統俳句の旗手として君臨した飯田龍太（大正九年〜平成十九年）らも彼には一目を置いていた。

金子兜太は、早くから化石に注目した一人で、化石が受賞した詩歌文学館賞と山本健吉文学賞（この賞は、平成二十六年より山本健吉賞と改称している）の選考委員であったが、迷わず彼に賞を贈っている。また化石死後の平成二十八年に刊行された『ハンセン病 日本と世界』（工作舎）のアンケート「❷ハンセン病やハンセン病問題について思うこと、考えていることは?」の問いかけに、次のように答えている。

俳人で村越化石を忘れることは出来ません。小生よりも三歳年下（同世代感）ということもあり、「最後の癩者」の覚悟での生きざまには頭が下がります。「筒鳥や山に居て身を山に向け」のような作……（以後略）。

飯田龍太も金子兜太同様、早くから化石に注目した一人であった。彼は、化石が蛇笏賞を受賞した時の選考委員の一人であったが、彼の選評に次の一節がある。

きびしい境涯にありながら、氏の作品には境涯をこえた俳句の慈光がある。単明直截、ときに流麗な詩品を宿しながら、その底には常に人肌のぬくみがある。

化石俳句の本質を、見事に言い当てている。彼が、化石俳句の良き理解者の一人であったことがよくわかる。

また化石の句は、何冊もの『俳句歳時記』にも掲載されている。

平成十一年から翌平成十二年にかけて講談社から刊行された飯田龍太・稲畑汀子・金子兜太・沢木欣一監修『カラー版新日本大歳時記』の新年、春、夏、秋、冬の五冊には合計四十八句が、平成十八年に角川書店から刊行された角川学芸出版編『角川俳句大歳時記』の新年、春、夏、秋、冬の五冊には合計五十八句が掲載されている。

彼が亡くなった時、彼と縁が深い句誌『俳句』(平成二十六年五月号)では「緊急企画・追悼 村越化石の生涯と仕事」の特集が組まれた。

俳人の宇多喜代子が、追悼エッセイ「『生くるべし』の生涯」を書いた。彼女は、俳句誌で折に触れ化石の句を取り上げた良き理解者の一人であった。

先に彼女のプロフィールを紹介させていただく。

昭和十年、山口県生まれ。「獅林」を経て「草苑」にて桂信子に師事。現在は「草樹」代表。第二十九回現代俳句協会賞、第三十五回蛇笏賞、第二十七回詩歌文学館賞、第十四回現代俳句大賞、日本芸術院賞等受賞。令和元年、文化功労者に選ばれる。

「生くるべし」の生涯

安心と安全第一蝸牛
老の身の赤き湯呑に冬ごもり
楽しみの一つ二つや梅擬
よく笑ふ女の前に草団子
八十八夜枕辺に置く菓子袋

（『団扇』）

『団扇』の刊行が平成二十二年、化石さんの八十代半ば過ぎての句集である。この句集で村越化石を初めて知ったという若い人がこんな句を読めば、なんと楽しい句を作るお爺さんなんだろうと思うにちがいない。若い人に左様な感想をもたらすのは、つくりものではない、真に健やかな老いの境地を生きている老人に限る。この老人に事々しい自覚や主張はなく、一日一日の刻々を慈しみ、日ののぼる朝を迎え、日の沈む夕べを送る。もはや自覚や主張は老人の血肉の中にまぎれこんでしまっていて、だれの目にも見えなくなっている。いい老いだなあと垂涎の思いをつのらせる。そんな境地の句を作るようになるまでの村越化石さんが辿ってきた病の道のりや、差別の目などの本当のところを見知り、語る人も少なくなってしまった。

化石さんの訃報記事の享年九十一を目にして、まずよく生きて来られたと思い、その思いを覆うように、いい最期であったと安堵の念を抱いた。いかに苛烈な境遇であっても、天は化石さんに「生きる」時間を与え、化石さんはその時間を精神の高みでよく享受し、その時間の中に多くの佳作を残された。ただならぬ闘病生活を経て、天寿を全うされた人間村越化石さんと、真に自分の言葉で不断に句作をつづけて来られた俳人村越化石さんが、最後の日々に前出のような境地の句を残されたことへの思いは、安堵としか言いようがない。（以下略）

宇多に続いて、「一句鑑賞」を大串章、宮坂静生、矢島渚男、関森勝夫、片山由美子、角谷昌子、関悦史、田中亜美の八人の俳人が書いた。皆、化石に理解のある俳人たちばかりだ。この後、栗林浩の「村越化石一〇〇句選／永遠の帰郷」があり、最後に『俳句』編集部・編の「村越化石略年譜」が続いている。

化石の句は、幅広い年代の俳人たちに支持されていることがよくわかる。

彼の句を高く評価するのは、俳人たちばかりではない。ノンフィクション作家の柳田邦男（昭和十一年生）もその一人だ。ちなみに彼は、昭和四十七年に大宅壮一ノンフィクション賞を、昭和五十四年に講談社ノンフィクション賞を、平成七年には菊池寛賞を受賞している。

彼が化石に興味を持つ切っかけは、故郷に化石の句碑建立を伝える新聞記事だった。この記事に心を動かされた柳田は、化石のことを特集した俳句雑誌のバックナンバーを読むや、たちまち化石の世界に魅せられてしまった。そしていつしか化石の句集のほとんどを読むまでになっていた。そして化石に関する文章を発表したり、講演で、折に触れ化石のことを話すようになっている。

言葉の力、言葉がもたらすものは、言葉による表現活動をした本人だけに返ってくるのではない。人がいのちと真摯に向き合い、いのちと響き合う言葉を生み出した時、その言葉は、しばしば無縁の他者の心にまで届き、その人にまで生きるエネルギーを提供することすらあるのだ。村越氏の俳句には、そういう力がある。単に優しいだけではない。一句一句から発せられるいのちの波動が、読む者の心にしみ渡り、気がつけば清清しく生きようとしている自分に気づく。優しさを極めた心の持ち主の言葉にこそ、本当の強さがあると言おうか（「言葉が息づく時」『文芸春秋』平成十七年三月臨時増刊号）。

当時、忌み嫌われたハンセン病に罹患して絶望の淵に突き落とされ、やがて表情を破壊され視力を失った者が、いかにして高僧のように澄み切った境地に至り、優れた作品を残すことが出来たのか。彼にとって俳句とは何だったのか。

彼は、日記としても読める句集十冊と自註自解一冊を残している。また、彼の残した文章や彼のことを書いた記事も多く存在する。それらを手掛かりに、彼の生涯を旅してみよう。

第一章 故郷

自宅の庭にて、化石６歳。右は姉の久子８歳。
1929年4月8日撮影。

◉故郷

静岡県は、日本列島のほぼ真ん中に位置している。富士山のある県と言えば、ほとんどの人がうなづいて下さるのではなかろうか。

その静岡県の中央より少し東よりになる藤枝市の地図を開くと、彼が生まれ育った岡部町は東の端で、静岡市と隣接している。旧東海道の丸子宿と藤枝宿の中間の岡部宿があった町だと聞いていただければ、さらに焦点が定まって来るのではなかろうか。

化石が生まれ育ったのは、志太郡朝比奈村新舟（にゅうぶね）（昭和三十年三月三十一日から志太郡岡部町新舟となり、平成二十一年一月一日から藤枝市岡部町新舟）である。

この旧東海道の少し西に流域面積九十四・三平方キロメートル、流路延長二十一・二キロメートルの朝比奈川が、青大将のようにくねくねと蛇行して流れているが、この川の数キロ上流に玉露の里という公園がある。朝比奈川に架かる鷲田橋を渡った左手（下流側）である。玉露は、良質なお茶の一種で、この地は、お茶の産地でもある。化石が生まれ育った村越家は、この玉露の里の少し上流にある。

◉化石の生家

私がこの地を車で訪れたのは、平成三十（二〇一八）年四月二十二日のことであった。春なのに初夏のように暑い日であった。

藤枝市岡部町新舟は、私の住む島田市川根町家山からは車で一時間弱で着く、比較的近い距離にある。

半分窓を開けて走ると、心地よい。黄緑色の山里が、全力で後方へと走り去って行く。朝比奈川の川岸の所々に群生している葡萄の房のような薄紫の藤の花々が鮮やかである。

蛇行する朝比奈川の所々に集落があるが、戸数、約百戸の新舟もその一つである。朝比奈川を左に見ながら、玉露の里から朝比奈川に沿った静岡朝比奈藤枝線を数百メートルほど走ると川幅数十メートルほどの朝比奈川に架かった榎橋がある。

この橋を渡ると右手に朝比奈診療所があり、左手の少し先に、江戸時代のテレビドラマに出てくるような、ひときわ目を引く白壁のどっしりとした屋敷が見えるが、これが化石の生家の村越家である。村越家は、四百年近く続いている旧家である。代々庄屋の家柄だったというが、それを彷彿とさせる風格のある大きな家である。玄関に立つと、家屋の左手に大きな心字池があり、緑色の水面の下を巨大な錦鯉が悠然と泳いでいた。

現在の当主は、村越鉦吾氏（昭和十七年生）である。化石の姉・久子（大正九年～平成二十七年）とその夫・金市（大正三年～昭和五十四年）の長男である（村越家は、元禄三年（一六九〇）に数えて六十三歳で亡くなった吉右ヱ門を初代にして、彼で十三代である）。

この日、彼は在宅しておられた。短髪の中肉中背で、がっしりとした体格の鉦吾氏は、腰の低い大らかな人であった。

招かれて玄関を入ると広い土間があり、その左手の二段高くなった広い和室の座敷に上げられ、見上げると、黒光りする太い梁には、化石が紫綬褒章を受章した時に皇居で撮られた写真が飾られていた。二十数人の右端に化石は座っている。トレードマークの黒いベレー帽と黒縁の眼鏡。白い杖を持っている。その写真の左には、紫綬褒章の賞状の写真が並んでいる。反対側の梁には、この家の先祖たちの写真が並び、その中に化石の写真もあった。

鉦吾氏は、先に仏壇に報告して欲しいと言われた。和室右手にあるどっしりとした黒光りする仏壇に線香を供えて手を合わせ、化石の評伝を書かせていただくことを報告させていただいた。化石の先祖たちが私を見つめていると思うと、身の引き締まる思いがした。

鉦吾氏の奥さんの博子さん（昭和二十四年生）が出してくれた美味しいお茶をいただきながら、奥さんと共に化石に興味を持つことになった経緯を聞いていただいた。ほっそりとした奥さんは、聡明な、シャキシャキッとした人であった。

お茶の収穫時期に来てしまって申し訳ないことを話すと、彼は、今は筍の最盛期で、お茶はもう少し先なのだと言われた。

その後、化石に関するたくさんの写真や資料を見せていただいた。化石の若き日の写真が何枚もあったが、どれもお洒落で男前であった。

奥さんの博子さんは、化石のお母さんが素晴らしい人であったこと。また、三浦晴子さん（昭和二十四年生）が何度も訪ねてくれてうれしかったことをしみじみと話された。現在、静岡市にお住まいの三浦晴子さんは、志願して化石の俳句の弟子になった人で、岡部町の玉露の里に化石の句碑が出来るきっかけを作ったのは、彼女である。彼女の情熱が多くの人の心を動かし、玉露の里に化石の句碑が建立され、彼は故郷に凱旋帰郷することが出来たのである。

ふと強い視線を感じて隣の居間の梁を見上げると、柔和な表情の化石の姉の久子さんの真新しい遺影が目に入った。「あなたが英彦の評伝を書いてくれるのですか。どうかよろしくお願いしますよ」。そう言っているような気がした。

◉村越家の墓

その後、鉦吾氏の運転で、奥さんと共に村越家の墓に詣でた。化石の遺骨は、分骨されて、栗生楽泉園の納骨堂とここに眠っているのである。

榎橋を渡り、左折して静岡朝比奈藤枝線を百メートルほど走ると、右に入る細い道がある。この道を上ると右手に善能寺があり、その左手のくねくねした坂を上ると、石碑が立ち並んだ墓地が目に入る。林立したどの石碑にも、村越の苗字があることを告げると、鉦吾氏は、「ここは八割が村越姓ですよ」と言われた。

化石が眠る村越家の墓は、中段の真ん中あたりにあった。濃紺の棹石の上部に村越家の家紋の「丸に松皮菱」が、その下に大きく「祖先累代之墓」とあり、中台の両側の花立の石に村越と彫られ、中央の石には大きな家紋が浮き出ている。この墓石の下で、化石は両親たちと永遠の眠りについていた。療養所で亡くなっても故郷に帰ることが出来ず、療養所の納骨堂にのみ葬られる人も多い。化石の幸せを思わざるを得なかった。

墓前に持参した花を飾り、線香を供え、心の中で化石に話しかける。

「化石さん。私は、あなたの評伝を書かせていただきます。逆境を逞しく生き抜いたあなたの生涯は、絶望の淵に沈んでいる人たちに、生きる勇気を与えてくれると思います。私は、あなたの生涯を辿る旅に出ます。近く上京して、あなたが住んだ滝野川中里や紫綬褒章を伝達された如水会館や天皇に拝謁した皇居の豊明殿近くを散策して来るつもりです。そして、今年の夏には、群馬県の草津湯之沢や貴方が生涯を終えた国立療養所栗生楽泉園（くりゅうらくせんえん）を訪ね、秋には、貴方が眼の治療のために長く滞在した国立療養所多磨全生園（ぜんしょうえん）を訪れるつもりです。どうぞ、見守って下さい」

そう報告すると、どこからか私の心に熱いものが込み上げて来るのを感じた。化石が背中を押してくれたのだな、と思った。

帰りがけ、眼下を見下ろすと、箱庭のような、のんびりとした田園風景が広がっていた。その瞬間、私の脳裏に化石の次の句が甦って来た。

何事もなく梟の棲める村　（『句集　蛍袋』）

その時、博子さんが、「新舟は、自然が豊かで、とても暮らしやすい所です。私は、この地に嫁いできて、本当によかったと思っておりますよ」と爽やかに言われた。

◉生立ち

生ひ立ちは誰も健やか龍の玉　（『句集　蛍袋』）

後の村越化石こと村越英彦は、大正十一（一九二二）年十二月十七日に、父・村越鑑雄（明治三十二年十月二十八日生）と母・起里（明治三十一年三月十日生）の長男としてこの地に生まれた。

父親の鑑雄は、人格者だったようで、後、朝比奈村議会議員を二期（第十五回・昭和四年四月十五日～昭和八年四月十四日・第十六回・昭和八年四月十五日～昭和十二年四月十四日）務めている（化石の祖父の兼直は、明治三十九年二月十四日に数えの四十五歳で亡くなったが、朝比奈村の村長を明治二十六年八月四日から明治二十八年二月二十三日までと、明治三十二年三月二十日から明治三十六年三月十九日まで務め、その後、朝比奈村議会議員を明治三十七年四月十五日から明治三十九年二月十二日まで務めている。彼は、三十代に入ったばかりで村長に就任している。この人も優秀な人だったに違いない）。

母の起里は、藤枝の隣の焼津市祢宜島の名家・中野家から嫁いで来た。中野家の末娘として生まれた起里は、生家から静岡の女学校に通っている。彼女は育ちが良く、礼儀正しい人だったようだ。焼津は、漁業の町として全国的に知られている。

先に触れたが、一人の姉に久子がいた。英彦は、初めての男子で、跡取りになるはずである。大事にされたことであろう。

化石の生れた大正時代は、大正デモクラシーの時代と形容されることが多い。人々の熱気あふれる時代で、大正七年の夏には富山県で米騒動が起こり、全国に波及している。

また大正十一年八月十七日には、作家の有島武郎が、北海道の有島農場を小作人に無償開放している。

大自然に囲まれた新舟で、英彦は、真っ直ぐに育っていった。後、彼は幼年時代の思い出を次のように語っている。

「山里に春を告ぐ獅子舞が毎年やってきました。子どもたちは、うきうきと後をついてまわったものです。その時の笛の音は今も耳に残っています。

冬の晴れた日にはみかん山に登りました。美しくみかん色に彩られた山の上に、真っ白い富士山の頭が見えました」（「白露やまみえし富士の御姿」『ふるさと田園都市おかべ 岡部町制施行50周年記念誌』）。

焼津から獅子舞が毎年やって来るのは、この地域には裕福な家が多く、多額の心付けが期待できたからであったろう。

朝比奈川流域のこの地区は、現在、二年毎の秋に打ち上げられる「大龍勢（おおりゅうせい）」でも知られている。しかし戦前は毎年のように行われていたというから、「大龍勢」は、少年の日の化石の楽しみの一つでもあったに違いない。

◉学生時代

昭和四（一九二九）年四月五日、六歳の彼は、朝比奈尋常高等小学校に入学している。榎橋を渡り、下流に向かって数分歩くと左に入る細い道があり、その数十メートル先に朝比奈第一小学校があるが、ほぼ同じ場所に彼が通った学校もあった。

後、彼は、「小学校の時、気がつくと手首に麻痺があり、いま思えばこの時すでにハンセン病を発症していたのだと思います」（「句に託した賜生の喜び」『致知』平成二十一年三月号）と話している。また「七、八才にて病気の自覚症状をもつた自分の人生は癩で始まつたと云える」（「噴煙の下で」『濱』

昭和三十四年二月号）とも書いているので、化石が病気を自覚したのは、七、八歳の頃であったようだ。

彼は、勉強が大好きで、文芸方面にも植物にも強い興味を持っていた。

また彼は、活発な少年で、「少年時代にはね。自転車を走らせて岡部から焼津まで遊びに行ったものだったよ」と三浦晴子に話している。海の匂いのする焼津は、母の出身地である。

当時、尋常高等小学校は義務の尋常科六年、高等科二年という制度であった。化石は昭和十年三月二十八日に尋常科を卒業すると、同年（昭和十年）四月から志太中学（現・藤枝東高校）に通い始めている。

この志太中学は、大正十三年四月に開校した学校で、初代錦織校長は、「至誠一貫」の校訓とサッカーを校技として掲げ、全校生徒に奨励した。

この学校の現在の場所は、藤枝市の中心近くの藤枝市天王町一丁目にあるが、当時も同じ場所にあった。

志太中学への朝比奈尋常高等小学校からの入学者は、二人だけであった。学業が優秀で、金銭的にも恵まれた境遇でもあったということであろう。彼は、自転車で一時間をかけて通学している。

もう一人は、彼が「かっちゃん」と呼んだ少年で、何でも話せる心の友でもあった。

先に、この学校の校技がサッカーであることに触れたが、化石も校庭でサッカーに汗を流している。この学校は、サッカー選手を多く輩出した学校として全国的に知られている。長谷部誠（昭和五十九年生）や「ゴン中山」こと中山雅史（昭和四十二年生）らの活躍は、今も記憶に鮮やかである。

当時は五年制で、化石は十二回生である。十九回生には、作家小川国夫（昭和二年～平成二十年）

がいる。彼は、昭和六十一年に『逸民』で川端康成文学賞を受賞したのを初めとして数々の受賞を重ね、平成十二年には日本芸術院賞を受賞し、平成十七年には日本芸術院会員に推され、平成十八年には旭日中綬章を受章している。

この頃の化石は、向学心の塊であった。学校に通うのが、楽しくてたまらなかったろう。しかし、そんな生活も長くは続かなかった。彼の病気は、着々と進行していたのである。化石の病気に触れた手記を読んだ大野林火は、中学時代を次のように書いている。

> 通学は自転車で冬など手が悴み、そのため怪我をしたこともあり、三年のころから手指に力がなくなり、体操、教練の時間が悲しかったという。一度大阪の病院につれて行かれたが、親から何の病気か知らされず、ただ、薬を飲まされた（「松虫草　私の俳句歳時記・八月」）。

また、化石に取材したルポライターの栗林浩は、「中学校へは、自転車で一時間ほどの道のり。冬の日や雨の日は辛かった。指の感覚が麻痺して転んだこともある。指の傷がなかなか治らず、朝比奈村には医者はいなかったので、常備薬をつけていた。思うとおりに指が動かない。字がだんだん下手になる。そんな自分がもどかしくて悔しくて、泣いて母に訴えた。母は、一生懸命書いているのだから、それで良いのです、と言って励ました」（「生くるべし—魂の俳人・村越化石」『俳句界』平成十八年四月号）と書いている。

これらを読むと、彼の両親は、彼の病気にはうすうす気づいていたのではないかと思われる。

両親にとって、針の莚に座らされているような苦難の日々であったろう。

◉宣告

学校に化石のハンセン病が発覚したのは、志太中学四年の一学期の身体検査の時であった。昭和十三年四月上旬のことだと思われる。彼の手の繃帯を解かせた医師は、「あっ」と言葉を飲んだ。すぐに全校生徒は帰宅させられ、消毒が行われた。

この時の両親の衝撃は、計り知れない。とうとう来るべきものがやって来たのである。化石は、この家を出て行かなければならない。この地域なら、東京の全生病院に入るケースが多かったであろう。

むごい話である。十五歳の少年の、今までの平穏な生活が突然断ち切られてしまったのだ。家を出て行くなんて嫌だ。皆と離れたくない。化石は、石に齧りついても家を出たくないと抵抗したことであろう。しかし、涙も枯れ果てた時、自分よりももっと憔悴している両親の姿を見て、化石は観念したに違いない。化石は、聡明な若者であった。

次に、先の大野林火の文章を続けよう。

こうして前述中学四年一学期の身体検査となり、すぐ退学をするように言い渡される。「私は病気の怖しさよりも学業に心残りが大きかった」という。宗教のある学校への進学も進められたがそれもあきらめ、東京へ出て治療するようになる。「だが、子供の私は東京行も拒んだ。母親はそれなら私と一緒に死んでくれるかとまで言った」――出郷は昭和十三年四月頃、満十五歳のときだ。母親に伴われ産土神(うぶすながみ)に詣でて出立。産土神の森の山桜が散りそめていたのをいまも記憶しているという(「松虫草　私の俳句歳時記・八月」)。

彼は、学業を二年残して退学することになったのだ。無念であったろう。

ここに、化石が勧められた「宗教のある学校」が出て来たが、東京柏木聖書学校の分校として大正十四年九月に群馬県の草津湯之沢に安部千太郎が開校した聖書学校のことだと思われる。珍しい学校なので、噂として伝わっていたのであろう。両親は、息子の行末に思いを馳せていたのである。しかし、この学校は昭和七年の安部の死亡と共に終焉を迎えていた。

この頃の化石は、この病気を世間の人たちが如何に恐れているか、また忌み嫌っているかを全く知らなかった。

◉ハンセン病の歴史

ここで、この病気に触れさせていただく。

わが国のハンセン病の歴史は古く、すでに奈良時代に出来た『日本書紀』に顔を出している。なぜこの病気は、業病、天刑病と言われて忌み嫌われて来たのだろうか。後、化石の俳句の師となる大野林火は、次のように書いている。

癩（荒波註・現代の呼称はハンセン病）が「天刑」とかいう名のもとに世人から蔑視されていたのは仏教の「業」の思想からきて、前世の罪業がこの世に酬いて悲惨な病に悩まねばならぬという考え方である。さらには〔ハンセン病の〕遺伝という非科学的な迷妄は今日といえどもまだ払拭しきれてはいない。そのため、病者は肉体的苦難とともに、精神的苦渋を二重に負わねばならぬのだ。強いコンプレックスに陥入るのだ。またそのため肉親・血縁者からも逐われ、路傍に捨てられ、放浪の旅に出るのが普通であつたのは古いことではない。日本に於いては明治時代はいうまでもなく、大正に入つても見られたことだ（「作家と「場」（一）村越化石」『濱』昭和三十五年二、三月号）。

大野に限らず、この病気が忌み嫌われたのは、仏教から来ていると指摘する人は多かった。具体的に『法華経』の名を上げる人もいた。

『法華経』は、岩波文庫（上・中・下）に収録されていた。上から順次読んでいくと、癩の表記は確かに三か所存在した。「上」の「譬喩品第三」の終わり近くに二か所、「下」の「普賢菩薩勧発品第二十八」の終わり近くに一か所である。ここでは、一番生々しい表現がある最後の一か所を紹介させていただく。

若し人ありて、これを軽（かろ）しめ毀（そし）りて『汝は狂人なるのみ、空しくこの行を作して終に獲（う）る所なからん』と言わば、かくの如き罪の報は、当に世世に眼（まなこ）なかるべし。若しこれを供養し讃歎する者あらば、当に今世において現の果報を得べし。若し復、この経を受持する者を見て、その過悪を出さば、若しくは実にもあれ、若しくは不実にもあれ、この人は現世に白癩の病を得ん。若しこれを軽笑せば、当に世世に牙・歯は疎き欠け、醜き脣、平める鼻ありて、手脚は繚れ戻り、眼目は角睞み、身体は臭く穢く、悪しき瘡の膿血あり、水腹・短気、諸の悪しき重病あるべし（『法華経』下・三百三十四頁）。

ここで言っているのは、この経典を極める僧たちは、現世及び来世で果報があるが、最高の経典を護持する僧たちを誹謗中傷すれば、恐ろしい病気になるよ、ということである。ここには、ハンセン病の生々しい症状が記されている。

この病気が医学の力で克服された今読むと、何だか子ども騙しみたいである。仏教は、この病気を前世の罪に転嫁することによって、病者にある種の救いを与えたことは間違いがない。しかし、同時に差別の対象として見ていたことも否定できない。このような『法華経』の教えが人々に浸透していったものと思われる。

大阪の四天王寺や熊本の本妙寺が大勢のハンセン病者の溜まり場になっていたことや、四国の八十八か所の霊場を廻るお遍路の中にハンセン病者がいたことは、たくさんの文献が触れていたが、彼らが神社仏閣に集まるようになったのは、前世の報いを浄化してもらうためであった。

またこの病気は、家族内で発生することが多いので、先に大野林火が書いていたように血統病、遺伝病とも見られていた。

そんなふうに見られていたこの病気が、伝染病だと立証されたのは、明治六年（一八七三）年ノルウェーの医学者ハンセンによってであるが、専門家たちが改めて伝染病だと認識したのは、明治三十年に第一回国際らい会議がベルリンで開催されてからであろう。

この会議は、ドイツのメーメル地方（現リトアニア）に二十数名の患者が発生し、その対策について各国に呼びかけて開催されたもので、日本からは土肥慶蔵、北里柴三郎の両博士が出席している。この会議の要請で、至急各都道府県の患者数が照会された。大阪など一府八県の数字が欠落しているが、この時、一万九千八百九十八人の数字が挙げられている（明治三十三年に再び一斉調査が行われているが、この時は三万三百五十九人であった。ただこの時は医者ではなく警察官の調査であったため、実際にはこの二倍はいたのではないかと推察されている）。この本会議において、ハンセン病が伝染性疾患であることが確認され、その隔離が予防対策として提唱されている（以上『光田健輔と日本のらい予防事業』参照）。

やがて、この病気が伝染するという認識が次第に行き渡り、明治四十年三月に「癩予防ニ関スル件」が帝国議会で可決される。この時、患者たちを隔離救護するための公立の療養所が全国五か所に開設されることが決まり、明治四十二年に開所されている。東京の全生病院、青森の北部保養院、大阪の外島保養院、香川の大島療養所、熊本の九州療養所の五か所である。

ただ、この頃の公立療養所には「救護費弁償制度」があり、本人か扶養義務者が療養費の一部を払わなければならなかった。そのため、身分を明らかにしなければならない。身元が知れると、保健所が消毒に行くので、周囲にハンセン病患者が出たことがわかってしまう。そのため、躊躇する人は多かった。

国立らい療養所第一号として岡山県の長島に長島愛生園が誕生したのは、昭和五（一九三〇）年十一月のことで、患者を受け入れ始めたのは、翌昭和六年三月二十七日のことであった。

ここでは不評であった「救済費弁償制度」は廃止され、偽名での入院が許されている。つまり、国で全部面倒を見てくれる療養所が誕生したのであった。当初の対象は、公立五ヵ所の療養所と同じように、市中を徘徊する浮浪ハンセン病者の収容にあった。

長島愛生園に続いて、第二の国立らい療養所栗生楽泉園が群馬県の草津に開所されたのは、昭和七年十二月十六日のことであった。ハンセン病者たちの生活する草津の湯之沢部落を吸収解消するために造られたのだった。ただ、この頃の入園は希望者のみであった。

しかし、昭和十一（一九三六）年二月に内務省から「らい病二十年根絶計画」が発表された頃から、ハンセン病者の隔離を推進する動きは激しくなった。この頃より、祖国浄化の掛け声と共に官民一体となった「無らい県運動」の嵐が全国各地に吹き荒れていた。

東京の全生病院のハンセン病の作家北条民雄（大正三年生）が、作家川端康成の推奨を受け、『文学界』（十一月号）に「間木老人」を発表したのは、昭和十年のことであり、翌十一年『文学界』（二月号）に発表した「いのちの初夜」が文学界賞を受賞し、注目された。北条は、この後、矢継ぎ早に作品を発表していたが、翌昭和十二年十二月五日、腸結核と肺結核のためにたった二十三歳の若さで亡くなった。

長島愛生園のハンセン病の歌人明石海人（明治三十四年生）が、彗星の如く世に躍り出たのは、改造社から公募された『新萬葉集』第一巻が出た昭和十三年一月のことであった。この巻に掲載された彼の十一首は、「現代萬葉調随一」という世評が高かったのである。海人も、次々と歌や随筆を発表し、時の人となっていた。

この頃、彼等の活躍により、「癩文学」という言葉がジャーナリズムを賑わせていた。

◉離郷

化石親子は、新舟の「産土神」に詣でてから東京に向かった。彼らが詣でた「産土神」とは、鉦吾氏によると、氏神様（六社神社）のことだという。

四月二十二日の化石の墓参りの後、鉦吾氏は奥さんと共に六社神社に案内して下さった。場所は、朝比奈第一小学校に入る細い道を少し入った左手で、大きな鳥居の先に階段があり、遥か先に建物が見える。六社神社は、大きな森にスッポリと包まれていた。拝殿は、この建物の裏手にあった。

「よく見てくれよ」

鉦吾氏が指さす先には、拝殿の梁に彫られた見事な龍等の彫り物があった。我々の先祖は、立派な人たちが多かったんだよ。彼は、そう教えて下さったような気がした。三人で、賽銭を投げ入れ、手を合わせる。

昭和十三年の四月のある日、化石の母の起里と化石も、こんなふうにして手を合わせたはずである。化石の住む新舟の朝比奈川の少し上流の野田沢に住む化石の幼馴染みの増田俊夫（昭和二年生）は、後に、次のように話している。

「英ちゃんはね。少年時代の僕達の憧れでしたよ。頭のいい人でね。志太中の学帽を被り、詰襟を着た英ちゃんが自転車で颯爽と僕等の前を通り過ぎて行く様は、同世代の僕達の羨望の的でしたよ。きらきらしていてね。その英ちゃんが、或る日から突然、僕等の前からいなくなってしまったんですよ……」（「レポート　追悼村越化石『村越化石先生を偲ぶ会』に寄せて」『俳句界』平成二十六年七月号）。

一人の少年の突然の失踪は、故郷に静かな波紋を広げていた。

平成三十年四月二十二日、私は、この地で東京に向かう化石親子を見送った。

第二章

東京の病人宿

志太中学１年の化石 12 歳。

◉東京の病人宿

私が、東京に向かった化石親子を追って上京したのは、化石の故郷を訪れた一週間後の四月二十九日のことであった。この日も、初夏のように暑い日であった。

彼は、滝野川中里の病人宿で暮らし始めている。

東京駅で下車し、山手線の内回りの上野駅方面行に乗り換える。神田、秋葉原、御徒町、上野、鶯谷、日暮里、西日暮里、田端と続き、二十分後、駒込駅に到着する。ここの東口を出ると、ガード下の正面を向いて線路に直角に左右に延びているのが駒込銀座線である。ガード先の左手に続く商店街の通りが「駒込さつき通り」である。この道路の駒込の先の巣鴨駅の方向が駒込二丁目で、田端駅の方向が中里二丁目である。地図を見ると、この北の方向に滝野川小学校がある。

おそらく化石が住んだ病人宿も、この辺りにあったのではなかろうか。故郷の朝比奈村を離れ、たった一人他郷で暮らさなければならなくなった化石にとって、辛く悲しい日々であったろうが、町の賑わいには、目を見張るものがあったろう。

先に触れたが、この頃、東京には既にハンセン病者たちの公立療養所全生病院があった。しかし、彼の両親は彼をそこに入れなかった。病人宿なら、世間に息子の病気を知られることなく、また息子に少しでも自由を与えることも出来るのである。

この頃のことを化石は次のように話している。

宿といっても一般の住宅で、ハンセン病の患者やその関係者が〝もぐり〟で営業しているようなところでした。ここでは何人もの患者がひっそりと生活しながら大風子（だいふうし）という植物の種を搾（しぼ）った油を注射して治療に励むのです。
独特の臭（にお）いを放つこの薬は、古来ハンセン病に効果があるとされ、プロミンが開発されるまでは唯一の治療薬でした（「句に託した賜生の喜び」）。

これに、大野林火の証言を重ねると、焦点が定まる。

当時、東京の日暮里、田端に「病人宿」というのがあった。宿は一般の住宅で、病者または病者関係の人が経営し、病者を下宿させ、大風子油注射の治療をやっていた。大風子油は大風子の種子を搾って得た脂肪油。黄色乃至帯黄褐色透明の液体で、特異の臭いを持つ。古来、癩病に特効ありとして使用され、当時唯一の治療薬とされ、東大皮膚科特別室でも、これを通院患者にほどこしていたようである。化石は滝野川中里の病人宿に下宿することになる。母は二晩泊まって帰って行った。宿には化石のほかに男女三人の先客がおり、通いで注射を受けにくる人もいた。注射は一日三グラムから五グラムを皮下に打つ。もぐり営業であるから、皆隠れるようにくらし、碁、将棋、花札などでヒマをつぶして、ときに、上野、浅草にも出掛け、映画見物もしている。病状は眉毛が薄くなり、手の指が少し曲がりはじめた程度で、大きな変化はなく、この宿で二年と少しをすごしている（「松虫草　私の俳句歳時記・八月」）。

映画見物については、化石自身も、「上野や浅草へ映画見物にも出掛け、『土』とか『路傍の石』とか文芸ものも感動して鑑た」（「俳号の由来と思い出／暗さを越えて」『俳句』平成元年九月号）と口述している。

また化石は、ずっと後に化石の住む栗生楽泉園を訪ねた元同病者の坂口たつをに、次のようにも話している。

病人宿は宿泊料（食費を含む）、治療費を合計すると、月三十円（昭和十六年当時の大卒の第一銀行の初任給が七十五円（『物価の世相１００年』））。お金が続かずに姿を消す病者も多かったという。同宿の病者二人と連れだって三人で伊豆大島の三原山に登ったり、病人宿の悪友に誘われてカフェー遊びをしたこともある。

また化石は、坂口に大切にしている母のこの頃のものと思われる手紙を見せたという。その中にある「あなたが病気に苦しみ、生きて行けぬのなら、母も一緒に死んでもよいのです」の箇所が、坂口の心から消えなかった。

長島愛生園の医官であった小川正子のハンセン病検診の紀行文『小島の春』（長崎書店）が出たのは、昭和十三年十一月であり、明石海人の歌集『白描』（改造社）が出たのは、翌昭和十四年二月のことである。どちらもベストセラーになっている。

北条民雄の生涯は短かったが、明石海人の生涯も短かった。歌集『白描』が出た四か月後の六月九日に腸結核のために亡くなった。享年三十七。

当時、ハンセン病者には、地獄への三つの門があると言われた。一つ目は、病気の宣告。二つ目は、視力を失うこと。三つ目は、咽喉切開の手術をして声を失うこと。咽喉切り三年と言われ、咽喉を切開すると、長くても三年の命だと言われていた。明石海人は、この三つの総てを経験して旅立った。

ただ、化石は、この頃はまだ北条民雄も明石海人も知らなかったようだ。

◉俳句との出会い

山本よ志朗・加藤三郎共著『御座の湯口碑』にも、この東京の病人宿に触れた箇所があるので紹介させていただく。

旧東京市の日暮里、田端、滝野川一帯には、らい患者の宿屋があった。それは草津で点灸治療を受けた患者が、これらの宿屋で灸あとのとれるのを待って、郷里に帰るならわしになっていた。これを俗に「いろざまし」と呼んでいた。

病人宿は、草津帰りの病者たちの宿でもあったようだ。草津は、俳句や短歌のとても盛んな土地である。おそらく、病人宿にも同じ雰囲気が立ち込めていたのだろう。化石は、病人宿の主人や仲間たちから俳句の手ほどきを受けている。

また化石は、後に、彼が俳句を始める動機の一つともなったある俳人の一句を挙げている。

——先人の句で、先生が好きな作品を一句挙げていただけませんか？

化石——たくさんありますけど、私が俳句を始める動機のひとつでもあった句に、高浜虚子先生の

〈遠山（とおやま）に日（ひ）の当（あた）りたる枯野（かれの）かな〉

というのがあります。寂しさの中に何か温かい日本の自然の風景が浮かんできて、思わず「ああ、日本に生れてよかったなあ！」という感慨がわいてくる名作ですね（「第二十七回点毎文化賞を受賞した村越化石さん」『視覚障害』平成三年一月）。

化石は、勉強が大好きだった。学問への道が閉ざされた彼にとって、俳句との出会いは、願ってもないものであったに違いない。俳句の心は、みるみる彼の心に沁み込んでいった。

それから化石が生まれ育った朝比奈地区や岡部町は、昔から俳句の盛んな土地柄であった。化石が生れ育った土壌に思いを馳せると、化石が俳句と出会い、その道に進むようになるのは、必然であったのかも知れない。

ついでに書くと、彼はこの時期に将棋も覚えている。

先の大野林火の証言を続けよう。

戦時色が濃くなるにつれ、くらしにくくなり、同時に病人宿が医師法違反ということで

取り締まりがきびしくなり、化石のいた病人宿も中里から日暮里に移る。ここにも長くいられず、やむなく草津湯の沢に引っ越したのが十五年七月である（「松虫草　私の俳句歳時記・八月」）。

生活必需品の割り当て配給制度は、昭和十三年三月から実施されていたが、昭和十五年六月には砂糖やマッチが切符制になった。もはや病人宿は成り立たなくなったのであろう。

東京を去ることが決まった時、化石は、書店で幾冊かの小説の文庫本や啄木歌集、それらと一緒に改造社版『俳諧歳時記』（昭和八年刊）全五巻と『現代俳句』（河出書房・昭和十五年刊）全二巻を買い求めている。

ずっしりと重いこれらの本を手にした化石は、草津に向かった。この時には、朝比奈村から東京に出た時のような不安だけの気持ちは少し変わっていたのではなかろうか。彼の心には、薄緑色の俳句の心がしっかりと芽を出していたからである。

第三章

天才俳句少年現る

湯之沢の化石18歳。1941年。

◉草津湯之沢・津久井館

私が、草津湯之沢に向かった化石を追って群馬県吾妻郡草津町を訪れたのは、平成三十年七月十二日のことである。

上野駅十時発の特急「草津一号」に乗り込むと、長野原草津口駅に二時間十八分で到着の予定であったが、数分遅れて十二時二十三分に到着した。改札口を出るとすぐ左手にバス用の出口があり、その先に草津温泉バスターミナル行きの三台のバスが待っていた。私は、運よく先頭のバスの一番前に座ることが出来た。暫らくして振り向くと、先の二台はいっぱいで、三台目も半分は埋まっていた。平日なのに、乗客は多い。現在でも、草津温泉の人気は不動のようだ。

まもなくバスは、発車した。くねくねとした緩やかな上り坂をゆっくりと走り続ける。次第に山奥に分け入っていくという印象である。途中、野辺にコスモスの花が咲いているのを目にした時には、高原に来たという印象を強くした。二十五分後、坂の途中に出来た草津温泉バスターミナルに到着した。

この付近は、ホテルやコンビニや食堂や民家が連なっている。草津町の中心近くである。バスを降りて、下を見下ろすと、黒いタクシーが二台待っているのが見えた。草津タクシーであった。私は急いで階段を下り、その一台に乗り込むと、年配の運転手に最終的に国立療養所栗生楽泉園に行くのだが、その前に何ヵ所か寄って欲しいとお願いした。

栗生楽泉園にはお見舞いも兼ねて行くので、小さな花束を買いたい。最初に花屋さんに寄って欲しい。次に草津を象徴する「湯畑」を見たい。続いて、昔の湯之沢部落付近を見たい。湯之沢を今に伝えるものは、大滝乃湯の前を流れる湯川にかかる「湯の沢橋」だけという資料があったので、「湯の沢橋」を写真に撮りたい。その後、国立療養所栗生楽泉園に行って欲しい。

タクシーは、坂の途中にある小さな花屋さんの前に止まった。私は、赤とピンクのカーネーションに向日葵の小さな花とかすみ草が混じった花束を作ってもらった。

その後、町の中心にある「湯畑」に向かった。「湯畑」は、バスターミナルから百メートルほどの距離である。「湯畑」は、直径百メートルはあろうかと思われる瓢箪型の石の柵に囲まれた「湯の花」をとる施設である。「湯の花」は、硫黄が遊離沈潜して生じた硫黄化合物を乾燥させたものが「湯の花」で、年に数度土産物屋で売られるという。湯の中に入れると温泉気分が味わえるので人気があるようだ。

石の柵の中を覗くと、中央に大きな七本の木樋が縦に並び、そこを通った温泉は、その先で滝となって流れ落ちていた。滝壺は、瑠璃色に輝いている。

「湯畑」を囲んで土産物屋が建ち並び、その付近を大勢の温泉客が散策していた。その先に、草津町の古刹、光泉寺の門柱と階段が見えた。

「湯畑」付近は駐車が出来ないというので、付近を散策したのは翌朝であったが、近づくとぷんと硫黄の臭いがした。夜は「湯畑」がライトアップされるので、幻想的な雰囲気が楽しめるようだ。

その後、タクシーは「湯の沢橋」へと向かった。草津温泉の歴史は古く、『歴史散歩⑩群馬県の歴史散歩』には、「日本武尊や源頼朝の開湯伝説がある草津温泉は、江戸時代に発行された全国の温泉番付で東の筆頭に位置し、『西の有馬、東の草津』といわれ、全国にその名を知られている」とあるが、とにかく古くから栄えた温泉である。

この草津温泉のハンセン病への効能も古くから知られ、多くのハンセン病者が訪れている。しかし、次第に一般の温泉客が嫌うようになり、草津の人たちは彼らから目隠しをするために、明治二十年にハンセン病者たちが住む湯之沢部落を開村した。

その湯之沢部落を今に伝えるのは、「湯の沢橋」だけなのだという。途中、化石の師である大野林火が常宿にしていた大阪屋旅館の前を通った時には感激した。天上の大野林火が、「しっかり取材してくれよ」と言っているような気がした。大阪屋旅館は、城門を彷彿とさせる、どっしりとした品格のある旅館だった。

「湯の沢橋」は、大滝乃湯の駐車場の入り口付近にあった。全長数メートルの小さな橋で、その下を透明な湯川がコンコンと流れていた。当時、この付近一帯に湯之沢部落があり、多くのハンセン病者たちが差別や偏見を逃れてひっそりと暮らしていた。ここで人々は普通の生活を営みながら、俳句や短歌に生甲斐を見出し、助け合いながら暮らしていた。

湯之沢には、忘れてはならない一人の外国の女性がいる。英国教会から宣教師として日本に派遣されたコンウォール・リーである。

一八五七年五月二十日にイギリスのカンタベリーで生まれた彼女は、明治四十年十一月、五十歳の時に来日した。彼女は、大正四年の七月に草津の湯之沢を訪れハンセン病者の悲惨な姿を目にし、翌大正五年の春、草津に移り住み、聖バルナバ・ミッションを開始した。この時彼女は五十九歳。まず初めに草津聖バルナバ教会を設立し、その後、病者が暮らすホームを次々と開設し、大きな足跡を残した。しかし、高齢になった彼女は、昭和十一年一月八日に草津を離れ、兵庫県の明石で静養していた。

また、第一章でも触れたが、湯之沢部落を吸収するために国立らい療養所栗生楽泉園が昭和七年の暮れに開所し、化石が来た時には、湯之沢部落は風前の灯であった。

当時の湯之沢部落の写真を見ると、多くの家が連なっている。最盛期の昭和五年には、八百人もの人たちが暮らしていたという。

私は、この地に落ち着いた化石に思いを馳せた。この湯之沢時代を、化石は次のように口述している。

湯ノ沢にはリー女史の聖バルナバ病院もあり、病者を泊めて点灸治療をする宿屋も十数軒あった。私は津久井館という宿の一室に、沖縄から来たという青年と同居。彼は私より少し齢上、白秋門下で短歌を学んでいた。私は東京を去る時求めた俳句歳時記を頼りに句作りをして慰んだ（「俳号の由来と思い出／暗さを越えて」『俳句』平成元年九月号）。

化石は、『俳句歳時記』と口述しているが、東京を去る時求めたのは、『俳諧歳時記』であろう。草津湯之沢の化石についても、大野林火が書いているものを重ねると、もう少しはっきりと見えて来る。

当時湯の沢には病人の旅館が十数軒あり、化石は病人宿の主人の紹介で津井館という宿に入る。同宿は五、六人。灸をすえた人の顔や、病気のために顔の崩れた人に出会ったときは、自分の末路を見せつけられたように感じたという。

『現代俳句大系』（角川書店版）第十二巻に、化石の句集『独眼』が収録され、巻頭口絵写真には十六年湯の沢時代の写真も載っているが、白絣を来て、跼んで本をひらいているその顔は常人と少しも変わっていない。

——点灸治療は、顔面四肢に一日一千から二千粒をつぎからつぎに増点反復する生地獄さながらの治療である。ひと治療するのに四ヵ月程を要するものであるという。化石はこの点灸をひと月程やったが耐えられずやめ、大風子油注射を受けに聖バルバナ病院に通う。聖バルナバ病院は湯の沢を見下ろす台地にあり、英国貴族リー女史が私財を投じて経営していた（「松虫草　私の俳句歳時記・八月」）。

大野林火は、化石がお世話になった旅館を津井館と書いているが、正しくは化石が口述しているように津久井館である。また大野は、化石が来た頃も聖バルナバ病院をコンウォール・リーが経営していたように書いているが、先に触れたように当時、彼女はこの地にはいなかった。ついでに書くと、彼女は英国の貴族の出身ではなく、「男爵位の継承権を持つ貴族の家柄に繋がる家庭に生まれた」（『草津「喜びの谷」の物語コンウォール・リーとハンセン病』）とするのが正しいようだ。

化石は、この地で初めて自分の行末を見せられたはずである。また、そんな中、ハンセン病者たちに手を差し伸べたコンウォール・リーの偉業にも思いを馳せたはずである。

◉天才俳句少年現る

さて、話が少し進みすぎてしまったようだ。湯之沢部落に到着したばかりの化石に話を戻す。津久井館に落ち着いた化石は、主人の田中浩三に俳句を勉強していることを話すと、彼から七月十七、十八日の湯之沢の白旗神社の夏祭りに俳句の募集があることを教えられたに違いない。腕試しに応募してみたら、と勧められたのかも知れない。

化石は、次のように口述している。

　湯之沢は俳句の盛んな土地であった。この町に源氏の頭領、源頼朝を祀った白旗神社があり、その夏祭りに俳句募集があって、入花料を払って句を投じた。私の初めての俳句である。漢詩の一節の中の漢字を一字入れて俳句を作れという規定で、やや遊びに近い折り込み俳句である。私は「養」という漢字を入れて作った（「自序」『自選句集　籠枕』）。

この時の句は、〈雲海に大気養ふ登山かな〉である。彼はこの句を、彼の最後の『自選句集　籠枕』の巻頭で紹介しているが、その横に次の文章を添えている。「子供の頃、『六根清浄』と唱えながら、一歩一歩山の麓から登った富士山は、信仰のお山であった。この句が思いもかけず選者の高得点の天位に選ばれた。祭りの行灯にも大きく書かれた。皆からは『俳句少年現る』などと言われた」。彼はまた、次のようにも話している。

草津の白幡神社のお祭がありましてそのときの巻に私が天になっちゃって、燈籠に句を書かれたんです。そしたら天才少年現わるなんていわれちゃって（笑）（座談会「『山国抄』をめぐり」『濱』昭和五十年三月号）。

天・地・人の最高の「天」に入ったのである。この時、化石はどこからか大きなスポットライトが当たったような気がしたに違いない。まるで化石の行く末を暗示しているようでもある。すぐに周囲の俳句を作る人たちからも注目されたはずである。早速、句友が出来たようだ。この「『山国抄』をめぐり」の座談会に出席した栗生楽泉園の沢田五郎（昭和五年生）が次のように話している。

沢田――（前略）化石さんを知ったのは子供の頃でして、私の方に石川という人がおりまして、今では私の義理の兄弟のような恰好になっていますが、その人と化石さんが筆で俳句を書き合って「巻」を作るんです。化石さんがまだ二十代の頃でして、お互いに句を書き合う「巻」を届ける使い役をやらされた。
編――その石川さんという人は……。
村越――私が園に入ったのは十六年でして、それ以前の湯の沢時代の俳句仲間の一人です。

その頃「巻」というものを作った。巻の取りっこをした。皆で句を筆で書いて宗匠の判定を受けて、天地人に宗匠の落款が押されて戻ってくる。それを皆集ってひらくのが楽しみでね。

湯之沢俳句の「巻」について、化石自身がもう少し詳しく書いているものがあるので紹介させていただく。

湯の沢俳句なるものは、いわゆる月並俳句、宗匠俳句と称するしろ物で、月々の募集句を墨字で達筆に日本紙にしたため、部厚い巻につくつて、何々庵とか何々堂と云う宗匠に選を乞う形式である。選が戻ると開巻と称して、出句者が一堂に会しておもむろに入選句を読み上げる。天地人、五客、十客、二十客と云つた順位で、天位入賞者は落巻、即ち巻が頂戴できるのだ。この開巻のふんい気が何ともいわれぬ楽しみなものである。賞品は選者の色紙、短冊の他景品が貰えることになる。昭和十五年湯の沢に来て、私も句座の仲間に加わつた当時がなつかしく思い出される。その頃大家といわれた人たちの例句、「議論百出決議未定雪二尺」「花散るや金覆輪の鞍の上」なんかに成程と感服もし、一面閉口しつつ、いつしか句座に溶込んでいたのも病苦を紛らす何かがそこにあつたのである（「湯の沢俳句」『高原』昭和四十三年七月号）。

昭和十六年の巻が一巻『高原』昭和六十三年十月号に発表された小林草人「湯の沢の月並俳句」に収録されているので紹介させていただく。

昭和拾六年八月　企若葉会
若葉会創立記念俳句集
佐藤緑葉先生御選
緑葉拝選
順位　三光
天位
神霊を鎮めて寂し夏木立　亀堂
地位
一つ灯に共々励む夜学かな　化石
人位
謹厳な父も寛ふ浴衣かな　麗水

この後、「中抜五章」六句、「奥抜五十八章」五十一句と続くが、化石の句は「奥抜五十八章」の中ほどより少し前に次の句が並んでいる。

織娘等の楽しき夕や星祭　化石
杖立てし蓮の雨きく盲かな　化石
夜なべの灯学問の灯と隣りけり　化石
神さびし楠なり蝉の籠り鳴く　化石

選者の佐藤緑葉（明治十九年生）は、群馬県吾妻郡東村出身で、小説家・詩人・翻訳家として頭角を現していた。彼らは、佐藤が同じ吾妻郡出身という縁を頼ったのであろう。化石の句は、「地位」に一句。「奥抜五十八章」に四句も入っている。仲間たちの間で、注目される存在であったことがわかる。

化石は、「ここに入る前、湯ノ沢には俳句をしている人がけっこうたくさんいました。「高原俳句会」というのがあったんです。浅香甲陽さんもそこで知り合った一人です」（「心と魂を詠う～村越化石」『俳句界』平成十七年十一月号）と話している。

「若葉会」の外にも、「高原俳句会」があって、化石はそちらにも入っていたようだ（ここに出て来た浅香甲陽については、後で触れる）。

当時、湯之沢には、バルナバホームの患者による『高原』（昭和七年十二月に創刊されて昭和十六年二月に百号で終刊）という文芸誌も出ていた。最初は、化石が甲陽に会った「高原俳句会」というのは、この関連の会に違いないと思い調べてみると、全冊を草津町の「リーかあさま記念館」が持っていることがわかり、解説員の松浦志保さんに調べていただいたところ、化石が湯之沢に滞在した期間、彼の句も浅香甲陽の句もなかった。

この頃化石は、東京から持ってきた『俳句歳時記』や『俳諧歳時記』全五巻や『現代俳句』全二巻で猛烈に勉強している。化石の前に、新しい世界が次々に広がって行った。その中に、心惹かれる俳人がいた。化石自身、次のように書いている。

山の子にけふが暮れゆく獅子の笛　　素逝

ふりかへる障子の桟に夜の深さ

東京から草津湯之沢部落へ、湯之沢の解散により楽泉園に入園——と、ハンセン氏病者の辿る宿命を辿ったのであるが、その間のつれづれに読んだ『現代俳句』で、秋桜子、誓子、楸邨、波郷、草田男、茅舎、たかし等、現代作家に触れた感動は忘れ難い。それをまだ読みこなせないままに、努めて暗記する方法を取ったように思う。その中で最も心を魅かれたのが長谷川素逝の句であった。素逝は戦場俳句でホトトギスの巻頭をとって一躍有名になり、胸を病んで帰還してからは故郷の伊勢の津で病を養い、昭和二十一年に病歿した作家である。そのリリックな句風に病者の感受性が鋭く揺曳しているのがわかる。特に「ふりかへる」の句は、不気味なほど自己凝視に徹している。そうした句に私が魅かれたのも、再び故郷に帰る望みも絶たれ、暗く閉ざされた世界にあったためであろうか。そして、化石と号したのもその頃からであった（「『生きるよろこび』を」『濱』昭和四十二年九月号）。

また、先に紹介した他にも、何人かの友人が出来ている。岩手県出身の佐藤母杖（当時は万亀、大正三年生）、東京出身の敬子（大正六年生）夫妻ともこの地で出会っている。彼らは、湯之沢で雑貨店を開いていた。

後に、『濱』同人の中戸川朝人（昭和二年生）が、次の発言をしている。

（正月の）座談会の終ったあと、佐藤母杖さんが当時の宗匠時代のその「巻」を宿舎に持って来て見せてくれたね。その湯の沢時代の化石が可愛らしい女形に扮したといった話を佐藤敬子さんがしていた。すごく可愛かったが当時から声はよくなかった（笑）そうだが（「座談会　五年」『濱』昭和五十年四月号）。

何かの余興で、化石が女形に扮したこともあったらしい。悲しい日々の中にも、楽しい出来事もあったようだ。またこの頃、愛知県出身の天野武雄（大正二年生）夫妻とも出会っている。天野は、まだ俳句は作っていない。彼は、大工仕事で生計を立てていた。

◉新聞投稿

化石の視界は、少しずつ広がっていく。彼の目は、湯之沢を離れた社会に向かっていく。やがて、新聞の投稿欄にも投稿を始めている。

当時の読売新聞上毛版は、富安風生、臼田亜浪ら、錚々たる先生方が選者でした。それで、私も投句をしたんですね。本名で投句したら、湯ノ沢にいる村越だということがばれてしまうから、本名を名乗れない。だから、化石という名をつけた。なぜ化石にしたか、ですか。病者の姿を見ていましたからね。ここに来た以上、家にも帰れない。社会復帰もできない。あと十年もすれば、自分もこうなってしまうんだろう、と思って見ていた。何か残そうと思って俳句をはじめた自分も、もはや土の中に埋められたようなもんだ。だから「化石」です。(笑)。投句してみると、けっこういい成績でね、それでやみつきになりました(「心と魂を詠う──村越化石」)。

化石は、「読売新聞上毛版」と話しているが、「読売新聞・群馬版」である。これは、群馬県立図書館が所蔵していた。そこで「群馬歌壇・群馬俳壇」欄の七月からのコピー依頼をすると、一時中断していたものが、同年十一月六日から再開していた。ほぼ毎日数句が掲載されていた。俳句は官製はがきで三句応募。月ごとに選者とテーマが変わり、翌月初めに月ごとの課題入選者の発表がある。天・地・人・佳作。これに入ると、いくらか賞金が貰える。そんな訳でコピーは膨大な量になったが、化石の句はあちこちに掲載されていた。

化石の句が初めて掲載されたのは、同年十二月二十四日、課題は、「雪」と「冬季雑詠」で、選者は富安風生。この日、五句が掲載されているが、化石のものは次の二句である。

雪垣に朝の言葉を交しけり　　吾妻郡草津町　村越化石
雪の日の大温室に花咲きぬ　　吾妻郡草津町　村越化石

この二句が新聞に掲載されているのを見た時、化石はどんな思いがしたろうか。社会に向けて発信した思いが届いたのである。俳句を通じて、自分が世の中とつながったことを感じたに違いない。俳句には、健常者と病者の垣根はないことも教えられたはずである。

この時には、翌昭和十六年一月五日に発表された「歌壇・俳壇十二月課題入選者」の佳作の筆頭に〈草津町津々井館内　村越化石／雪垣に朝の言葉を交しけり〉が掲載されている。ちなみにこの時の佳作は十名である。嬉しかったに違いない。

◉**帰郷**

化石の句が次に掲載されたのは、一月二十九日である。課題は「炭」と「新年雑詠」。選者は臼田亜浪である。

窯出しの炭はぜ競ふ月きびし　　草津町　村越化石

この句は、『自選句集　籠枕』の「昭和十五年より昭和二十四年までの句」の二番目に掲載されている。「原句は〈月夜かな〉であったが、〈月きびし〉に添削された」と添え書きが付いている。

この句は、翌二月五日に発表された「歌壇・俳壇一月課題入選者」の天・地・人・佳作の、三番目の「人」に入っている。それぞれ入選した人は、喜びの声を寄せているが、化石の場合は次のように紹介されている。「村越化石氏　俳壇人位入選の村越化石氏は草津町津久井旅館の浴客であつたが、数日前郷里静岡県志太郡朝日奈村字新舟に帰つたあとで宿帳によれば本名は英彦君（三〇）、半年ほどの滞在中熱心に句作して居つたと主人田中浩三氏は語つてゐた」。化石がもし滞在中なら、写真も掲載されたはずである。「天」、「地」の二人は写真も掲載されている。ちなみにこの時、化石は十八歳である。

化石に取材して書かれた村上護「村越化石　揺るぎなきその句行」（『俳句朝日』平成十九年六月号）には、湯之沢時代、一か月ほど帰郷して家督を姉に譲ったことが書かれているが、この頃だったようだ。湯之沢は、この年の五月十八日に解散式が行われているが、化石もひたひたとその時が迫っているのを察知していたようだ。三年ぶりの朝比奈村への帰郷である。どんな思いがしたろうか。化石自身が、のち次のように話している。

> この湯ノ沢の宿がまもなく解散となると、私も身の振り方を決めねばならなくなり、帰郷して家族と話し合うことになりました。ちょうど姉の結婚話が持ち上がっている時でもあり、家は姉夫婦が継ぎ、私は栗生楽泉園に入ることが決まりました。涙を堪えて再び故郷を後にし、草津へと向かう列車に乗り込みました（「句に託した賜生の喜び」）。

ここにはないが、化石は、湯之沢で出会った二歳年上の埼玉出身のなみ（大正九年四月生）と結婚して、栗生楽生園の自由地区（下地区）に一軒家を建て、そこで暮らしたい旨を話したと思われる。後は、国が総て面倒を見てくれることを聞いて、両親は安心したに違いない。

この頃、化石は恋をしていた。化石がなみと出会ったのは、津久井館であった。昭和八年、十三歳の頃発病した彼女は、町医者から「腫れもの・できものには草津の湯が一番効く」と言われて湯之沢にやってきて、湯之沢と出来たばかりの栗生楽泉園とを行き来していた。なみに心を奪われてしまった化石は、なみに二、三度ラブレターを渡したという。このことは、なみから話を聞いた人から教えられた。

この時、化石が一か月ほど滞在したのは、彼に家を建てるための纏まったお金を持たせるため、工面する時間が必要だったからだと思われる。化石は、財産分けの大金を懐に故郷を後にして再び草津に戻った。自分が生きていくのは、もうここしかないと自分に言い聞かせながら。

故郷を失って大きな喪失感を抱いた化石が津久井館に一か月ぶりに戻った時、一月二十九日に掲載された彼の句が、翌月発表された「歌壇・俳壇一月課題入選者」の「人」に選ばれたことを教えられたに違いない。嬉しかったことであろう。いくらか賞金も届いていたはずだ。故郷は失ったが、自分には俳句がある。彼は、このことを強く思ったに違いない。

化石は、さっそく国立らい療養所栗生楽泉園に赴き、自由地区に家を建てる許可を願い出たはずだ。

昭和十年に湯之沢にやって来て点灸治療に励み、昭和十二年に栗生楽泉園に入園した岐阜県出身の山本よ志朗（明治四十四年生）は、次のように書いている。

その頃、湯の沢から三四人で園へ遊びにきて、相撲をとつたりして泥んこになつて帰つて行くといつたような痛快な青年がいることを聞いたが、後でその中の一人が、自分の家の建つのを見にきた化石君であることを知つた（「化石の足音」『濱』昭和三十三年十一月号）。

自分の住む家が、少しずつ出来ていく。自分はここに住むのだ。化石は、その思いを固めて行ったに違いない。

次に化石の句が「読売新聞・群馬版」の「群馬歌壇・群馬俳壇」欄に掲載されたのは、四月三日である。課題は、「桜」と「当季雑詠」。選者は臼田亜浪。掲載句は、〈貨車黒く菜の花の黄を載り走る　草津町　村越化石〉。同月の二十七日にも、〈かぎろへる石を見てゐて眠うなりぬ　草津町　村越化石〉が掲載されている。

次は、六月二十六日である。課題は「五月雨」と「当季雑詠」、選者は富安風生。〈門毎に蛍火流れ夕たのし　草津町　村越化石〉。

翌七月九日にも掲載された。課題は「汗」と「当季雑詠」。選者は臼田亜浪。〈汗ふいて塔時計見る空まぶし　草津町　村越英彦〉。夢中になって、本名を名乗ってしまったようだ。

翌八月十七日にも掲載された。課題は、「天の川」。選者は室積徂春。〈天の川美し雲の出て遊ぶ　草津町　村越化石〉。この句は、翌九月五日に発表された「歌壇・俳壇八月課題入選者」では、最高の「天」に入っている。化石も気に入った句であったようで、『自選句集　籠枕』の「昭和十五年より二十四年までの句」の三番目に記している。またいくらか賞金も貰ったはずだ。嬉しかったことであろう。

化石はこの後も、十月二十二日に一句。翌十一月二日に一句。同月四日に一句。同月十四日に一句と掲載され、快進撃を続けている。

◉結婚

化石は、この年の十一月に津久井館でなみと結婚した。もうじき十九歳になる新郎と、二十一歳の新婦の若々しい夫婦が誕生したのだった。

化石が入園前に結婚したのは、栗生楽泉園での結婚は、男は断種をしなければならなかったが、入園する夫婦者はおおめに見られていたので、断種を避けるためであったのかも知れない。

なみは、目がくりっとした、しっかり者の可愛らしい女性だった。何事もきちんとしなければ気が済まない化石は、友人たちを招いてささやかな宴を催したはずである。

これからは、俳句の他に、共に生きていく妻もいる。栗生楽泉園の自由地区の家で、彼女と助け合って生きていくのだ。化石は、そんな思いを強くしたに違いない。二人は、「英(ひで)ちゃん」、「なみちゃん」と呼び合っていたという。

前出の、なみさんから話を聞いた人から、この頃、彼女の父親が、結婚する娘の籍を入れて欲しいと朝比奈村の村越家を訪ねたが、化石の父の鑑雄は首を縦に振らなかったと教えられた。

明石海人こと野田勝太郎は、大正十五年の春に東大附属病院でハンセン病の宣告を受けたが、この時のことを〈人間の類を逐はれて今日を見る狙仙が猿のむげなる清さ〉と詠んでいた。当時、ハンセン病を宣告された者は人間以下と見る人が多かった。当時は、ハンセン病は不治の伝染病で忌み嫌われていた。籍をきちんと入れる普通の結婚など、望むべくもなかった。後、登場する同病の白井春星子は、〈七夕や姓をたがへて癩夫婦〉と詠み、妻の米子は、〈結婚十年／百日紅癩故入籍求めもせず〉と詠んでいる。

当時の家長の大切な務めは、家を存続させることであった。長男が病気になり、家の存続が危ぶまれたが、ようやく村越家も姉の久子の婿が決まり、存続出来た。自分たちから若夫婦に代も変わる。もう化石には、出来る限りのことはした。もし化石が先に死んで、妻が、村越家の人間だから面倒を見てくれと言ってきても、もう自分の意思ではどうにもならない。鑑雄の胸中は、容易に想像できる。むしろ、娘可愛いさのあまり、病気になった娘の籍を入れて欲しいと言いに来たなみの父親の方が、当時は非常識であったと言えないだろうか。

しかし、このことを知った化石となみの心に深い傷がついたことは、想像に難くない。だからこそ、なみは長い間忘れることが出来なかったのだ。化石にとっても、これでは面目丸潰れである。世間知らずでお坊ちゃん育ちの化石は、父親に捨てられたと思ったことであろう。当時の病者の多くが通らなければならない道であった。

明石海人の場合は、病気になる前の教員時代に結婚したが、妻の籍は野田家の籍に入れてもらえなかった。片親が原因だったようだ。当時は、籍に入れるということは、今よりもずっと重かった。家の存在が、圧倒的な力を持って人々を支配していた。

日本軍が、ハワイの真珠湾を奇襲して勝利を収めたのは、同年十二月七日の早暁のことである。（日本時間八日午前三時十九分）国民は、その報道に沸いていた。

兵庫県明石で療養していたコンウォール・リーがひっそりと世を去ったのは、同月十八日のことであった。享年八十四。

その二日後の十二月二十日、化石は荷馬車を頼んで僅かばかりの書籍や生活用品を積み込み、愛妻のなみと共に何かに急き立てられるようにして国立らい療養所栗生楽泉園に向かった。やがて湯之沢の人々は去り、建物は壊され、一つの集落が幻のように消えていった。

この頃を境に、時代は大きく変わっていった。

第四章 国立療養所栗生楽泉園

化石の父、村越鑑雄。

◉国立療養所栗生楽泉園

草津町のいくつかの場所を巡った私は、化石を追ってタクシーで国立療養所栗生楽泉園に向かった（昭和二十一年十一月一日から勅令第五一四号で国立らい療養所は、「らい」の文字がとれて国立療養所となっている）。

草津の大滝乃湯の辺りから三キロ、時間にして七分ほどで到着した。正門を入ると、暫らく林道が続き、左手の遥か彼方にコンクリートのアパートみたいな事務本館が見えたと思ったらまた建物が途切れ、暫らく走って社会交流会館や中央会館等の建物が混在している地区に来ると、タクシーは一つの建物の前で止まった。それがお願いした福祉棟だった。建物の右側に郵便局のマークがある。ここは、郵便局も兼ねているようだ。

私は、すぐに、手紙で先に依頼していた福祉課の小林綾さんを訪ねた。医療ソーシャルワーカーで、社会福祉士と博物館学芸員の肩書を持つ小林さんは、二十代後半の方だと思われた。さっぱりとした性格で、仕事がてきぱきと出来る女性であった。栗生楽泉園に勤め始めて五年だと言われた。彼女が、栗生楽泉園を訪れる人の窓口になっている。

化石の妻のなみさんがご健在だということは、先にバルナバホームの患者たちによって刊行された『高原』を探している時、草津町の教会関係者から教えられたが、私は半信半疑だった。私は彼女と接触して初めて本当だと知った。大正九年四月生まれの彼女は、九十八歳のはずである。知らない人が、高齢の病床にある女性を見舞うのは失礼ではないか。本人も喜ぶはずがない。そう思った私は、見舞いは遠慮させていただいて、付き添いの人に持参したお菓子と花束を渡して欲しいとお願いした。

その後、あちこちを案内していただいて、化石が死を迎えた治療棟を見学に行った時、偶然（あるいは職員の方々の御配慮であったかも知れないが）私は、遠くからなみさんをお見かけすることが出来た。それぞれの病室の前に共通の大きな広場があり、病室の人も皆一緒にそこで食事をされるという。モジリアニの絵から抜け出たような、ほっそりとしたなみさんは、車椅子に座ってそこにおられた。頭にぴったりと張り付いた黒い帽子のようなものを被っていた。三年前に脳梗塞に襲われ、今、リハビリ中だとも言われた。

私に気づいた介護の男性が、なみさんの手を取り、大きく振ってくれた。この人が、化石と共に生きてこられた方なのだ。その方が、私を待っていて下さったのだ。私は、深い感慨にとらわれ、深く頭を垂れた。来てよかった。本当によかった。しみじみと思った。

さて、小林綾さんは、古いことはわからないので、昭和五十年から勤務されているという職員の湯本光夫さんを頼んで下さった。彼は、平成二十九年三月の定年退職まで、福祉課福祉係長をされていたが、同年四月より再任用で事務部長室付となり福祉課に勤務されているという。

湯本さんは、中肉中背で、姿勢も性格も真っすぐな方であった。この近くの出身なのだと言われた。福祉棟から外に出ると、天気のいい日には西に白根山、南に浅間山が見えるはずであるが、この日は生憎の曇り空でどちらも見ることは出来なかった。

その後、二人に化石夫妻が住んだ家の跡地に案内していただいた。栗生楽泉園は、湯本さんの説明によると、社会交流会館付近を境に上地区と、下地区に分かれていた。正門から社会交流館付近までが上地区。その先が下地区である。化石が住んだのは、下地区と呼ばれる一帯にあった。下地区は、自由地区とも呼ばれていた。全国の療養所で唯一、自費で家を建て、健康な付添人と暮らすことが出来る地区だったからである。

もうこの地区の家は、ほとんど取り壊されて、残っているのは僅かである。生い茂った木々の間のゆるやかな草原の坂を下って行った。

ふと遠くを見ると、こんもりと盛り上がった雑木が波のようにうねっている。それを見た瞬間、化石の〈どこ見ても青嶺来世は馬とならむ〉（『句集 獨眼』）を思い出していた。

化石の家の跡は、社会交流館の付近から六百メートルほど離れた、ドンづまりにあった。その下を雑木が波のように覆っていた。化石が集めたものであろうか、一か所にいくつかの石が積み上げられていた。

湯本さんは、石の山の左側の朽ちた木を指さして、「これが化石桜です」と教えてくれた。入園者は、入園した記念に一本の木を植えるのが習わしであった。化石は、八重桜の木を植えた。彼の『句集 八十路』に次の句がある。

わが植ゑし一本の八重桜が毎年咲き続け今に至る

わが桜化石と名づけ寿

また『濱』（平成二十四年一月号）には、次の一句もあった。

見てもらふ化石桜の枯れ姿

化石桜が枯れてしまったことは、化石も知っていたようだ。けれどもよく見ると、中央の太い三本は朽ちてしまっていたが、その脇から新しい芽がつくつくと伸びていた。それが化石桜のものなのか、他のものかはわからなかったが、化石桜を養分として新しい命が芽吹いていた。命の継承が行われていた。私は、何だか嬉しくてならなかった。

後から小林さんは、昭和五十一年頃のこの付近の配置図を下さったが、化石の家がドンづまりではなく、まだその一段下に五軒の家が横に並んで建っていた。それぞれの家に花の名前が付いていて、化石の家は「竜胆（りんどう）」であった。

かつてここに化石が千五百円出して建てた一軒家があった。四畳半と六畳と玄関があって、廊下も、お勝手も物置もあった。それから床の間も出窓もあって玄関の戸は格子戸のように洒落た造りになっていた。

化石となみは、この場所にあった一軒家で、昭和十六年十二月二十日から暮らし始めたのだ。この頃の千五百円は大金である（先に触れたが、昭和十六年の大卒の第一銀行の初任給が七十五円（『物価の世相１００年』））。化石は、建築費のいらない上地区に住むことも出来たはずである。しかし、彼の両親はそこを選ばせなかった。私は、少しでも息子に自由に生きて欲しいという両親の深い愛情を感じた。化石が、資産家の息子だから出来たことでもあろう。

この頃、栗生楽泉園では、患者数が千七十一名（男性七百名。女性三百七十一名）。職員百十四名の大所帯であった（ちなみに今回いただいたパンフレット「国立療養所栗生楽泉園」の「入所者の推移」には、平成二十八年度で七十九名とあった）。

さて、この頃のことを、化石は次のように書いている。

私は太平洋戦争に突入した直後の昭和十六年末に現在の楽泉園に入所した。同じ世代の若人が勇躍出陣の途についていつたその頃に山深いライ園の門を足音をひそめてくぐつたのである。戦時色にいろどられた社会から一応逃避した格好であつたが、この門は終生出づることのない地獄の門に思はれた。ライ園が隔離された別天地とは云へ戦争の苦しみは形を変へて襲つて来た。自らの食料を補ふために一人百坪以上の開墾もやつたし、顔を包んで近郷へ買出しにも出かけた。雪中一里余りの山道に炭運びの奉仕を何回もやらされた。潰瘍の上に木の葉をあてて繃帯をしてゐた薬品不足の時代も過ごした。これ等は病人なるが故に過酷であつた。病気が目に見えて悪化したのは当然であり、生命を落していつた人も多い。

序でにもう一つの事実を打明ける。終戦後、人権問題として糾弾された特別病室があつた。病室とは名のみの高いコンクリートの塀に囲まれた監獄である。当時所内の警察権は園長に在つたが、一部の悪徳職員が特別病室を利用して患者の自由と人権を完全に奪つてゐたのである。ここに入れられたが最後、治療も受けられず拘留期間が過ぎても放置されてゐた。病ひに加ふるに最大の恐怖であつたのは云ふまでもない。すべては戦争からきた禍ひである（「山間にて―俳句随想―」『濱』昭和三十一年八月号）。

化石も書いていたが、炭運びは大変な作業だった。当初は、施設当局は六合村の木炭を買い付け、トラックで運んでいたが、十六年の物資統制令以後ガソリン節約のため、この炭運びの作業を患者が奉仕ですることになったのだ。戦争の余波で、苦しみは、弱い者たちに容赦なく押し付けられたのである。

高原の山道を下って六合村荷付場に出る。ここより片道はそそり立つ崖、足元に深い渓谷が横たわる悪路を進み、ようやく花敷にたどり着いたが、片道十キロ。足の悪いものは、ここまででへばってしまった。背負子のあるものは二俵、三俵と背負い、背負子を持たない者は、布一枚あてただけの背中に一俵を荒縄でしばりつけて運んだ。女患者たちも一俵を運んだ。こうした炭背負いの強制労働は、秋から冬にかけて多くなり、月に五、六回にもなった。これをしないと炭の配給にあずかれないので、皆必死であった。

また炭ばかりでなく、薪運びもあった。特に園の中腹をえぐるように迫った〝地獄谷〟からの薪上げは、苛酷だった。患者が約一メートル間隔で並び、薪を下から上へと手渡しでする作業は、〝人間鉄索〟と呼ばれた。

その他「奉仕作業」という名の強制労働には、発熱患者用に蓄えておく氷室への雪詰め、降雪時の所内除雪と園に通ずる草津道路の除雪、赤松丸太をくり抜く温泉引きの木管作りと敷設替え、道普請、共同水道の小屋掛け、また十九年頃からは飛行機油を採取するという松根掘りなどがあった。もちろんどれ一つとして楽な作業はなく、同時にこのような奉仕作業とは別に、病棟・不自由舎の看護は「義務」とされていたのである。もはや療養所どころか、まさにこの園は、患者撲滅の〝墓場〟だったのだ（『風雪の紋 栗生楽泉園患者50年史』）。

もちろん化石も不自由者の義務看護にはついているが、他の重労働も、化石たち若い青年団の役割になっていた。

奉仕作業や食料や薬品の不足などで病気を悪化させ、死者は続出している。昭和十六年が七十一名。昭和十七年が九十二名。十八年が九十四名。十九年が九十七名。二十年が百三十八名である。特に自分で食料を手に入れることの出来ない盲人たちが犠牲になっていった。先の、「患者撲滅の〝墓場〟」は、決して誇張ではなかった。

また、先に出て来た特別病室は、昭和十三年に建てられ、昭和二十二年まで使われていた。その間の特別病室での在室者総数は九十二件、死者は、二十二名である。

平成二十六年四月に、特別病室の一部を再現して重監房資料館として一般公開されている。

◉続・新聞投稿

化石の新聞投稿は、相変わらず続いている。苦しく、厳しい日々であったが、俳句を作り掲載されることが生きている証であったからであろう。

昭和十七年になって初めて掲載されたのは、三月二十八日のことである。課題は「雛祭」と「当季雑詠」。選者は富安風生。〈学問（もん）の机の上の桜（さくら）草　草津町　村越英彦〉。ここでも本名を記している。村越英彦という人間が生きた証を残したかったのだろうか。

次に掲載されたのは、四月二十九日のことである。課題は「蝶」と「当季雑詠」。選者は臼田亜浪。〈碧天（てん）をせばめて木の芽（め）こぞり萌ゆ　吾妻郡草津町　村越英彦〉。

ここでも本名を名乗っているのが興味深い。

この後もコンスタントに掲載され、この年はあと十一回掲載されている。その他に、十月に掲載されたものが翌月発表の月間優秀作の佳作に入っている。やはり興味深いのは、最後の四句が本名の村越英彦で発表されていることである。自分は、村越英彦以外の何者でもないのだ。そんな彼の心の叫びが聞こえて来るようだ。

ちなみにこの「読売新聞」は、この年の八月五日から「読売報知新聞」に改名している。

◉栗の花句会と浅香甲陽

山本よ志朗が、化石を初めて見たのは、昭和十八年頃のことであった。

> 十八年頃だつたと思うが、故浅香甲陽の家で句会があつたとき、初めて化石君に遇つたように記憶している。化石君は甲陽の後に隠れるようにして座つていたし、僕も俳句は初

心であつたから話し合うこともなく別れたようにおもわれる。化石君はその頃甲陽の家へよく行つていた。化石君の俳句は甲陽に影響されていることが多いように思われる。化石君の今日の俳句の萌芽はこの辺にあつたような気もする（「化石の足音」）。

山本よ志朗が書いているこの句会は、栗の花句会だと思われる。おそらく湯之沢の高原俳句会で知り合った浅香甲陽に誘われたのだと思われる。

栗生楽泉園に、この栗の花句会が出来るまでの経緯は、『風雪の紋』に収録された「文化活動の歩み」で触れていた。

昭和八年、田中雲山を中心に俳諧の「やどり木吟社」が生まれ、俳句募集し墨書で巻を作り、横浜や静岡の宗匠に送って選をあおいだりした。これには二〇余名ほど投句し、湯之沢、楽泉園双方の患者が出句した。

やがて当園独自の俳句活動がおこり、それぞれ結社に入会、そこへ投句する者がふえた。そのうち主な者は成田白葉、浅香甲陽、森山照葉などである。彼らはやがてガリ版印刷『やどり木』を発行、選句は大津市の大坪野呂子に依頼した。しかし十四年からは『鳴野』主宰本田一杉の選となり、また『やどり木』を『栗の花』と改題した。そして『栗の花』は、十五年ワラ半紙ながら所内の印刷部で印刷し配分した。

兵庫県出身の浅香甲陽（明治四十年生）は、栗の花句会の中心的な人物の一人であった。農家の長男として生まれた彼は、神戸の育英中学中退後、大阪の某農業学校に転校したが、三年の時発病して退学した。明石の病院に四年間入院治療したが、昭和二年に湯之沢部落に転地療養。翌年妻帯。昭和十一年栗生楽泉園に入園。十三年に失明。この頃、『鳴野』誌により句作に専念。翌年「鳴野」の光明同人に加えられる。同志と栗の花句会を結成。昭和十五、六年から前田普羅の「辛夷」にも所属。

彼との出会によって、化石の俳句に対する姿勢は大きく変わった。彼は、次のように話している。

（湯の沢の頃の俳句は）逃避的な、文芸的な意味より娯楽です。友達とのこころのふれ合い、その方が愉しかった。そういう中で浅香甲陽に出合ったんです。自分を見つめている。苦しみに生きる。それはもう娯楽なんてものじゃない。もっと切実なものですね。その姿に感動していたんです。別なものがあることに気ずいたのです。甲陽が喉を切った頃でね、非常にこころの高まりが伝わって来ました（「『山国抄』をめぐり」『濱』昭和五十年三月号）。

この頃甲陽は、後の「栗生盲人会」の前身の「泉友会」の会長でもあった。

◉『若葉』

この頃化石は、新聞投稿だけでは飽き足らず、句誌への投稿を考えていた。群馬県だけではなく、もっと広い世界を求めていたのであろう。彼が選んだのは、当時、富安風生（明治十八年生）が主宰していた「若葉」であった。

富安は、「ホトトギス」の上位者であり、化石が投稿していた「読売報知新聞」の俳句欄の選者でもあった。その縁を頼ったのであろう。

化石には、生前、何人かの研究者が接触しているが、彼が『若葉』に投稿していたことは、誰も書き残していない。化石自身も書き残していない。私が知ったのは、『高原』（昭和二十二年六月号）に掲載された「故人を偲ぶ座談会」で、化石が、「（夢治）氏は昭和十八年当時投句してゐた『若葉』誌上で知つたのが始めてですが、私にとつては忘れられない一人です」の発言を知った時である。

化石の句が「若葉」に初めて掲載されたのは、昭和十七年七月号である。次の二句が掲載された。

鶏の啄み吐きし木の芽かな
湯煙になほ風花の舞へりけり

ちなみにこの号には、浅香甲陽の二句も掲載されている。二人で相談して投句したのだろう。同誌の翌八月号にも化石の句は〈辷り臺すべり減らして暖かし〉が一句掲載されている。この号には甲陽の掲載句はない。

この後も、化石と甲陽の句はコンスタントに一句ずつ掲載されている。有力な句誌にデビュー出来た喜びは大きかったことであろう。生活は厳しかったが、精神的には満ち足りた日々であったに違いない。人間は、希望があれば、張りのある生活が送れるものである。

◉救癩句誌『鴫野』

先に紹介した「『山国抄』をめぐり」の座談会に次の箇所がある。

編――一杉先生の「鴫野」は今大阪の近藤忠さんのところへ伺えばあると思いますが、当時の「鴫野」に化石さんの句は出ているんですか。

化石――ええ出てます。十八年頃から出ています。身体の具合で休んだこともありましたが。この間鳴門海峡さんからの便りで、海峡さんがやはり「鴫野」で勉強していたんですってね。同じ号に載っているということでした。奇遇だなあと思いました。海峡さんは巻頭をとったことがあるそうですが私は巻頭まではとれませんでした。いまの珠玉抄といった欄には載ったことがありました。

ここに出て来た鳴門海峡（大正十年生）は、のち化石が入った「濱」の仲間である。和歌山県那智勝浦町生れの彼は、この頃、大阪で建築の自営業をしていた。

先の「文化活動の歩み」にも出て来たが、大阪市旭区鴫野町（現・大阪市城東区鴫野東三丁目）に住む「ホトトギス」同人で開業医の本田一杉（いっさん）（明治二十七年生）は、自らが主宰する句誌『鴫野』をハンセン病俳人たちに開放し、彼らが一番苦しい時代に、希望の燈を灯し続けた人物である。彼がいたから生きがいを持つことが出来たハンセン病の俳人は多かったのではなかろうか。
『鳴野』がハンセン病俳人に開放される以前は、多くのハンセン病俳人は、『ホトトギス』に投稿していた。ところが、『ホトトギス』（昭和十二年一月号）は、自由投稿制を廃止し、誌友制に改める旨を宣告した。そのために、『ホトトギス』が買えない彼らが締め出されてしまったのだ。そのことに義憤を感じた本田一杉は、高浜虚子の了承を得て、『鳴野』を同年四月号からハンセン病者たちに開放したのだった。

化石の句が初めて『鳴野』に掲載されたのは、昭和十七年十月号である。「雑詠　一杉選」に、〈踊る輪の小さくなりて稍さむく〉が掲載された。『鳴野』では、ハンセン病者の優秀な作品を「光明集」として数人、その他の人の優秀作を「徒然集」として同じく数人掲載しているが、化石の友人の浅香甲陽は、この時、「光明集」五人の中に入り、「秋の爐」三句が掲載されている。

化石の句のこの後は、十二月号である。〈龍膽や霧に傘さし湯治客〉以後、時々掲載されない時もあるが、コンスタントに掲載されているという印象である。
『鳴野』は、昭和十八年一月号より、雑詠欄が二段組みになり、やがて三段組みになった。戦争の余波で、用紙が不足して来たのだ。

しかし、昭和十九年三月号の「後記」には、残存を許された旨が記されている。

戦が厳しくなると統合問題もきびしくなり府下一俳誌ということになって、圭岳の『このみち』が発行されたが、『鳴野』は別に残存母体雑誌として発行を許されたのである（「本田一杉」『大阪の俳人たち3』)。

本田一杉の情熱が、当局を動かしたようだ。

この頃、化石の新聞への投稿の情熱は、少しずつ衰えているような気がしてならない。というのは、「読売報知新聞・群馬版」の「群馬歌壇俳壇」の昭和十八年一月から十二月までの掲載句を調べても、一月二十八日、山口青邨選で〈荷(に)物より小さき子が曳(ひ)く手△かな　草津町栗生　村越英彦〉、二月九日、臼田亜浪選、〈梅林に雪解の靄たまり来る　草津町　村越英彦〉、十二月二十四日、臼田亜浪選、〈寒(かん)雀町に青菜の出廻(まは)りぬ　草津町　村越化石〉の三句しか掲載されていないからだ。この三句の中で、本名の村越英彦を二度使っていることが興味深い。ここに、村越英彦という人間が生きた証を残しておきたかったのだと思われる。それだけ死が身近に感じられたのでもあろう。

おそらく、彼の新聞投稿は、この辺りで終わったものと思われる。ちなみに、ここまでの彼の新聞掲載句は、昭和十五年十二月二十四日から昭和十八年十二月二十四日までで二十七回二十八句。月課題の入選句は四句（「天」一句、「人」一句、「佳作」二句）。合計三十二句が掲載された。

化石の句が『鴫野』の「光明集」に初めて掲載されたのは、昭和十九年七月号である。五人の中に「紅梅孤娘　栗生　村越化石」とあり、次の三句が掲載されている。

紅梅や一人の姉に家ゆづる
散る桃を髪にとゞめし汝のやつれ

◉終戦の日

昭和二十年八月十五日、我が国は終戦を迎えた。戦争に負けたのだった。化石はこの日のことを後に次のように書いている。

> そうである。あの日の放送を聴いたあと、私は、同じその畑の径を下つてきたのだつた。あの日、畑は微風もなく、山国の空が怖しい青さで晴れ上がつていた。丈高く蔓を伸べた花隠元の、白と紅の花が、私の眼につよく沁みた。
>
> 　畑に蹲み、何を想い、何を見ていたのだろう。
>
> 　――いろんなものが立ち消え、立ち消えしたようだ。すべてが虚ろな中におかれていた。玉音放送が遠いところのでき事に思えた、ラジオのよく出る家に集つて聴いた。その中の一人が、「俺たちは祖国浄化のためと思つてこの療養所にいるのに――」と、憤るように叫んだ声。また、ある年配の男が「日本は良くなりますよ、これから良くなりますよ」と、うわずつた声で繰返した言葉も、空の奥深く消え去つて行つた。
>
> 　その中で、ただ一つ、故郷の姉の身がしきりに案じられた。子を負うた若い姉の姿が眼に浮び、熱いものがこみ上げた。――畑草の青さとともにそれらのことが甦つた。――昨日のことのように（「回想」『濱』昭和三十八年十月号）。

この日を境に、わが国は大きく変わっていった。憲法も変わり、民主主義の時代になった。国民の誰にも等しく人権が保障され、それまでハンセン病者は療養所に入ると同時に徴兵免除と引き換えに選挙権は剥奪されていたが、また与えられるようになった。

人々の意識の変化と共に、療養所のハンセン病者たちの意識も大きく変わっていった。

◉父の死

化石の父・鑑雄が亡くなったのは、翌昭和二十一年の一月六日のことである。朝比奈村郵便局の局長をしていた彼の死は、病死であったという。享年四十六。

『鳴野』三月号に化石の次の二句が掲載されている。

父逝きて心の凍のゆるみけり
月照りて青しとおもふゆきの原

父の葬儀のために帰ることは許されなかった。落胆している化石の姿が見えるようである。

自分の病気が、父の死を早めたのではないか。化石は、自分の親不孝を詫びたことであろう。

化石の句が次に『鳴野』に発表されるのは、この年の七月号である。

病みぬきし人のまなざし蝶を追ふ
郭公や白根の雪の汚れはて

ようやく立ち直ることの出来た化石の姿が見えるようである。この時期、化石は眼も病んでいたようであるが、切なく、悲しく、寂しい日々であったに違いない。

◉続『若葉』と『ホトトギス』

化石が俳誌『若葉』に昭和十七年七月号の富安風生選の雑詠欄に二句掲載されてからコンスタントに一句ずつ掲載されたことは既に触れたが、その後も、時々掲載されないこともあるが、ほぼ一句ずつコンスタントに掲載されている。

昭和二十年になると、今度は高浜虚子の『ホトトギス』の虚子選の雑詠欄にも掲載された。このことは、生前彼に接触した研究者の誰も書いていないし、彼自身も書いたり発言したりはしていない。しかし彼が、甲陽が『ホトトギス』に投稿して掲載された旨は書き残していた。それならば、先の『若葉』と同じように化石も投稿している可能性が高いと思って調べると、発見出来たのだった。

最初に掲載されたのは、昭和二十年五月号で、〈暖かく障子の破れ初めしかな〉。

私は、『ホトトギス』の虚子選の雑詠欄は、昭和十五年一月号より調べたが、浅香甲陽は、昭和十八年十二月号に一句。翌昭和十九年一月号に一句掲載されていた。化石が投句したのは、彼に刺激されたからかも知れない。

『ホトトギス』の昭和二十年六月号から九月号までは休みで、次に刊行された十月号には、〈あたゝかく障子の破れ初めしかな〉が掲載された。〈暖かく〉が〈あたゝかく〉に変っただけで、あとは五月号と同じである。何か手違いでもあったのだろうか。あるいは、虚子が、漢字をひらがなにすると、こんなにも印象が変わるということを化石に教えようとしたのだろうか。この号には、甲陽の一句も化石の横に掲載されている。最後は、この年の十二月号である。〈山山の紅葉とゝのふ温泉宿〉。化石の『ホトトギス』への掲載は、この三句で終わっている（甲陽は、「辛夷」にも所属していたので、昭和十八年一月号から昭和十九年三月号まで確認したが、こちらには化石の句はなかった）。

まもなく化石の『若葉』の投稿も終わりを迎える。『若葉』の化石の句の掲載が終わったのは、昭和二十一年五月一日に刊行された「四、五月合併号」である。

これには、この年の六月に刊行が決まった栗生楽泉園の文芸総合誌『高原』の存在があったのだと思われる。

『若葉』は四年近く続けたが、一句組以上に行くことはなかった。化石は、厚い壁を感じたに違いない。これ以上続けても、上がる見込みはない。この辺りで区切りをつけた方がいいだろう。これからは『高原』に懸けてみよう。化石は、甲陽と相談して決めたのではなかろうか。甲陽も、化石と同じようにほぼ一句ずつ掲載されていたが、化石が最後に掲載された「四月、五月合併号」には掲載がない。

ちなみに化石の句が『若葉』に掲載されたのは、富安風生選が二十六回、二十七句であり、上林白草選が一句あるので、合計二十七回、二十八句である。
当時、化石が『若葉』にどんな句を投稿したのか、ここでは、最後の三句を紹介させていただく。

一片の雪舞ひきたる別離かな　（昭和二十年七月〜十二月までの合併号）
栗拾ふ明日が待ちをり早く寝る　（昭和二十一年三月号）
朝寒や手にとるものに竹箒　（昭和二十一年四月、五月合併号）

◉『高原』創刊

先に触れた栗生楽泉園の文芸総合誌『高原』の創刊号が出たのは、この年の十二月のことである。この『高原』は、短歌、俳句、川柳と作文が一篇の、僅か十二頁の小冊子であったが、自分たちの作品の発表の舞台が得られたことの感激は大きいものがあったことであろう。今まで、それぞれが各結社に応募していたが、ようやく全員が一つにまとまることが出来たのである。この頃、「栗の花」も終焉を迎えている。
「巻頭言」は、彼らの志を高々と掲げている。

癒へ難き病をもちてわれは懐しき故里を逐はれ、なれは愛しき妻子とわかれ、かれらは名を捨て財を擲ち忽然とうたかたの消ゆるが如く世をのがれきぬ
薄倖なるかな　我　汝　彼ら……

同じ病のえにしふかく相寄り相集ひ安住の地を得たり
浅間の噴煙を朝夕に眺め白根山の裾近く草津温泉のほとりこゝ高原に………
　噫々高原よ第二のふるさとよ
川は新緑に匂ひ山桜霞の中に咲く　いたるところつゝじはあかあかと燃ゆる落葉松の緑陰に鈴蘭は馥郁とかをる
郭公の呼ぶ新緑の嶺々　朧膽の花紫ににをい絢爛たる紅葉の山峡白根おろしの吹雪はたけ
る
血と涙の半生の闘病に自ら詩魂の躍動ありもう〳〵たる噴煙の如くこん〳〵と湧く温泉の如く　高原!!
これは我々のパラダイスであり、オアシスである

（文芸部）

俳句の選者は、前田普羅（明治十七年生）。この頃富山県に住み、「辛夷」を主宰していた彼は、栗生楽泉園に度々俳句指導に訪れていた。その縁を頼ったのであろう。
「俳句雑詠」欄のトップは、浅香甲陽で五句が掲載されている。次は、三句が四名いるが、化石はトップに掲載されている。

はた〳〵を追うてあてなき空の下

気まぐれの霧が落せる栗のいが
霧深しよその時計をきいて寝る

その後、二句が八名。一句は十四名。全員で二十七名である。

他に、「前田普ら先生歓迎会雑詠」がある。これは、昭和十九年六月二十八日に彼が来園した時のものであろう。特選句が掲載されているが、化石の二句はトップの大木秀月の二句に続いて掲載されている。

はるかなる人を頼りに秋を病む
枯れてゆくものゝ匂へる日ざしかな

『高原』の二冊目の四月号が出たのは、翌昭和二十二年四月末のことである。しかし、この時には、「高原俳句会」のものは載っていない。巻末の「編集室の窓」に、普羅から選評が届かないことが記されている。おそらく普羅は、この頃は忙しくて余裕がなかったのであろう。この年の六月には彼の句集『飛騨紬』(靖文社)が出ている。

そんな訳で、高原俳句会は、今度は本田一杉を頼ったのであろう。三冊目の『高原』六月号には、本田一杉の選が掲載されている。トップは田中雲山の三句。化石は八番目で、次の一句が掲載された。

教会の夕闇に野火濃かりけり

またこの号には、先に触れた「故人を偲ぶ座談会」が掲載されていて、大町白芽、金子晃典、田中雲山、山本與志朗と共に化石も出席している。

◉人権闘争と特効薬プロミンの出現と浅香甲陽の死

さて、この頃、栗生楽泉園では後に「人権闘争」と呼ばれるようになった大きな事件が起きている。患者たちが力を合わせ、待遇改善と悪徳職員の不正を告発し、自らの権利を主張したのである。発端は、一部の職員が入所者の作業賃をピンハネしていることや、療養所の物資の横流しが明らかになったことで、入園者は一団となり、闘ったのである。この時には、共産党議員の協力もあった。

「上尾新聞」（昭和二十二年八月二十六日）は、「あばかれた栗生楽泉園／愛の聖地の内幕／耐えかねて患者起つ」と報道した。また「毎日新聞」（八月二十七日）は、「狂死、獄死が続出／お菜は僅か梅干一つ／〝光りなき楽泉園〟の内情明るみへ」。「時事新報」（九月十三日）は、『草津カンゴク』の／人権問題中央へ／レプラ患者代表上京」と書き立てた。

その結果は、園長の古見嘉一が休職を命じられたのをはじめ、関わった多くの職員が処分されて栗生楽泉園を去って行った。

この頃、長い間患者たちを苦しめた特別病室も廃止となっている。この運動を通じて、患者たちは、自らの人間としての誇りを取り戻していった。

少し寄り道をしてしまった。話を俳句に戻す。

この年の九月下旬、「鳴野」主宰者の本田一杉が三度目の来園を果たしている（この時、化石の差し出した甲陽のノートに書いた一杉の日付は二十一日。『鳴野』十月号の「消息と後記」では二十二日）。この時のことを化石は次のように話している。


その時、甲陽は病気が進行して声を出すこともできず、目も見えなかったんだよ。けれど、句作にはとても一生懸命だったんだ。私は甲陽から、代わりに一杉先生のお言葉をいただいて欲しいと頼まれたんだよ。そこで、甲陽の句帖を差し出し、お願いした。その時、一杉先生がさらさらと書いてくださったのが、

「肉眼はものを見る。

心眼は仏を見る。

俳句は心眼あるところに生ず」

という言葉だった。俳句は肉眼で作るのではない。心の眼で俳句を作らなくてはいけないということだな。甲陽は大変喜んだんだよ（「心眼　魂の俳人村越化石」）。


一杉が、「おう、よしよし」と言いながら、化石が差し出した甲陽の句帖「百千鳥」にサラサラッと書いたこの言葉は、甲陽だけでなく、後、化石の指針ともなっていった。

甲陽の喜びも束の間、彼の病状はさらに悪化していった。そして咽喉切開手術を受けて声を失った。この頃、化石の句は好調である。というのは、『鳴野』（昭和二十二年十二月号）の「光明集」に三句が取り上げられているのである。これが二度目である。

曇りたる月にひそ〴〵話しをり
秋の風蜂が面を打つて過ぐ
噴煙にいかづちひそむ花野かな

ついでに書くと、化石は翌年も『鳴野』（昭和二十三年三月号）の「光明集」にも取り上げられ、次の三句が掲載された。

人等ゆき用なき我もゆく枯野
松風に昨日の雪の古りにけり
人の死をうらやみすゝる寒卵

浅香甲陽の幸運は続く。今度は、彼の「菊枕」七句が、前田普羅の推薦で『俳句研究』（昭和二十三年二月号）に掲載されたのである。同時に、前田普羅の甲陽を紹介する「浅香甲陽君に就て」も掲載された。

この年の五月三日には、高原俳句会では、「浅香甲陽氏推薦祝賀俳句会」が開催されている。

この年の八月二十日に出た『高原』(六・七・八月号)から、『高原』は、文芸総合誌から園の機関誌へと大きく舵を切っている。

この頃、ハンセン病者たちに信じられないことが起こった。ハンセン病の特効薬となったプロミンが出現したのである。

ただ、プロミンは、ハンセン病の特効薬として開発されたものではない。結核の治療薬として使われていたものが、ハンセン病にも効くことがわかったのだった。プロミンの治療効果がアメリカのファジェット博士によって発表されたのは、昭和十八年のことであり、戦時中なのでこの情報を中立国を通じて知った東大教授の石館守三が独力でプロミンの合成に成功したのは、昭和二十一年四月のことであった。初め、多磨全生園に持ち込まれ、やがて長島愛生園に広がり、各療養所の知るところとなったのである。

『高原』昭和二十三年十二月号の「高原日記」には、「十一月一日 プロミン注射試験的施行開始」とある。

初めは将来のある子どもたちが優遇され、続けてくじ引きで大人の患者に広がっていった。

化石は、次のように話している。


ええ、プロミンは最初、二十三年頃から入ったのですが、数が少くて籤引で注射する者を決めたんです。それに当らない人は注射の終ったアンプルをかき集めてすすったこともあります。全部に行き渡ったのが二十四年になってからでしたが、私は籤運が悪くて終りの方でした。プロミンを二、三十本打ったらどんどん効いて来ましたね。新薬というより、神の薬といったような、そんな感じでうれしかったです（「対談三百号史（第九回）」『濱』昭和四十五年九月号）。

療養所に、明るい空気が一気に広がっていった。忍び寄る死の恐怖から解き放たれたのだ。しかし、そんな朗報も虚しく、昭和二十四年二月十四日、浅香甲陽は死んだ。享年四十二。辞世の句は、〈干柿を食ふべてさびし春吹雪〉。

化石は、甲陽から遺稿の出版を頼まれていた。「句の数は百句ほどでよい、句集の題名は『白夢』、句集を出す資金は女房に用意させておく、自分が死んだら是非出してもらいたい」。句集の題名の『白夢』は、彼の〈露の秋茫茫と白き夢を見る〉から採ったものだ。化石は、身が引き締まる思いがしたに違いない。しかし、まるで甲陽の後を追うかのように、彼の妻も召されて行った。

第一回高原文藝賞の発表があったのは、『高原』四月号である。高原賞は、故浅香甲陽。文藝賞の俳句の部は、田中雲山（明治三十二年生）であった。

プロミンの治療効果は広く知られるところとなり、昭和二十四年二月二十八日には、プロミン予算獲得患者大会が行われている。

翌昭和二十五年八月十日の「山陽新聞」に、「不治のライ病が全快　プロミン注射が成功　愛生園に初退院の喜び」の見出しが大きく躍った。昭和二十二年一月二十日からプロミン治療を受けていた野上花江（仮名）さんが、全国に先駆け、無菌第一号になったことを報じた。

翌日の「朝日新聞」（大阪版）でも、「ライ患者が全治『新薬プロミン』驚異の速効」の見出しでこの朗報を伝えた。ハンセン病者に夜明けが訪れたことが、世の中にも次第に知れ渡って行った。

ただ、プロミンは、パーフェクトな特効薬ではなかった。中には、プロミン治療に踏み切ったために症状を悪化させてしまう患者もいた。また体質が合わない患者もいた。

しかし、プロミンの出現で、患者たちに希望の火が燃え盛ったのは間違いがない。多くの患者たちがグングンと良くなっていくのである。ちなみに、その後、注射薬のプロミンに代わって経口投与が可能なＤＤＳが開発されたが、現在は、耐性菌の発生を予防するため多剤併用療法（ＭＤＴ）が主流となり、ハンセン病は完治する病気となった。またＭＤＴは、世界各国で無償提供されている。

◉大野林火句集『冬雁』との出会い

さて、話が少し進みすぎてしまった。少し、戻ることにする。

昭和二十四年の春のある日、化石は図書館で運命の句集と出会う。彼は次のように口述している。

> 戦後、夢も希望もなかった頃、山深い療養所の片隅の小さな図書館に、どこからか寄贈されて来た句集があった。その中に林火句集『冬雁』があった。大野林火という作家の作品を私はまだ知らなかった。『冬雁』を手にしてむさぼり読んだのであった。読書に飢え

ていたので、一句一句が新鮮に私の体内に流れ込んだのであった。

ねむりても旅の花火の胸にひらく　　林火
とほるときこどものをりて薔薇の門

こんな瑞々しい句、心やさしい句を作る先生に学ぶことができたらどんなにか幸せかと思い、すぐに主宰誌『濱』に入会の誌代を送ったのであった。昭和二十四年の春であったと思う。しかし、いざ投句となると私は臆病であった。自分が世間から嫌われている病気であること、療養所に暮らす身であること、それを打ち明けられず、自らを秘しての投句であった。その作品も風景の域を出ない弱い作品であったように思う（「私の作句信条（一）初心に学ぶ」『蜻蛉』平成十四年九月号）。

化石の句が初めて『濱』に掲載されたのは、この年の六月号である。雑詠欄に次の二句が掲載された。

切株に山の寒さの残りけり　　群馬　村越化石
もめ事の家の前なり春の泥

以後、七月号二句、八月号二句、九月号一句、十月号二句と、化石の句はコンスタントに掲載されている。化石にとって、希望に満ちた日々であったろう。

化石は、「自らを秘しての投句であった」と口述しているが、大野林火は彼がハンセン病者であることは薄々気づいていただろう。というのは、原稿は消毒されているので、封を切ると強い消毒液の匂いが鼻をついたからである。

また『濱』昭和二十五年三月号の大野林火の「雑詠を見る」欄に初めて化石の〈顔上げて冬の長さの燈にもあり〉が取り上げられているが、「作者は長き冬を思つてゐる。そして顔を上げて見ると眼前の燈にも長き冬がまざ〳〵と感ぜられたといふのである。作者が山国の病床にあることを思ふと、一層この句に感銘を受ける」と書いていたのである。

◉中沢文次郎との出会い

さて、化石はこの頃、この『濱』を通じて生涯の友を得ることになる。草津の湯畑の近くで時計商を営んでいた中沢文次郎（大正九年生）である。

終戦後の一年を南方で足止めされて昭和二十一年六月に復員した彼は、在郷の友の市川翠峯に誘われ若林寿一らと土地の俳句会に入会する。そこで畏友となる中沢晃三と出会う。中沢晃三は、当時、老舗旅館の大阪屋の副社長で、のち「アララギ」の歌人となり、また郷土史や温泉の研究家としても活躍する。

昭和二十三年二月に黒岩英子と結婚した彼は、この年の五月に市川翠峯と若林寿一と共に「濱」

に入会する。そして翌年、『濱』に投稿を始めた栗生楽泉園の化石を知り、彼を訪ねて来たのだった。化石から、少し遅れて『濱』に投稿を始めた山本よ志朗を紹介され、やがて高原俳句会との付き合いが始まるのだった。

彼は、いつの頃からか、正月の二日には必ず化石宅を訪れ、酒を酌み交わす仲となっていく。化石にとって、俳句を通じて健常者の友を得た喜びは、大きかったであろう。やがて彼は、高原俳句会と世間との懸け橋となって行く。

また彼は、山登りが趣味であった。生活が落ち着くと化石もあちこちの山々を歩いているが、これは中沢文次郎に刺激されたためかも知れない。

◉本田一杉の死

この頃、療養所の俳人たちに悲報が届いた。「鴫野」を主宰していた本田一杉が、昭和二十四年六月十八日に亡くなったのである。享年五十五。

医師の仕事と、あちこちの療養所巡りと『鴫野』発行の激務が、彼の命を縮めてしまったようだ。

一杉は亡くなる時、自分が水田に撒いた種が、青々と生い茂る様に思いを馳せたはずである。この頃、化石の句もその苗の一株にすぎなかった。

『鴫野』の最終号は、彼の弟子たちによってこの年の十月に出た。『鴫野』終刊号に掲載された化石の句は、〈この道の下るともなし春の雲〉である。ちなみに『鴫野』に掲載された化石の句は、合計八十九句であった。

本田一杉の追悼俳句会は、七月十八日の午後六時より大谷光明寮に於いて盛大に行われた。参加者は、高原俳句会より二十五名。文芸部より二名の合計二十七名であった。

高原俳句会の会員の本田一杉を慕う気持ちは強く、翌昭和二十五年の命日の六月十八日の六時から大谷光明寮で「本田一杉先生追悼俳句会」が開催されている。

ちなみに一杉の志は、彼の弟子の近藤忠（大正十二年生）の「雲海」に引き継がれている。

本田一杉は、『高原』の俳句の選者でもあった。次の人を探さなければならない。

この時には、園長や文化部長の尽力で、中村汀女（明治三十三年生）が承諾してくれた。彼女は、昭和九年に「ホトトギス」の同人になり、昭和二十二年には『風花』を創刊、主宰していた。

『高原』十一、二月号に掲載された「十月分」から彼女の選が掲載されているが、この号の俳句欄を見た人たちは、目を疑ったに違いない。というのは、ベテランたちが退けられ、新人たちが上位に君臨していたからである。市川基と高橋夢一が四句。熊野ほどまと宮川今朝男と宮田豊が三句。以下二句組が続くが、化石は二句組みの九番目に登場する。

もろこしをもぎゐる音の峡に来て
昼の虫起きて病人よろめきぬ

話は変わるが、翌昭和二十五年四月から七月にかけて、囲碁将棋ファンの永年の要望であった栗生楽泉園の第一回天狗本因坊、天狗名人位決定戦が行われている。『高原』初冬号に次の記事が掲載されている。

栗生天狗名人位は、参加八人で予選が行はれ、勝卒上位の羽山一級と村越五級の間で決戦五番勝負を行つた結果、三勝一敗で村越化石五級に凱歌があがり、第一期の栄冠獲得をしました。

化石が初代天狗名人位に輝いた。ちなみに化石が名人位を争った羽山明は化石の将棋の師匠である。羽山は化石に「粘りに負けたよ」と話したという。化石は負けず嫌いである。粘り強い彼の本領が発揮されたのだ。山本よ志朗は、化石が本勝負に挑む時には、一週間前から生卵を二つずつ呑んで体力をつけたと「化石の足音」に書いている。ちなみに、この時、化石は五級であるが、のち初段を取ったようだ。

また、化石は菊作りの名人でもあった。彼が菊作りを始めるきっかけは、終戦の頃、浅香甲陽から一鉢貰ったことである。化石は、昭和二十四年十一月から始まった菊花展の品評会では何度も賞を獲っている。菊花展が終わると、草津の旅館やホテルがいい値段で買い取ってくれるので、菊の栽培は趣味と実益の一石二鳥であった。やがてこの会は秋楽会となり、時期は不明であるが、化石はこの会の二代目の会長を務めていることが、「文化団体小史」（『風雪の紋』）に記されている。

さて、また少し寄り道をしてしまった。再び俳句の話に戻る。

この年（昭和二十五年）の九月二十五日に発行された『高原』（仲秋号）の「後記」に次の箇所がある。

九月末日頃、浅香甲陽氏の遺稿句集『白夢』が故人の遺志により、自費で出版されることになつた。本田一杉先生序、前田普羅先生序句、一杉先生跋、句数百二十句、五十四頁表紙石版三色、非売品。

化石が編集した浅香甲陽の句集の出版の目途が、ようやく立ったようだ。実際出版されたのは、奥付を見ると十月一日。先の記事にはなかったが、発行部数は百部。また化石がこの句集の「後記」を書いている。

化石は、この時甲陽の俳句の総てに目を通している。甲陽が、どんな思いで俳句に向かって行ったか。その姿が、化石の心に改めて焼き付けられたはずである。何だか、甲陽からバトンを受け取った化石が、全力で走り出して行ったように見えて仕方がない。甲陽も、自分の先を走ってもらいたいと思い、化石にバトンを渡すために、化石に出版を頼んだのかも知れない。

ほどなく高原俳句会主催で、『白夢』の出版記念会と甲陽の追悼会が開催されている。

さて、中村汀女という良い選者を得て喜んだ高原俳句会の会員たちであったが、喜びも束の間であった。彼女は、昭和二十五年十二月二十五日発行の『高原』昭和二十六年第六巻第二十二号を最後に降りてしまった。彼女は、一度も栗生楽泉園に足を運ぶことはなかった。

次の指導者選びは難航した。化石はこの年、選挙で高原俳句会の会長に選ばれていた。リーダーとして、少しでも早くいい先生を見つけたいという思いが強かったことであろう。そんな中、化石が所属している「濱」の大野林火の名前が挙がった。しかし、化石には躊躇するものがあった。今まで、自分がハンセン病であることは隠して来た。お願いするということは、自分の病気が明らかになることだ。病気がわかっても先生は了承してくれるだろうか。化石は迷った。しかし、我々の希望の光は、もうここにしかないのだ。よし、やってみよう。素っ裸になった化石は、神に祈るような気持ちで林火に手紙を書いた。

第五章

『句集 獨眼』

化石の母、村越紀里。1961年。

◉大野林火の来園

化石からの依頼の手紙を受け取った大野林火の対応は、素早かった。すぐに快諾の返事が届いたのである。しかも、お願いした一年に一度、来園して指導することも約束してくれた。化石たちは、天にも昇る心地であったろう。自分たちの新しい指導者が現れたのだ。しかも、自分が尊敬する最高の指導者なのである。

大野林火は、この時のことを次のように書いている。

私がハンセン氏病者村越化石を知ったのは二十五年秋である。化石はそれ以前から『濱』に投句していたのだが、一投句者に過ぎなかった。それが覆面を脱ぎ、みずからハンセン氏病であることを告げ、その属する草津楽泉園高原俳句会を指導してくれといってきた。ハンセン氏病は病いの中でも嫌(きら)われた病いである。そのことは私とて同じだが、その手紙ににじむ熱意にひかれて引き受けた。いまでこそ治療薬プロミンの普及で各療養所は無菌者のみになったといって過言でなかろうが、当時プロミンが出初めたばかりで、どこの療養所も品不足のころであった。プロミンの恩恵にあずかるにも当然順番があり、はずれたものが薬局のそばに捨てられたアンプルに残るわずかの一滴を集めたという悲話も残るころである。当時楽泉園から送られて来る句稿は封を切ると消毒液の匂いが鼻をつき、眼に沁みたものだ(「自伝　友ありてこそ」『大野林火全集・第七巻』)。

世間を震撼させた山梨県北巨摩郡多摩村でハンセン病者が出た一家九人心中事件が起こったのもこの頃のことである。昭和二十六年一月二十九日の「読売新聞」夕刊が「一家九人青酸心中」の見出しで伝えているが、輿水茂（五十三）宅の長男の修（二十三）がハンセン病だと判明した。二十九日に韮崎保健所が消毒に来るという連絡があったので、悲観した一家が前日の二十八日の夜、一家で青酸カリ心中を図ったのだ。

消毒されれば、ハンセン病者が出た家だということが世間にわかってしまう。差別偏見を恐れた一家は、自分たちの命を絶つ道を選んだのだ。

当時、世間から忌み嫌われたハンセン病者の集団である高原俳句会の指導をすぐに快諾した大野林火とは、どんな俳人なのだろうか。

大野林火（本名正（まさし））は、明治三十七年三月二十五日に父・正松、母サトの次男として横浜市日の出町一丁目に生まれた。当時、株式仲買人の番頭をしていた父は、千葉県館山市長須賀の農家の出身であるが、事情があって家を出たようで郷里とは疎遠になっていた。母は、加賀前田藩の下級武士の娘であった。長男は、生後すぐに他界したので、彼は一人っ子として大切に育てられた。

大正五年、県立横浜第一中学校に入学。同級に後の俳文学者・荻野清がいた。彼が文学書に親しんだのは、中学二年の時からである。国語の受け持ちに「帝国文学」に書いていた姑射若氷がいて、彼の影響が大きかった。漱石を読み、次いで漱石周辺に及び、鈴木三重吉に傾倒した。彼の出世作「千鳥」の冒頭は、暗記してしまうほどであった。

荻野と二人で授業をさぼって文学論を戦わせたり、浅草へ当時全盛のオペラを見に通ったりしたので欠席の日数が増え、四年の時揃って落第した。彼が俳句と出会ったのは、二度目の四年の時である。手ほどきをしたのは、正金銀行に勤務していた荻野清の父（俳号、濁々）であった。

大正十年、第四高等学校に入学。彼がこの学校を選んだのは、この学校のある金沢は、母の故郷だったからである。この頃、荻野の勧めで「石楠」に入会し、臼田亜浪に師事すると同時に飛鳥田孋無にも兄事する。大正十三年に東大経済学部に入ってからは、原田種茅にも兄事する。大正十五年、学生の彼は恋をした。しかし、学生の身で両親の許しは出なかったが、原田種茅の取り成しによって、卒業してからということで許された。昭和二年、東大経済学部を卒業した彼は、母の伝手で灯台のレンズを造っている日本光機工業に入社した。この年の七月には、長女涼子が生まれ、翌八月には桂歌子と結婚している。けれども、悲しみは突然やって来る。昭和三年七月に、涼子が死亡する。その哀しみを打ち消すように、昭和四年の三月には、長男正己が生れる。彼に会社勤めは向かなかったようで、師の亜浪に相談して昭和五年に会社を辞め県立商工実習学校の教諭となる。この年の十月には、父が中風で寝たきりとなる。

翌昭和六年八月には、玲子が誕生する。しかし喜びも束の間であった。十二月には、長男正己が流行性脳膜炎のため、長い病臥ののち死亡した。彼は、〈長男正己三歳にて逝く／棺に入るるクリスマスのチョコレートも〉（『海門』）と詠んでいる。翌年の三月には、正己から感染した妻歌子が後を追った。享年二十四。彼は、〈妻相継ぎて逝く／死顔に涙の見ゆる寒さかな〉（『海門』）と詠んだ。失意のどん底にある彼を支えたのは、俳句であった。この頃の彼は、俳句に縋って生きていた。

昭和八年十二月、長塚登志子と再婚。彼は、横浜市内を転々としていたが、この時は中区井戸ヶ谷市営住宅四三番地（その後地名変更で南区弘明寺町四三）に移転している。

昭和十一年二月二十七日には、五年間寝たきりだった父が死んだ。昭和十四年九月には、第一句集『海門』（交蘭社）を刊行。師の亜浪が「序」を書いている。

翌昭和十五年一月には、『現代俳句読本』（艸書房）を刊行。三月には、第二句集『冬青集』（三省堂・俳苑叢）刊行。昭和十六年十一月には『現代の秀句』（三省堂）刊行（この本の刊行には、亜浪の後押しがあったようだ）。昭和十九年三月には、『高浜虚子』（七丈書院）を刊行している。これを書くために、林火は高浜虚子のいる「ホトトギス」社に通い、『ホトトギス』の編集後記を読み込んでいる。亜浪の主宰する「石楠」は、アンチ「ホトトギス」を旗印に立ち上げた結社である。そのため、林火が「ホトトギス」を主宰する高浜虚子を書くことに反対する幹部も多かったが、亜浪がなだめている。亜浪の懐は広い。この本は、彼の大きな財産となった。というのは、彼は、『ホトトギス』を通読することによって、正岡子規以来の写生の変遷を知ることが出来たのである。この頃、戦時中で言論統制があったため、集会には警官の立ち合いが必要だった。そこで林火は、誌上句会の会報『八尋』を発行した。

昭和二十年八月、終戦を迎えた。時代は、大きく変わった。翌昭和二十一年一月、彼は『濱』を創刊主宰する。ガリ版摺りのページをめくると、目次の上に「発刊に際して／『濱』は私を中心とするグループの機関誌である。むづかしいことはいふまい。たゞ―濱といふ語感の持つあかるさ、おほらかさ、ひろさ、きよらかさをそのままその作品に具現したいと念じてゐる。／（林火）」

とある。「私」というのは、林火ではなく、詠み手自身という意味である。傍ら、同年四月号より十月号まで『俳句研究』『俳句の国』(目黒書店)の編集に携わる。この年の八月、第三句集『早桃』(目黒書店)刊行。『濱』の支持者は次第に多くなり、創刊号は百五十部であったが、年末には千部に達している。

翌昭和二十二年四月には、昭和八年のフェリス和英女学校二年の時に脊椎カリエスを病み、寝たきりになった「濱」会員・野澤節子(大正九年生)を門弟の目迫秩父(大正五年生)と共に見舞っている。彼女は、昭和十七年に林火の『現代の秀句』を読み、俳句を志していた。後、彼女は健康になって大物の俳人に成長するが、林火の功績の一つに、彼女を育てたことを挙げる人は多い。

昭和二十三年三月、教師を辞し、俳句に専念する。最短で年金を受けられる教員年数十八年が経ったからであるが、そろそろ副校長の話も出ていたので、これを避けるためでもあったようだ。この年の六月、第四句集『冬雁』(七洋社)を刊行。この句集が、化石との縁を結んだのである。

『高原』に大野林火の選が掲載されたのは、昭和二十六年の早春号(二月二十五日発行)からである。「十二月雑詠」では、藤井紫明が巻頭を獲り五句が掲載されている。次が富田豊で三句。荒川白芽三句と続き、化石は四番手に登場する。

この後三句組が佐藤敬子と巌山霧と続き、その後二句組が十三人で、一句組が二十五人と続いている。

その後、林火の「選後に」が掲載されている。

今後高原の選句を私がすることになつたが、私は私なりにやつて行くより仕方がない。

それで言へば

一、病気に甘へた悲劇の押売りはやめて貰いたい。

——が然し、

二、病者であれば療養生活を詠ふことはまた当然である。

結局は嘘であつては困るのである。甘へ心はすでに嘘を孕んでゐる。嘘と言へぬまでも誇張が入りがちだ。

同号に掲載されている「一月雑詠」では、化石が巻頭で六句掲載されている。

風邪癒えし顔へあまたの光受く
冬長き燈の下男女共湯せり
時計巻くひとの脊寒く見てゐたり
除夜の湯に肌觸れ合へり生くるべし
寒燈や一行消してある手紙
胸うすし雪山ながく見て居れず

六句は化石だけで、次は高橋夢一と宮川今朝男の四句と続く。そして、選評で触れているのは、化石の句についてのみである。

今月は村越化石君がよかつた。作者の生活感情が真剣な息吹きとなつて一句々々を力強きものたらしめてゐた。

「除夜の湯」は心あたたまる句と思ふ。除夜の湯槽に觸れあふ肌から、生くるよろこびを強く感じてゐるのは同感を禁じ得ない。六句中もつともよい（以下略）。

化石は、林火の指導を、「始めは、私の俳句がおどおどしているから、もっと前向きに力強くうたえと厳しく教えて下さいました」（「第二十七回点毎文化賞を受賞した村越化石さん」）と発言しているが、指導の効果はすぐ出たようだ。それまでの句と大きく変わっている。どれも自信に満ちた力強い句ばかりだ。

『高原』と『濱』に投句している化石が強い衝撃を受けたのは、『濱』（昭和二十六年三月号）が届いた時であった。

雑詠欄の二番目に自分の句が四句掲載されていたが、初めの句が〈癩人の相争へり枯木に日〉に改稿されていたからである。化石は、「癩人」ではなく、「同病」と書いていた。

化石は後、次のように書いている。「『癩』という活字を雑誌で見て思わず、その頁を墨で塗りつぶした時代。それが、『僕は癩者です』と、作品に詠つて名乗り出たのだ。これを僕たちの人間宣言であつたと云えないだろうか。対社会的に目覚めた姿と受取つてもらえなかつただろうか」

（「噴煙の下で」）。

化石は、林火から強く背中を押されたのだ。自分は、「癩人」以外の何者でもないのだ。そんな自分をきちんと見つめることから、自分の句はスタートするのだ。

化石たちにとって、『高原』俳句欄の林火の選が来るのは待ち遠しいことであった。

林火の存在は、この頃の化石たちにとって希望の光であった。この頃化石は、『高原』の編集にも携わっていたようだ。

大野林火が、初めて栗生楽泉園を訪れたのは、この年（昭和二十六年）の四月二十八日のことである。もちろん、林火の家族は気持ちよく彼を送り出した訳ではない。病気がうつるかも知れないと反対する家族の意向を振り切って彼はやって来たのだった。

林火が草津のバスターミナルに着くと、中沢文次郎と若林寿一の二人が出迎えてくれた。彼は、二人と明日の約束をして別れ、園が差し向けてくれたジープに乗り込んだ。

ジープは、白い砂塵を巻き上げて走る。持って来たセーターをバスの中で着たのだが、それでも高原の寒さは肌に染みた。患者係の話を聞いているうちに、やがて一つの建物の前で止まった。すずらん官舎である。ここに泊まるのは、今晩は自分一人らしく静かである。林火は出されたどてらに着替え、燈火の下、しつらえた炬燵に入ると、ほっとした。

晩食は、矢嶋園長、庶務係長、患者係と林火との四人で囲んだ。矢嶋園長は、林火に「ハンセン氏病者はこちらから手を差しのべて一歩進めば、自分の病を知って一歩退く。しかし、こちらが彼等を怖れて一歩退けば、同じ人間だと一歩向かってくる」と言った。林火は、「魂と魂のぶつかり合いで対します」と答えている。

矢嶋園長と庶務課長は十時頃帰った。患者係は明日の打ち合わせのために残った。林火は、明日のために色紙や短冊を書いた。夕刻、患者係に「先生本当に来てくれたか」という電話があったという。村越君か大和君か、林火は思いを馳せた。やがて患者係は帰り、林火は深い眠りに落ちた。

さて、翌朝。句会の時間になっても会場の交友クラブに林火は現れない。心配する会員たちの声に背中を押されて、化石と大和白玲と山本よ志朗、後藤一朗の四人は探しに出かけた。

この時、林火は係の職員の案内で園内を廻っていた。教会堂の近くで、林火を見かけた四人は、先を争って挨拶をした。この時、彼等は林火の態度から温かいものを感じた。

この時林火は、園が準備した白い予防服を着ていた（林火が予防服を着たのは、この時だけである）。やがて林火は、会場に詰めかけた五、六十人の前に立った。その時、その異様さに驚いたが、怖れはすぐに消えた。自分に向けられたたくさんの眼が、俳句を求める真摯さに光り輝いていたからである。

この時、林火は、自分が絶望の淵で喘いでいた頃のことを思い出していたに違いない。長女が死に、長男が死に、続いて妻も死んだ。あの頃の自分には、生きる望みは何もなかった。ただ、俳句に縋って生きていた。今、目の前にいるのは、かつての自分だ。彼らは、病気と差別偏見に雁字搦めにされて苦しんでいる。それでも彼らは、俳句に縋って生きようとしている。彼らに俳句の素晴らしさを教えることの出来るのは、絶望の淵から這い上がることの出来た自分の役割なのだ。俳句には、差別偏見を跳ね返す力がある。それを彼らに教えなければならない。林火は、そんなふうに思い、自分を鼓舞したに違いない。

林火は、開口一番、俳句は生きてゆく心の足跡と説き、貴下方は不幸ハンセン氏病に肉体を冒されたが、その心まで病んでいるとは思いたくない。その心を大切に素直に俳句に詠めば必ず共鳴する友を広く得られ、そのことで世につながるだろう。それを力に句作に励んで欲しいと結んだ。

午前は歓迎俳句の批講で、午後は座談会であった。

林火の講義が終わった時、大きな拍手があった。化石たちは、ようやく自分たちを理解してくれる最高の指導者が現れたと思ったに違いない。やがて林火は園のジープに乗り、中沢文次郎たちの待つ草津の町へと去って行った。その後ろ姿を、大勢の会員たちが見送った。どの瞳も、希望に燃えていた。

林火は、この日のことを次のように書いている。


化石は最前列にいた。病菌はかなり頭部・顔面を冒し、当時三十の彼を見ようによっては四十にも五十にも老けさせていたが、その眼はしずかに澄み、若々しい光りをたたえていた。手の指も冒されているらしく、ぎこちない手つきで煙草を吸つていたが、その手で書いた彼からの句稿・手紙の文字は巾広でゆたかで、一画々々を疎かにしない文字で情感の豊かさと激しい気性を伝えている。それでいて眼前の化石の万事に控え目、さらに無口であることが好感が持てた。この印象は化石にその後、十何回に及ぶほど会つているが変りない。全句講評のあと、座談に入るのがつねだが、私は彼より他の人々と話し合つている。園内散策のとき彼はいつも私のそばにいるのだが、それでいて、さして話した記憶がない。むしろ、私は大和白玲やその他の人々と多く話したようだ。それでいて私と化石との黙契はます〳〵固められてゆくのを会する毎に犇々と感じている。

「俳句は生活の詩である」「生きている証しの詩である」「そこからおのずと生れる感情を大切にしなければならぬ」というのは私の年来変らぬ考え方であるが、そしてそのことから心と心のじかに触れ合う俳句をお互い勉強して行こうとその会堂に集つた人々と話しあつたのだが、それをもっとも実践、推進して行つたのが化石だ（「作家と「場」（一）村越化石」）。

林火は、この頃化石は三十と書いているが、二十八歳である。

自分が求めた師は、自分のことを一番良く理解してくれる人であった。化石の幸運を思わずにはいられない。

林火の訪問を得た後の化石の『高原』と『濱』に発表する句は、ますます冴え渡っている。

化石は、『濱』（昭和二十六年十月号）の「雑詠」欄で巻頭を獲得した。

海を戀ふ男に苺盛られあり
癩晝寝中空に雲遊びをり
炎天にかざす癩の手皺増えぬ

濯ぎ女へ炎晝言葉なく通る
夏終るひぐらしに言愼みて

それぞれが自信に満ちている句ばかりだ。僥倖は、翌十一月号にも起こった。再び化石の句が巻頭を獲得したのだ。

生き堪えて七夕の文字太く書く
生きてゐるよろこびか端居の背かゆし
病臭は口よりすらむ夏無風
傷痕の光る裸ぞ暮迫る
水なき溝跨ぐ無月の癩園に

どれも魂が籠っている句ばかりだ。自分が俳句の中心にいる。続けての快挙を祝って、高原俳句会では、ささやかな祝賀会を開催している。

◉第五回濱賞受賞

その興奮も冷めやらぬうちに、今度は化石が第五回濱賞（昭和二十六年度）を受賞したという連絡が入った。濱賞は、大野林火が同人たちの意見を参考にして決める賞で、『濱』の創刊号で宣言した〈濱といふ語感の持つあかるさ、おほらかさ、ひろさ、きよらかさをそのままその作品に具現したいと念じてゐる〉の精神を機軸に、抒情と写生を両輪にして選んでいる。歴代の受賞者は、第一回、野澤節子。第二回、稲垣法城子と宮津昭彦。第三回、粟飯原孝臣。第四回、宮津昭彦と亀田水炎。と、『濱』の俊英たちの名がズラリと並んでいる。これに化石が連なる訳である。『濱』（昭和二十七年一月号）に受賞作六句が掲載された。

除夜の湯に肌觸れあへり生くるべし
生き堪へて七夕の文字太く書く
生きてゐるよろこびか端居の背かゆし
病臭は口よりすらむ夏無風
夏終るひぐらしに言愼みて
男ものばかりの竿を炎天に

同号に掲載された大野林火の選評に、次の箇所がある。

第五回浜賞は村越化石君にきまつた。
化石君について第一にいひたいことは、化石君が癩といふ世人から忌み嫌はれる病ひに肉体をさいなまれつつも、すこしも絶望の淵に沈むことなく、つねに心にともしびを点じてゐることである。それはさうした病ひの中にもなほ且つ人間としての生長を念じてゐることであり、それの具顕を俳句に賭けてゐることである。化石君の作品は素材からいへばたしかに昏い。眼を蔽はしめるものがある。しかし、それは鬼面人をおどろかすといつたていのものでなく、その底に切々たる明日への生長の息吹がつねに籠められてゐる。雲間はるかに望まれる微光を求める聲が聞かれる。いふならば私はそのヒューマニティに強く打たれた（以下略）。

化石の、病気への差別偏見に怯むことなく、俳句にひた向きに精進する姿が、林火の心を打ったようだ。

この月、草津の中沢文次郎らを招いて高原俳句会で祝賀会が開催されている。『高原』（早春号・昭和二十七年二月）には、編集部「『濱賞』受賞者 村越化石」と大野林火「村越化石君」と大和白玲「――濱賞を授けられた――化石君を讃う」が掲載された。

◉母の訪問

嬉しいことは続く。化石の母・起里が、化石の住む栗生楽泉園を初めて訪れたのは、この年（昭和二十七年）の秋のことであった。この時、起里は五十四歳。

おそらく、お茶や椎茸やみかんやお菓子などのお土産を持てるだけ持っての訪問であったろう。はるばるとやって来た時、下地区の一軒家で、妻のなみと仲良く生活している化石を目にした時、大きな安堵があったはずである。親は、自分の子どもが無事に暮らしてくれることが一番嬉しいのである。

化石が、菊作りに励んでいるのを目にした時には、花が大好きな自分の血が色濃く流れていることを感じたことであろう。

何よりも嬉しかったのは、化石が「俳句」に精進し、第五回濱賞を受賞したと聞いた時だろう。息子が、これから自分の歩んでいく一筋の道を見つけたようだ。このことが、母親として格別にうれしかったはずだ。

化石は、母について次のように書いている。

母はよく手紙をくれた。母の便りで故郷の様子がよくわかりありがたかった。新茶の季節には新茶を、蜜柑の季節には蜜柑を送ってくれた。母は足腰が弱るまで二年に一度か三年に一度面会に来てくれた。来れば四・五日泊まって帰って行く。母は孫たちの話をよく聞かせてくれた。私にとっては甥っ子姪っ子で、六人もの孫に恵まれた母であった（「私の作句信条（二）望郷の念」『蜻蛉』平成十四年十月号）。

この母は、盆、暮れには園長宛てに巻紙に毛筆で化石が世話になっていることを謝してくる律儀な人でもあった。

『濱』昭和二十八年四月号の「後記」に、化石が「濱」の同人に加えられた旨が記されている。

◉らい予防法改正闘争

時代は、少しずつ変わっている。全国の療養所の患者たちが結束した全国らい患者協議会が発足したのは、昭和二十六年のことであり、各療養所の代表者が集まり、多磨全生園で「らい予防法改正促進委員会」の発会式が行われたのは、翌昭和二十七年十月十日のことだ。

憲法も変わり、新しい時代の息吹に触れ、またプロミンの普及でハンセン病は直る病気であることを確信した患者たちは、福祉の欠如や人権の欠片もない従来の「らい予防法」に疑問を持ち始めたのだ。

彼らに耳を傾ける代議士たちも、次第に現れ始めている。同月二十七日には、山花秀雄、長谷川保両代議士が、改正促進で全生園を訪問している。

翌十一月十三日には、長谷川保代議士によって、吉田総理大臣に「らい予防と治療に関する質問趣意書」が提出された。全国の患者たちは、固唾をのんで成り行きを注目していた。

この月の十九日には、所内結婚に当って慣行とされてきた優生手術の強制が廃止されている。

翌十二月七日、長谷川議員の主意書に対する吉田首相の答弁は、「現行法は憲法に接触せず」であった。そこで促進委員会は、「屈辱的、非人間的な現行法を強制せんとする力に対し死の抗議をさえ続けけん」との声明を出している。

やがて翌昭和二十八年三月十四日、第一次「らい予防法」改正案が国会に上程されたが、国会解散により廃案となってしまった。

しかし、ここで立ち止まる訳にはいかない。各療養所で様々な活動や集会やハンスト等が行われている。

化石らの栗生文芸部も、①促進委への全面協力、②厚生大臣あて抗議文一人二通、③本運動強化のための文書活動、④言論、報道機関への投書活動等がうたわれた「決議文」を次の「檄文」(六月一日付)に付け、各療養所の文芸部宛てに送付したことが、『風雪の紋』に記載されている。

檄文

栗生楽泉園文芸部は、今回の癩予防法改悪案反対、改正促進の為、断然決起して別紙の如き決議を成し、これに関する運動方針を決定致しました。希はくば貴園の中枢を以って任ずる枢要なる組織である貴文芸協会に於いても、貴園の改正促進委員会に協力して、その才幹を活用し、雄健なる筆をふるって、本運動の中心となり、活溌に社会及び言論機関に訴へ、或ひは当局に働きかけられ、あく迄も目的貫徹に務められん事を。

癩者の総力結集の為、茲に檄をとばして諸兄の総決起を望むものであります。因みに志気昂揚の為、相互に情報の交換を速やかに行うよう期待します。

栗生文芸部　村越化石

これらの活動が実を結んだのか、法案は、再び提出され、七月三日には衆議院の予防法審議が始まっている。再び大規模な集会やハンスト等が行われたが、八月一日午後四時十五分、参院厚生委員会は原案通り可決。ただし、九項目の付帯決議が付いていた。同月六日、らい予防法案は参議院本会議で原案通り通過している。

患者たちにとって、「一、患者の家族の生活保護については、生活保護法とは別建の国の負担による援護制度を定め、昭和二十九年度から実施すること。／二、国立のらいに関する研究所を設置することについても、同様、昭和二十九年度から着手すること」等、九項目の付帯決議が付いただけでも微かな勝利であったろう。

『高原』（昭和二十八年九月号）は、「らい予防法特集」を組んでいる。何人かがこの運動を総括しているが、化石も次の文章を発表している。

運動から得たもの　　村越化石

従来のわれわれは「ライ」という病気の故に劣等感をいだき、殊更に自己を卑下して社会に屈従し、半ばあきらめの生活を送つて来たのではなかつたか。それは人間でありながら人間性を忘れ、社会につながる一員でありながら社会を批評せず、時代に無関心という結果を招いていた。全部が全部とはいえないが、永い療養生活から知らず知らずの間にこうした奴隷的人間になつていた人も少くないと思う。そこをつけ狙つたのが政府の法案である。だが法案が、旧法にも劣らぬ悪法であると知るに及んで、一人一人が怒り、抗議し行動した事は、とりもなおさず吾々の中にねむつていた人間性をとりもどした事に他ならない。更に此の運動で、「ライ」患者として人間の尊厳さをこれ程までに主張し得たことも悔のないものであつたといえる（以下略）。

俳句を通じて「癩」を真正面から見つめた化石の思考は、着実に育まれていた。この時化石は、俳句を発表することで、自分の役割を果たして行きたいと思ったはずである。自分にとっては、俳句が最大の武器なのだ。

『全患協運動史　ハンセン氏病患者のたたかいの記録』に「各支部別退園者数」の一覧が掲載されている。昭和二十四年からであるが、栗生楽泉園の社会復帰者は、昭和二十四年八名。二十五年十名。二十六年八名。二十七年十名とコンスタントに続いている。

◉「**癩園俳句集**」

話は少し前に戻るが、林火は、『俳句』平成二十七年七月号に発表した「現代俳句鑑賞―句集『雨』『灯蟲』その他―」の最後で高原俳句会について触れている。そして、次の句が紹介された。

梳る鬘の黒さ梅雨しとしほ　（全国癩園俳句大会）上山茂子
除夜の湯に肌觸れあへり生くるべし　村越化石
黴びざらむとするか盲眼またたきて
まぐれ蚊を棲ませ深夜の癩夫婦
　指先の麻痺せる癩盲者は舌先を使ひ点字を読む
春逝くや舌もてひたに読む聖書　山本與志朗

炬燵より出でてこはばる癩の足　佐藤母杖
暖かに病人の尿ゆたかなり　佐藤敬子
暮遅したたきて見ても遠き耳　白井春星子
麦踏むや男ざかりを癩に過ぎ　後藤一朗
瞳に代る指労りて肼薬　高橋夢一

高原俳句会の会員にとって、俳壇の檜舞台とも言える句誌『俳句』に登場した喜びは大きかったであろう。また、大きな自信にもなったはずだ。

林火が、角川源義に代わって句誌『俳句』の編集長に就任したのは、昭和二十八年十一月号からである。

彼は編集長を引き受けるにあたって、二つの柱を考えていた。一つは、俳句の世界に「社会性」を持ち込むこと。もう一つは、若い三十代の俳人に光を当てることであった。

林火は、十一月号では、さっそく「『俳句と社会性』の吟味」の特集を組んだ。そして彼は、この号に化石を一人の俳人として押し出した。「新鋭八人集」の小林康治、村越化石、佐藤鬼房、石原八束、楠本憲吉、殿村菟絲子、津田清子、岩田昌壽の中に化石の名前が並んでいる。各十五句の力作が掲載された。

明治四十一年生まれの殿村菟絲子が四十五歳。大正元年生まれの小林康治が四十歳。後は、全員が三十代の若者たちである。当時日雇い労務者であった岩田昌壽にも誌面を提供している。作品本位の林火の面目躍如である。

化石の作品は、「夜の端居」十五句。これは、『濱』(十一月号)に発表した「夜の端居」七句と重なっている。

ここでは、最初の五句を紹介させていただく。

炎晝の浅間片裾路地のさき
西日中サイレン二音に落つるかな
夜の端居火山も空もゆれずあり
些事秘めて咀嚼や妻と暑に耐ふる
盲友と梅酒酌みをり暮色中

この時化石は、俳壇の檜舞台に一人で立ったのである。『俳句』(十一月号)を手にして自分の作品を目にした時、化石は腰を抜かすほど驚いたに違いない。その後、喜びが全身に満たされたはずだ。化石は、なみと抱き合って喜んだことであろう。故郷の母にも早速報せたに違いない。その時化石は改めて思ったはずだ。この先生に付いていこう。この先生に付いていけば間違いがない。自分は、本当にいい先生と出会ったものだ。

林火は、「濱」から『俳句』(十二月号)には目迫秩父(「咳」八句)を、『俳句』(昭和二十九年一月号)には、野澤節子(「柿の小暮」十五句)と座談会「三十代の苦悩と抱負」の一人として松崎鉄之介を引っ張り出しているが、彼が「濱」で最初にスポットライトを当てたのは、化石であった。いかに林火が化石の才能を高く買っているかが窺えるエピソードである。

化石はこの後、『俳句』（昭和二十九年六月号）にも「諸家近詠」の二十一名の一人として「夕東風」八句を発表している。

また翌昭和三十一年一月号の『俳句』にも「諸家近詠」の十三人の一人として「太陽の瞼」十五句を発表している。

林火から依頼されて、化石たちが大きな仕事に挑んだのもこの頃のことである。化石は次のように口述している。

> 角川書店『俳句』の編集長をしておられた先生から『俳句』誌上に「癩園俳句集」を収録すべく依頼され、全国十一ヵ所の療養所の作品を集め編集、よ志朗、春星子、化石が主になって正月を返上、高原編集室に籠りストーブで餅を焙り、夜遅くまで頑張ったなつかしい思い出もある。俳壇が社会性の吟味を中心に議論を交わし、「揺れる日本」という特集を出された時代である。「癩園俳句集」もその一環として載せたものである。（「わが三十代 径通ず」『濱』昭和五十一年四月号）。

化石は〈全国十一ヵ所〉と口述しているが、本文では〈全国十二ヵ所〉となっている。この約千二百句の「癩園俳句集」が掲載されたのは、『俳句』（昭和三十年三月号）である。ちなみに化石の句は、六十句である。
この「癩園俳句集」の前に医学博士で栗生楽泉園園長の矢島（嶋）良一の「癩の話」も掲載されている。その中に次の箇所がある。

医学の研究は治療薬にも一大進歩を加へて、現在はプロミンの静脈内注射が最も効果的であるが、更に症状によつてはプロミゾール、ダイアゾン、D・D・Sの服用も効果を奏してゐて、療養所内の患者の病勢には昔日の感がありません。即ち之等治癩薬によつて、斑紋、結節、浸潤等が消え、在園患者の容相がすつかり変つて参り、このために死すべき生命をながらへると共に更に治癩の喜びに浸つてゐる者が多いのであります。／更に現今は顔面神経麻痺による眼や唇の整形、眉毛の移植にも成功してゐます。

この時、世の中のハンセン病へのイメージは、大きく覆されたに違いない。また、世の中にハンセン病の俳人たちの存在を強くアピール出来たはずである。
翌四月号の『俳句』にも化石は、「陽春二十四人集」の一人として「夜の力」十五句を発表している。

◉化石、左眼の視力を失う

そんな日々、化石は悲劇に襲われる。この年の六月頃、左眼の視力を失くしてしまうのである。
この年の『濱』（九月号）に掲載された「九月作品」十二句中の九句を紹介させていただく。

片眼を失ふ

再発の癩眼熱き梅雨入かな
再発の癩眼梅雨の灯熟れ熟す
蚊の夕べ再発の眼の真赤とよ
梅雨月夜夫婦目薬さしあふも

遂に左眼の視力を失ふ　三句

もの蒼む梅雨一眼を失くし佇つ
一眼に見る干梅の緊りをり
梅漬や還らざる眼に銭果し

折柄林火先生を迎ふ　二句

暑さ来給へるに病む眼問はれしよ
師にまみゆ日を黒眼鏡蝉音強し

◉高原俳句会合同句集『火山翳』刊行

左目の視力を失うという悲劇があれば、また喜びもある。化石たちの初の高原俳句会合同句集『火山翳(ひやまかげ)』が刊行されたのは、この年（昭和三十年）の十二月のことである。

版元の近藤書店は、『水原秋櫻子選集』（全五巻）や著名な俳人たちの句集を多く出している出版社である。これはもちろん、林火の尽力であり、編集も彼がしている。
ここには、四十四名の九百九十九句が収録されている。その中には、死者である浅香甲陽ら十三名の句も入っている。横十一センチ、縦十八センチの可愛らしい小型の本である。帯には、石田波郷（大正二年生）の次の推薦文が掲載された。

『火山翳』四十四人の俳句は、凡ての癩文学がさうであるやうに、ライの宿業を詠んで愴然たるものがあるが、特に玆には「最後の癩者たらむ」とする覚悟が、世を隔てた生の哀歓や人間の觸合ひに滲透し、環境の自然風物までも光被して、読む者の心に、厳粛でありながら平安な光明感をもたらす。同時に俳句表現の不思議な力にも人は驚くであらう。

「序」は園長の矢嶋良一が書き、「あとがき」を林火が書き、「刊行に際して」を化石が書いた。化石は、林火への感謝の思いを書いているが、「また、初期の頃御指導を受けた故本田一杉、故前田普羅両先生の名を忘れることは出来ない」と、彼らの恩も忘れていない。
高原俳句会の会員たちは、東京の名のある出版社から『火山翳』が出て、嬉しかったことであろう。自分たちの仕事が、形になったのである。
巻頭を飾った後藤一朗（大正四年生）四十二句の内、次の二句が切ない。

遠峰雲妹の不縁は吾が罪や

炭火に手かざし不縁の妹に詫ぶ

当時、病者が出た家は、縁遠くなり、病者の兄弟たちは離婚されて実家に帰されるのも珍しいことではなかった。

化石は最高の七十二句が掲載されたが、次の句には、家族との絆が輝いている。

恃む義兄より厚切りの餅届きけり

藤枝市西方の青野銀作・はる夫妻の三男として生まれ育ち、村越家に入婿した義兄の金市も理解ある人で良かった。化石の幸運を思わざるを得ない。

同じく化石の次の句には、静かな喜びが溢れている。

新薬プロミンの恩恵に浴し数年を経る

湯豆腐に命儲けの涙かも

化石に次いで二番目に多い五十六句の佐藤敬子の次の句も切なく悲しい。

父の死に行けぬ癲の身朧行く

二十五句掲載された浅香甲陽の次の句は力強く逞しい。

子規まつり癩文学を負ふわれら

翌昭和三十一年二月七日には、林火と近藤店主が来園し、光明寮で高原俳句会の会員や文芸部員、その他が参集して出版記念句会が盛大に開催されている。草津からは、中沢文次郎と若林寿一も駆け付けた。

矢嶋園長の挨拶に始まり、林火と近藤に記念品贈呈、二人の挨拶、総代杉原の祝辞、高原俳句会を代表して山本よ志朗の挨拶で幕を閉じた。

林火の「句集『火山翳』出版記念のため近藤書店主とも〴〵草津楽泉園に行く」の添え書きのある「雪の癩園」三十六句が掲載されたのは、『俳句』（昭和三十一年四月号）である。

雪の山脈重なりあひて昏きかな
雪眼に沁み風は山より一筋道
雪中になほ白からむと白樺は
スキー穿く未感染児童大き瞳を
雪のミサ癩園に信徒四百よ

……………………
山本與志朗君に
大寒の熱瘤に足奪らるるな

詩情豊かに、また格調高く詠われたこれらの句によって、厳しい自然の中で、ハンセン病者たちが助け合って生きている。胸を打たれた読者も多かったはずだ。

ちなみに『俳句』のこの号の「書架新彩」欄には、大江満雄（明治三十九年生）の「楽泉園四十四名の句集『火山翳』特にめだつ盲人の句」も掲載されている。

この句集の反響は大きかった。『高原』四月号に化石は「句集『火山翳』成る——大野・近藤両先生を迎えて記念句会——」を発表しているが、その中に次の箇所がある。

読売・朝日・毎日・東日・上毛等の新聞ではいち早く取上げ紹介の文を載せた。また、「浜」誌上で平畑静塔、赤城さかえ両氏がそれぞ長文の批評を書かれ、『俳句』誌では当園に馴染の大江満雄氏が書評をされる。「文芸春秋」の俳句欄でも取上げられた。各地の俳誌では追々に紹介されることになると思う。この他に書店宛に巷の無名読者からたくさんの読後感が寄せられたとのことである。当園宛には別掲のように諸家の声が寄せられている。いずれも好評をもって迎えられたのである。

化石は胸を張って書いているが、「読売新聞」（昭和三十一年一月十一日）は「新刊」欄に十行。「朝日新聞」（一月十六日）は「ブックエンド」欄に六行。「毎日新聞」（一月十六日）夕刊は、「読書」欄に二十三行。「東京新聞」（二月三日）は、「新刊」欄に十行。「上毛新聞」（一月十七日）は、「楽泉園で俳句集／患者四十四名の作品刊行」の見出しで二十五行と僅かである。それでも彼らは嬉しいのである。ここでは、『文芸春秋』（昭和三十一年三月号）の「短歌・俳句」欄に掲載されたものを紹介させていただく。

栗生楽泉園の高原俳句會から、『火山翳（ひやまかげ）』という句集が出た。大野林火の選であるが、林火は本田一杉・前田普羅につづいて、三代目の指導者であるという。癩園で生活している四十四名の患者たちの俳句が収められ、なかにはすでに故人になった人もある。（中略）ところで今度の『火山翳』は、癩者の句集として、非常にすぐれたものである。それは指導者に人を得たことにもよるが、句作者たちの自覚が、押し進められて来たのにもよろう。外の癩園の句集もこれがきつかけとなつて、大いに出るといいと思う。もちろん病者の俳句には、伊藤整がかつて論じていたように、作者の生活的背景への知識をまつて、はじめて感動させるような面が、きわめて多い。日本の短詩型文學が、その場その場の感情や思想の表現であることが、もつとも極端な形で認められるのが病者の俳句である。そのことは致し方もないが、それだけに健康者の作品よりも、つきつめた叫びとなつて、切實な感銘を呼ぶ場合が少くない。そのことをこの句集は、立派に證明して見せている。／喉管に

リンゴの匂ふあさぼらけ　甲陽（故）／黴びざらむとするか盲眼またたきて　化石

ところで、無著名のこの記事を書いたのは、一体誰だろうか。大野林火が後の講演で、「『火山翳』を山本健吉さんだったか文芸春秋でとり上げた言葉の中で……」（「村越化石角川俳句賞授賞祝賀会記念講演」『高原』昭和三十四年一月号）と話しているが、この頃は評論家の山本健吉（明治四十年生）が務めていた。おそらく林火が『火山翳』を山本に送り、山本がその思いに応えたのであろう。この山本の一言で、化石の運命が大きく変わるのは、ずっと後のことである。

再び化石の話に戻る。化石はここに書くことは出来なかったが、『濱』四月号には、俳人の楠本憲吉（大正十一年生）が「『火山翳』頌」を書いている。楠本は、これを書くためにわざわざ二月二十五日に栗生楽泉園を訪れ化石たちを取材している。また『俳句研究』四月号の書評欄には、俳人の秋山珠樹（明治三十九年生）の「栗生楽泉園俳句会／火山翳」が掲載された。

化石が書いているように、『高原』（四月号）には、「『火山翳』に寄せられた／諸家の声―書簡より抜粋―」が掲載されている。高浜虚子、安住敦、永田耕衣、桂信子、石原八束、星野立子、野澤節子ら十八名の錚々たる俳人たちの手紙の一節が紹介されている。

ある読者からは、この句集を読んで、自殺を思いとどまったという手紙も届いた。この『火山翳』の出版は、高原俳句会の会員にとって、大きな自信になったはずである。

ただ、誰もが化石たちに好意的な訳ではない。二月二十五日に栗生楽泉園の化石たちを取材した楠本憲吉が、この直後にあった出来事を書いている。

その旅行から帰って直後、協会幹事会があり、協会新会員被推薦者の一人に村越化石氏の名が入っていた。／折角、世を隔てて療養中の氏をジャーナリズムの風潮に迎え入れ自身の身辺に風波を立てるべきでないとする一幹事の意見に、私は真向から反対して、氏の入会を強く推した。（中略）結果、見送りとなつて、私の意見は容れられなかつた（「療養者の俳句」『俳句年鑑』昭和三十四年十二月）。

現代俳句協会の幹事の中にも、差別偏見の強い人がいたようだ。

◉草津町で『濱』鍛錬会開催

林火の、高原俳句会と社会とを結び付けようとする作戦は、尚も続く。

前年（昭和三十年）五月の上旬に開催された伊豆戸田鍛錬会に続いて、第二回濱鍛錬会が草津の大阪屋旅館を会場に開催されたのは、この年の五月三、四、五の三日間である。

高原俳句会の二十一名は、作品参加した。この二十一名を入れて、参加者は八十二名であった。この時の入賞者は、『濱』六月号に掲載されているが、鍛錬会賞は、三名。宮津昭彦は五句。化石と金丸鉄蕉は四句。ここでは、化石の四句を紹介させていただく。

早蕨の頭青く崖の痩せにけり

一筋道高原春の峯雲立つ
古萱を黄に伏せ山のぬくもるよ
農の手に襤褸干さる春日溜りゆく

この時、鍛錬会の参加者たちが、続々と栗生楽泉園を訪れている。そんな活動を通じて、高原俳句会と社会との間に横たわっていたバリアは、また少し消えていった。

化石が『俳句』の「書架新彩」欄にハンセン病療養施設の一つ、大島青松園の火星俳句会の句集『火星人』を取り上げた「青松園火星句会作品集『火星人』」を発表したのは、この年の九月号である。これに続いて化石が『俳句』に「近詠 血色の灯」八句を発表するのは、同年十二月号である。ちなみに、林火は、この年の『俳句』十二月号まで編集に携わって、その後を西東三鬼に引き継いでいるので、同誌十二月号に化石の「血色の灯」八句が掲載されたのは、林火の強い意向が反映したものである。

『俳句』の翌年（昭和三十二年）二月号の飯田龍太・鈴木六林男・田川飛旅子・楝上碧想子の「現代俳句合評」には、化石が前年に発表した「血色の灯」の中の一句、〈大根おろし星かがやくにあと一刻〉が取り上げられ、飯田龍太は、「今度の作品中ではこれが一番いい。／生活の怠情な狎れ狎れしさがなく、清純な詩情を感ずる。大根おろしといふ卑近な言葉が強く働いて読者を身近に寄せる。／この作者については、私も若干の予備知識を持つてゐるが、この句に関しては、そんな知識の有無は問題ではない。このことは、柔いこの句の強さの證左にもなると思ふ」と、高く評価している。

化石の存在が、俳壇に静かな波紋を広げている。

◉角川俳句賞受賞

昭和三十三年九月九日、高原俳句会にビッグニュースが飛び込んで来た。化石が、応募した「山間」五十句が第四回角川俳句賞に輝いたのである。

ちなみに、この賞のこれまでの受賞者は、次の通りである。第一回・鬼頭文子「つばな野」、第二回・沖田佐久子「冬の虹」、第三回・岸田稚魚「佐渡行」。

これは化石が林火に勧められて応募したもので、前年の秋から締め切り直前まで取り組んだ作品であった。受賞の知らせは、林火からは電報で届いている。

応募総数は八百篇。今迄で最高である。編集部で数回に分けて検討した結果、二十六篇が残った。審査員が、各五篇ずつ推しているが、石田波郷は化石の「山間」は二番目。大野林火はトップ。加藤楸邨は五番目。中村草田男は四番目。山口誓子はなし。審査員の討議の末の投票の結果、化石の「山間」が受賞を決めた。

『俳句』(十月号)に「第四回『角川俳句賞』発表」として「山間―受賞作品―村越化石」「角川賞候補作品」として十三名(村上一葉子、竹下流彩、村上しゅら、安立恭彦、稲垣法城子、宮澤富士男、宮脇豊子、五十嵐研三、三島晩蟬、豊山千陰、小川千賀、北田善章、河原冬薔薇)の作品、「受賞の言葉」「選考経過」「選者評」が掲載された。

化石の「山間」は次の作品で始まっている。

癩園に住みて十餘年すでに故人多し 二句

癩友幾百送り夜長を黒眼鏡
汝が禿ぢし指もてとぼす白切子
柿賣来る厚雲の裾わが居とす
望郷の柿食ふ口中まで入日
山脈にはや雪蟲よ文出しに

大野林火は、「選評感」で、「『山間』の村越化石君が最後に受賞ときまつたことは永年一緒にいる私にとつてまことにうれしかつた。村越君は嘗て私に『最後の癩者として詠みつづけます。』と云つた。癩を自分一代で終らせたいとは癩園の皆の願いであろう。その言のように癩園はいま成りつつある。北條民雄、明石海人の頃とは違う。プロミン出現の効果が無菌患者さえ出している。この一連に『手足の癩性後遺症に施す整形可能となる』があるように、そうしたことが、いま癩園の問題であるようにも聞いている。癩が忌み嫌われることは、昔も今も変りがなく、それだけに癩者の嘆きもまたふかいが、しかし、一縷の希望が癩園を明るくしていることも知らねばならない」と書いている。

加藤楸邨（明治三十八年生）は、「結局審査にあたつた五人の投票で『山間』に決つたが、これは無難な作であつた。殊に癩生活に苦しみながら、感傷に流れないで、むしろ明るい世界を築きあげてゐるところに敬意を表したい」（「感想」）と書いた。

化石の「受賞の言葉」の次の箇所が、燦然と輝いている

　　不幸な病を負つた私も、俳句に於ては幸福者である。よい師に導かれ、よい先輩句友に恵まれていることを受賞と併せて感謝いたしたい。

十月三十日の午後一時から、林火を初め、近隣の俳句関係諸家を招き、栗生楽泉園の大谷光明寮で角川俳句賞受賞祝賀会が開催されている。

祝賀会は、まず矢嶋園長の、化石の栄誉を讃え、激励する挨拶から始まった。続いて、今野総代、羽賀文芸部長の祝辞と続き、来賓を代表して草津白樺俳句会長の神林の祝辞があった。次に祝電の披露があり、『濱』誌友有志よりの大きな花束が中沢文次郎から化石に贈られた。花吹雪のような拍手の中、化石は顔をほころばせて受け取った。カメラのフラッシュが瞬いた。

次に林火よりの祝賀記念の俳句の入選作の発表があり、続いて彼の講演に入った。その後、化石から謝辞が述べられた。続いて懇談会に入り、三時半に閉会した。

ちなみに、この時、林火と矢嶋園長ともう一人の前で化石が賞状を受け取る後ろ向きの写真は、『俳句年鑑』（昭和三十三年十二月）に掲載された。

角川俳句賞を貰った化石は、さっそく現代俳句協会の会員に推されている。『俳句年鑑』（同前）

の巻末の「三十三年度新会員」四十名の中に化石の名前も掲載されている。
化石が実力で角川俳句賞を獲り、ジャーナリズムの最前線に躍り出た時、先に反対した一幹事は、反対する理由がなくなってしまったようだ。

◉天刑病

化石の華々しい活躍を、誰もが喜んでくれる訳ではない。この世は、嫉妬と偏見に満ちている。高原俳句会の会員たちを激怒させる事件が起きたのは、昭和三十四年の秋のことであった。
この年の『俳句』（九月号）は、「特集・現代作家批判」の企画を組み、山口誓子や石田波郷ら八名が俎上に載せられた。「大野林火論」は、俳人の大中青塔子（後の祥生・大正十二年生）が書いた。その最後に、次の箇所がある。

最後に大野林火をとおして一つの結社の在り方乃至は彼と俳壇のいうもののむすびつきについて考えて見たい。（中略）節子が協会賞をとり、秩父、化石が角川賞を射止めたというものの、その受賞の裏には何れも悲痛な宿病や、天刑病とたたかう作家たちにたいする審査側のシンパシーが有形無形にはたらいていないとは言えない。此の点能村、岸田、金子、飯田たちの受賞に比較して、割り引かれるべきハンディキャップは見逃せない。そうした意味では浜にあつて古風なヒューマニズムを基調として、風土や生活に密着した私的な哀歓を、十年一日の如く詠つている病俳人たちの紋切型の仕事は今日再評価される段階に来ていると言えぬこともない（以下略）。

この箇所の文章は、少し荒い。節子は、昭和三十年の第四回現代俳句協会賞であるが、目迫秩父は、角川俳句賞ではなく昭和三十三年の第七回現代俳句協会賞である。それから彼の病名は、結核であった。

高原俳句会の会員たちが激怒したのは、彼が、ハンセン病の蔑称の「天刑病」を使っていることであった。もちろん、これは化石を指している。それからこの文章には、病人がいくら頑張っても、門切り型の俳句では、せいぜいそこまでだよ、という彼の高飛車な思いが透けて見えている。彼も、化石が受賞した第四回角川俳句賞に応募し、彼の作品「薔薇の蟲」も編集部が検討した最後の二十六篇の中に残っていた。俳句ではかなわないから、相手の弱点を見つけて罵倒し、自分が優位に立ちたいのだ。

早速、『俳句』（十一月号）の「読者サロン」欄のトップに、化石の友人の白井春星子（本名生市・大正五年三月六日愛知県生・昭和十三年八月栗生楽泉園入園）の投稿文が掲載された。

九月号大中青塔子氏の「大野林火論」の文中「天刑病」とはハンセン氏病を指して云われたものと思うが、医学の進歩した現在偏見も甚だしい。いやがらせの言葉である。正しい病名を使われたい。大中氏は病俳句の受賞者に対し、「ハンディキャップのあるのを見逃せない」とも述べられているが何を根拠に云われるのか。我々病俳人は、同情を得るために俳句を作つているのではない。又「ハンディキャップ」なる語は選者を侮辱した言葉にならないか。もつと人間的触合いで俳句を学ばれん事を切望する。

癩病がハンセン氏病と名を変えたのは、何時頃のことだろうか。『全患協運動史』に収録されている「第七章 偏見・差別とのたたかい」に、「全患協は、らい予防法改正運動の当初から『癩（らい）』という病名を廃止して『ハンセン氏病』に変えようという運動をおこし、政府当局にもそれを要請した。『らい』という言葉には古い、忌まわしい因習的な観念がまつわりついている。この用語が使われるかぎり社会から偏見をなくすことは至難だと考えたからである」とある。昭和二十七、八年頃から使われ始めたようだ。やがて、ハンセン病へと変わっている。

白井春星子に続いて、「読者サロン」欄に、群馬県の鬼頭光一の大中青塔子を批判する文章も掲載された。

これらの騒動の詳細を、楠本憲吉は、この年の十二月に出た『俳句年鑑』に寄せた「療養者の俳句」で触れた。

この文章で、化石は、先の現代俳句協会会員の推薦を、楠本が頑張ったにもかかわらず一幹部の偏見で落とされたことも、初めて知ったはずである。

化石は、これらの騒動を、どんな思いで眺めていたろうか。世の中には、差別偏見の激しい人もいるが、楠本のような良き理解者もいる。俳人は俳句が総てである。化石は、ますます俳句への精進を誓ったに違いない。

◉母の死

化石に、単独句集出版の話が持ち上がった。これは、林火が化石に勧めたものであろう。しかし、林火には心配があった。化石の母が、喜んでくれるかわからないからだった。

林火は、角川俳句賞受賞の祝賀会が終わった時のことを次のように書いている。

一昨年（三十三年）十一月初めに化石の角川賞受賞記念句会が楽泉園で行われ、その別れ際分館の前で、私は化石にお母さんに知らせたか、お母さん喜んだろうねと尋ねた。化石はそれに対して「母に知らせたのですが何とも言って来ません。母は私が癩の句を作ることを嫌っているのです」とさびしげに答えた。

私は化石の自分を詠わねばいられぬ気持ちと、その母のそうした句を嫌う気持ちが同時に脳裡にひらめき、一瞬胸が熱くなり何もいえなくなった。暫くして「いや、お母さん喜んでいる。きっと見ている」と慰めたが、その声は空虚の響きを化石に与えたかも知れない（「作家と「場」（一） 村越化石」）。

林火は、化石の母が角川賞受賞を喜んでくれなかったと解釈していたようだが、これは間違いである。というのは、化石は次のように書いているからだ。

前に、『火山翳』を見ていた母が「癩の句はきらいだよ」と云つたことがある。母に俳句が解ろうはずはないのだが、「癩」という文字を見ただけで、母には堪えられない気持だつたのだろう。こんど、角川賞をまつさきに喜んでくれた母。その母にまたまた「癩」の句を見せねばならないとは。――「癩」。「癩」。古い言葉のようだ。自分も随分と、苔の生えるほどこの言葉を使って来た。もういい加減に、なぜ捨ててしまわないのだろうか

（「噴煙の下で」）（傍線は荒波）。

この文章は、化石が角川俳句賞を貰った直後の『濱』（昭和三十四年二月号）に掲載されたものである。角川俳句賞を貰った時、化石は真っ先に母に知らせると喜んでくれた。子どもの栄誉を喜ばない親はいない。おそらく化石は、その後に掲載誌を送ったが、母は何も言ってこない。母は、「癩」の文字が嫌いだった。やはり喜んでくれなかったのだ。そう思い込んでいたようだ。しかし化石は、先の文章に、「『癩』。『癩』。古い言葉のようだ。自分も随分と、苔の生えるほどこの言葉を使って来た。もういい加減に、なぜ捨ててしまわないのだろうか」とあったように、自問自答しながら、この賞の受賞を切っ掛けにして、今迄の自分から大きく脱皮していく。

化石の母が、彼の角川俳句賞の受賞を喜ばなかったと思い込んでいる林火は、母に確認すべきだと説いた。

出版社は、自分たちに理解のある楠本憲吉の琅玕洞だという。ここからは、『濱』の先輩の目迫秩父の句集『雪無限』や野澤節子の句集『未明音』も出ている。化石の心は嬉しくて、舞い上がったに違いない。化石は、すぐに母に手紙を書いた。すると、母から折り返し返事が届いた。化石

が、そのまま林火に送ったのであろう。林火は、化石の『句集 濁眼』の「序」でこの手紙を公開している。

——今度句集を出して貰える様になつた由、結構です。大いに張り切つてやつてください。（中略）何をするにも資金は必要、若し困る様でしたら大きい事は出来ないけれど、少し位は私のを応援してやつてもよいのです。そのような希望を持つて一路を目ざしてやる費用でしたら。それから色々家に迷惑とかいう点は心置きなくやつて下さい。別に尊い人生を世間に秘している訳でなし、よい事をやつてくれるのでしたら却つて誇りにもなるくらいです。どうぞ御心配なく。

母より

母の同意を得て、化石は初めての句集作りに励んだ。しかし、悲劇は、ある日突然訪れた。母の起里は、孫の兎小屋を作っている最中に脳溢血で倒れ、六月一日に亡くなってしまうのである。享年六十四。

化石は、『濱』（昭和三十五年二月号）に、

母、足腰弱りわれへの旅かたきを云ひよこす

みな遠くなるわが寝嵩夜の雪

を発表していた。母の衰えは感じていた。

この時の衝撃を、化石は後、次のように書いている。「私は深い悲しみに胸をとざされながら、森の木立ちの中を何処までも歩いてゆきました。今想い出してみてもかなしい青葉の季節でした」（「青葉に想う」『高原』昭和四十四年六月号）。

多くのハンセン病の仲間と同じように、化石も帰郷することは出来なかった。化石は、友人たちを自宅に招き、お経の読める人を頼んでささやかな法要を行っている。

白井春星子は、「母の死の知らせを受けた日、化石は知人を招いて追悼の法要を行なった。夕闇の迫る中に、読経の声が流れ、しずかに目を閉じて座っている化石の両眼を光出るものはとまらなかった」（「跋」『山国抄』）と書いている。

また友人の後藤一朗（大正四年四月岐阜県生・昭和十七年栗生楽泉園入園）は、「化石さんの机の上には大輪の菊の花にかこまれ微笑んでいる遺影が、折々の花やうずもれるほどの供物を前にかざってあつた」（「一眼の化石」『濱』昭和三十七年九月号）と書いている。

◉『句集 獨眼』刊行

化石の初めての『句集 獨眼』（琅玕洞刊）が「濱叢書 第十八編」として刊行されたのは、昭和三十七年八月のことである。

句集の題名『独眼』は、化石の〈もの蒼む梅雨や片眼を失くし佇つ〉から採られたものだ。

焦げ茶色の表紙の右上に小さく「村越化石句集」と入り、中央に大きく「獨眼」、左下に小さく「東京◇◇◇／琅玕洞出版」と入っているシンプルなものである。

表紙をめくると化石の毛筆の〈除夜の湯に肌触れあへり生くるべし　化石〉があり、続いて大野林火の五ページにわたる「序」が続き、次に化石の「この句集を亡き母に捧ぐ」の献辞が入っている。

次の目次を見ると、昭和二十五年から三十七年までの作品集で、五百五十一句で構成されていることがわかる。その後、山本よ志朗の「跋」、「あとがき」、「畧」と続いている。奥付には、「四百部限定出版」とあり、値段は五百円だ。

化石のもとに本が届いたのは、夕方であったが、なみは早速草津の化石の友人の中村文次郎に届けている。化石は自分の初めての句集を仏壇に供え、先祖に報告したことであろう。この時、化石は三十九歳。

「読売新聞」（十月九日）夕刊の「手帳」欄は、「ライ作家化石の句集『独眼』」の見出しで次のように紹介している。

大野林火の「浜」の幹部同人で、三十三年度「角川俳句賞」受賞者として、すでに俳壇的には中堅作家として知られているハンセン氏病患者村越化石の句集「独眼」が、このほど出版（琅玕洞出版）された。

化石——ライに犯された心身を土中に埋没して石と化せしめるという悲しい俳号。独眼

――病原菌に左眼の視力を奪われ、一眼におちたゆかりに発する筆名。化石・独眼がこの句集のすべてであり、著者の全貌であるといってもよいだろう。

癩人の相争へり枯木に日
除夜の湯に肌触れ合へり生くるべし
金色柚子夜を重るべし癩日記
もの蒼む梅雨や片眼を失くし佇つ
寒餅や最後の癩の詩強かれ

作者の発病は少年時、いま四十歳を迎えるとあるから、二十年余の間、世間から隔絶されたライ園ぐらしである。俳句を始めたのは終戦直後らしいが、真に俳句開眼し、熱中し出したのは林火を知るに及んだ昭和二十五年以来のこと。「独眼」にはそれ以来の句が切実な日常哀歓の思いをこめて展開されているのである。

新薬プロミンの恩典に浴し数年を経たれば
湯豆腐に命儲けの涙かも

この句は三十年の作だが、新薬プロミンの出現により不治の病の烙印から脱した、ライ者の、明るい、生への志向が句脈に響き始めている。その響きの背後には「最後のライ者たらん」とする作者の決意と覚悟が豁然と目をひらいていることに心ある読者は気づくことだろう。

この一書は母にささげられているが「いろいろ家に迷惑とかいう点は心置きなくやって下さい」という励ましの言葉を残して、ハンセン氏病の子を持つ母は、句集出版寸前に急逝（きゅうせい）された由、師の懇篤の序中で述べられている。

　ふろふきの煮上る親星子星出て　　化石

新聞では他に、「上毛新聞」（十月二十八日）にハンセン病者たちに理解のある文芸評論家の市川為雄（明治四十四年生）が、「村越化石句集『独眼』を読んで」を書いた。

『濱』九月号では、「句集『独眼』鑑賞」の特集を組み、後藤一朗が「一眼の化石」を書き、白井春星子は、「最近の化石」を書いた。

続いて、『濱』十一月号では、「化石句集『独眼』特集」を組み、田中灯京が「化石十句」を、松崎鉄之介は、「第三の人生への出発―句集　独眼読後―」を書き、目迫秩父他十一名が、「化石句集『独眼』に寄せる言葉」を書いている。

『俳句』十一月号では、歌人で「樹木」を主宰している中野菊夫（明治四十四年生）が、二段組六ページの「村越化石句集『独眼』論」を発表した。

第二回俳人協会賞は、十二月八日の午後、西東三鬼の『変身』に決まったが、化石の『句集　獨眼』も候補に入っていた。

『俳句』（昭和三十八年二月号）に「第二回俳人協会賞　銓衡決定経過」が掲載されている。上位八名が紹介されているが、化石は西東三鬼・十七票、藤田湘子・九票に次いで三番手に登場する。

得票は六票である。四番手の福本吾香彦・五票までが銓衡の対象となった。「銓衡委員の感想」では、十二名のうち一人、大野林火だけが化石に触れていた。

私は村越化石句集『独眼』を推した。最後の癩者の決意のもとに詠われたこの句集は、戦後の癩園の変貌を伝えるとともに、何より生命の尊厳をひしひしと知らしめるからである。しかし、西東三鬼の『変身』に衆議が傾むいたとき私もこれに賛成した。というのは私自身この句集、殊に最晩年の作品に共感していたからである。また化石は今後の努力次第でまたの機会が期待出来る作家だからである。

この林火の感想を読んだ化石は、どんな思いを抱いたろうか。更なる精進を誓ったに違いない。『高原』（昭和三十八年三月号）には、『俳句』（昭和三十七年十一月号）に掲載された中野菊夫の「村越化石句集『独眼』論」が転載され、『高原』（同年四月号）には、金子晃典（本名康典・大正七年三月群馬県生・昭和十年八月栗生楽泉園入園）の司会で高原俳句会会員の参加で開催された「《座談会》いのちの記録 句集『独眼』を囲んで」が、掲載された。

この句集の刊行で、化石の俳人としての存在が、俳壇や世間にまた広く認知されたことは間違いがない。

化石の『句集 獨眼』は、根強い人気を持っていた。というのは、翌年の第三回俳人協会賞の候補にも入っていたからである。

昭和三十八年十二月八日に第三回俳人協会賞は決まったが、詳細は、「第三回俳人協会賞発表」（『俳句』昭和三十九年二月号）が触れている。

俳人協会の会員全員推薦依頼をした処、小林康治・句集『玄霜』十八票、橋本多佳子・全業績十六票、花田春兆・句集『天日無冠』九票、村越化石『句集　獨眼』及び最近作五票。以下、四票・二名、三票・五名。此処までは名前掲載。以下二票が十名、一票を得たもの二十四名が対象となり、銓衡は大野林火を議長に検討した結果、上位三名が残り、小林康治の句集『玄霜』が受賞し、花田春兆の句集『天日無冠』が次点と決まった。

化石は、自分の仕事に大きな自信を持ったに違いない。いいものを書けば、誰かが注目してくれるのである。

ところで、この時次点となった花田春兆（大正十四年生）は、この頃の化石の文通相手である。栗生楽泉園の盲人会の点訳奉仕者から、自分は俳句はやらないが知人に優れた俳人がいる。その人は、生れた時からの脳性麻痺で生涯起立不能の障害者であるが、大変な努力家で現在「萬緑」の同人である。これこれの句を作っているから、芸術の友として親交を持ったらどうかと紹介され、文通を始めて一年近く経っていた。その間、彼から俳人協会全国大会賞受賞、萬緑賞受賞、『天日無冠』上梓と次々と吉報が入って来るので、化石は刺激を受けていた。

ちなみに化石は、この年の『萬緑』（三月号）に、「『天日無冠』礼讃」を書いている。そんな二人が同時に候補になった第三回俳人協会賞の選考を、彼らはどんな思いで眺めていたろうか。お互いの健闘を讃え合ったに違いない。

この頃の化石の勉強は凄まじく、友人の山本よ志朗は、「化石君は夜一時二時までも作句に推敲に力を尽すと聞く。句会に持つてきた句が翌日の投稿のときにはすつかり変貌している時がよくある」（「化石の足音」）と書いている。また山本は、「深夜懐中燈をともして作句に励むともいうが、孤燈のもつ淡い光りの中に打込んでいる姿は、獨眼・化石を象徴している」（「跋」『句集 獨眼』）とも書いている。

この頃の『俳句研究』（昭和三十八年六月号）をめくっていたら、俳句研究社主催の「群馬県俳句大会」（十月六日・高崎市立中央公民館）の作品募集の広告が出ていて、審査員三十四名の一人に化石も名を連ねていた。こういった審査の仕事も、ボツボツ入り始めていたのだと思われる。

新時代の風を受け、厚生省の対応も少しずつ変化している。昭和三十二年に「らい患者退所基準」を制定し翌年指示している。また昭和三十七年には、軽快退所者の「在宅療養指導要領」を各府県に通達している。

栗生楽泉園の社会復帰者は、先に紹介した昭和二十七年以後もコンスタントに続き、昭和二十八年から昭和三十三年まで三十六名、昭和三十四年八名、三十五年十四名、三十六年十四名、三十七年七名と続いている。

社会復帰者が増えると、療養所に大きな変化が起きている。白井春星子は、「新薬プロミンの出現により癩の全治とまでは行かないが癩者の大半は無菌になつた。楽泉園では癩児が無くなり癩分校が廃校になり、青年団、音楽部、野球部など軽症患者で組まれていた団体は退園者を多く出したため次ぎ次ぎに解散した」（「最近の化石」『濱』昭和三十七年九月号）と書いている。

看護師と恋愛関係になり、社会復帰していった若者もいる。また、栗生楽泉園を訪れた一人の若い女性が、一人の青年患者と相思相愛の仲となり、やがて一男をもうけ、青年は家族を護るために社会復帰して行った横山石鳥（秀夫）の例もある。彼の妻は、その経緯を片山梨枝の名で『愛情の壁』（第二書房・昭和三十三年）、『生活の壁』（第二書房・昭和四十年）の二冊に書いて発表し、社会に大きな衝撃を与えた。

昭和三十九年一月十三日には、藤楓協会の浜野理事長が来園し、公会堂で二時間ぶっ通しで講演し、「国際らい会議でも決議しているように、いまやらいは治る時代、随って隔離の必要はない。諸君も大いに希望を持って社会復帰すべし！」と力説したことを、『高原』（昭和三十九年三月号）の「むら雀」が書いている。

◉綱島竹生の訪問

東京の神田寺同信の綱島竹生が化石のもとを訪れたのは、この年の五月十二日（日曜日）のことであった。

新聞の書評欄で『句集　獨眼』を知って読み、化石に手紙を書いたが、どうしても会いたくなった彼は、草津の町から三キロの道のりをリュックサックを背負って歩いてやって来たのだった。後、彼は、この時のことを次のように書いている。

受付で来意を告げると、その事を放送してくれる。少し待つと、句集、独眼の著者、村越化石さんが来る、傲ぶらず卑屈ならず、そんな会話の中で、面会室に、山本与志郎、佐藤敬子さん達みんなを紹介してくださる。会って張り合いが出た、毎年、身体の健康な限りお訪ねする事を約して帰った。帰途、連絡していただいて、竹下よし子先生にもお目にかかれた。蕨が生えて、母子草が黄色い花を上げていた。

「母の日ですね」と、先生はおっしゃった。

その翌年だったと思う。

宮崎松記博士の渡印、インド救癩へのカンパの声が盛り上がった。神田寺主官、友松円諦先生も陣頭に立って、諸々に、その要を説かれた。

その頃の或る日、私のところへ一通の書留郵便が届いた。見ると楽泉園の村越化石さんからのもので高原俳句会の十七名の方々の、血の出るような浄財が、インド救癩に使って欲しいとあった。感謝合掌し、すぐに毎日新聞を通じて、その手続きをとらせていただいた。

こんな事が現実にあっていいだろうか、厚生省も予算がないと云って、何の要求も入れてくれない。斜陽病といわれ、少数だといわれ議員諸公も冷い中に。しかも印度の異境の友に捧げる好意、何と云って御礼してよいのだろうか。

アジア救ライ協会の職員も感激して、はるばる草津を訪れられた。その明かるい和合の衆に会った時、この世の羅漢として拝んで来たと、私に報告して下さった程だった。

それから毎年、五月第二日曜には、楽泉園を訪れて来た、年々親しさを増し、今年は、八年目、兄弟のように語り合った事だった。

その日は雨だったが、皆の顔は一つも、曇っていなかった（「そこに菩薩が在す」『高原』昭和四十五年九月号）。

ここに出て来た竹下よし子は、救癩の父と言われた長島愛生園初代園長・光田健輔の長女である。この頃彼女は、栗生楽泉園で眼科の医官として勤務していた。

化石との縁から生まれた綱島竹生の母の日の来園は、次第に人数が増え、この八回目の年に一人の女性が初参加した。それが、石黒さとであった。彼女は、築地の塩物屋・大為分店の経営者で、夫を交通事故で亡くしてから一人で切り盛りしてきたのだった。彼女から、栗生楽泉園に大きな恵みがもたらされるのは、もう少し後のことである。

◉帰郷

さて、話が少し進みすぎてしまったようだ。少し戻ることにする。

静岡県御殿場市にある国立駿河療養所との駿河親善交流が実施されたのは、昭和四十年十月二日から五日までである。

この親善交流に化石夫妻も参加している。そしてある日、化石となみは車で故郷の志太郡岡部町新舟に向かった。昭和十六年一、二月頃帰郷して以来だから二十五年ぶりである。

そこには、夢にまで見た懐かしい故郷が広がっていた。化石は、幼い頃、母の懐に抱かれているような気持であったことであろう。朝比奈川に釣人の姿も見える。あちこちで幼き日の思い出が甦って来る。投網を打つ父について、タモと竹棒を持って朝比奈川の浅瀬のあちこちを駆け回る幼い日の自分の姿が見える。

車を榎橋の袂に止めてもらって、

「あれが生家だよ」

と化石が指をさすと、なみが、

「ここまで来たのだから、立寄って行かれたら」

と言った。化石は、何も言わなかった。

おそらく化石は、母の起里から、「お前は、もう故郷に戻ってはいけないよ。約束してくれるね」と言われていたのだろう。化石と親交を持った元同病者の坂口たつをは、化石は母と故郷には戻らないという約束をしたと「俳人村越化石さんに会う　その②師弟」に書いている。

生家は、かつて自分が暮らした頃のままではない。会ったこともない甥や姪が六人もいる。自分が帰宅したことで、彼らの就職や結婚に禍が及ぶことは避けなければならない。義兄の金市は、毎年厚切りの餅やお茶やみかんを送ってくれる。恩を仇で返すことは出来ない。手を伸ばしたら届きそうな距離なのに、化石の前には、化石自身にはどうすることも出来ない高く厚い壁が立ちはだかっていた。

この時化石は、彼らとは縁を切ったほうがいいと決断したのであろう。私が栗生楽泉園にお邪魔した時、なみさんと親しかった人から、「なみさんの話からは、化石さんはご家族と縁を切っていたと受け取れる発言もありました」と教えられた。

化石の気持ちを察知した運転手は、そっと車を走らせた。やがて故郷の山河が、車のサイドミラーから次第に遠ざかって行った。朝比奈川の川面が、キラキラと光り輝いていた。これが、化石が自分の肉眼で見た故郷の最後であった。

化石が、『俳句』（昭和四十一年一月号）に発表した「露の崖」十五句にこの時の帰郷を詠んだ六句がある。

療友一行と駿河療養所に四泊の旅授かる。
その折ふるさとの村に一歩を踏み入る、
二十五年ぶりなり　六句

白露やまみえし富士のおん姿
秋蚊帳の干さるるみどり天に富士
母亡き川曼殊沙華なとながれ来よ
生家なれど訪うてはならぬ庭に柘榴

墓山を望む

露けさの茶山のまろさ母を抱け
海に出て露の崖青まさりけり

生家なれど訪うてはならぬ庭に柘榴
生家なれど訪うてはならぬ庭に柘榴
生家なれど訪うてはならぬ庭に柘榴
……………………………

第六章 両眼失明

大野林火。(『俳句年鑑』1969年12月)

◉入園者自治会・副会長就任

栗生楽泉園で在園者の郷土訪問が始まったのは昭和四十二年からである。各県の係の人が世話をしてくれて、在園者たちはお寺や更生施設に泊まり、会いたい肉親や親戚がいる人は事前に申し出ると、彼らが宿舎にやって来るよう各県の係員が手配してくれていた。

栗生楽泉園には、開園当初から様々な娯楽があった。開園間もない昭和八年一月二十九日には、「患者慰安第一回レコード演奏及び映画会」が開催されている。翌昭和九年四月二十八日には、患者による「第一回患者慰安演芸会」が開催された。おそらく戦時中は娯楽は皆無であったろうが、昭和二十三年に入ってからは施設側が草津町の映画館に交渉してフィルムを借り受けるなどして映画の上映回数を増やし、同時に所外からの慰問演芸も次第に増えて行った。

園内にそれぞれの趣味のグループが増え、各県人会も組織され、昭和二十四年の一月十三日には音楽部による園内放送が行われ、翌十四日には園内の素人のど自慢大会が開催されている。この年の五月十七日には、春季大運動会が開催され、七月十三日からは盆踊りが三夜連続で行われている。また、九月二十五日には、近接町村野球大会が開催されている。昭和二十七年五月末には、バスレクレーションが始まった。行先は、長野原であった。

この頃始まった郷土訪問は、在園者たちにとって、一番の楽しみであったに違いない。

化石が、周囲の人たちに推されて栗生楽泉園の入園者自治会の副会長に就任したのは、昭和四十三年二月のことである。

会長は藤田時雄（明治四十三年生）。化石は副会長兼庶務委員であった。生活委員は和田二郎。

厚生委員は北田広治。事業委員は笠原金三郎。代議委員会の議長は大和武夫（白玲）。副議長は大木清太郎。

化石の友人の白井春星子は、次のように書いている。

俳句一本に生きてきた化石が、患者自治会の副会長になったのは、四十三年の一月末であった。当時化石さんは健康であったが、副会長という大任を受けるについては相当考えた末での決意であったことだろう。新薬プロミンの恩典により患者のほとんどが無菌になり、多くの退園者を出したが、今なお、社会の迷妄と根強い偏見に、社会復帰をはばまれている。特に医師の不足などが難題とされている。その時「私は、いままで俳句一途に歩んで来たが、広い場につってものを考え、苦労し、勉強しておくことが、今後の私の俳句に何かを加えてくれることを念じている」と語ったが、その意欲が「闘うて鷹のゑぐりし深雪なり」の秀句を得る力になったと思う（「跋」『句集 山國抄』）。

また山本よ志朗は、「その後、自治会役員にも就き、特に年金問題に情熱を燃やした」（「化石のこと」）と書いている。

昭和六十三年まで栗生楽泉園にいて、後、国立駿河療養所に移った沢田二郎（大正十三年生）は、「化石の人望で組織をまとめようと引っ張り出された面もある」（「魂の俳人・村越化石—古里・岡部に句碑（中）」「静岡新聞」夕刊・平成十四年十一月十三日）と教えてくれる。

化石の妻のなみは三浦晴子に、「仲間の暮らしの改善のために、闘志を燃やしてね。夜を徹して抗議のための書類を書いていたこともあったんだよ」（「村越化石の一句（二十四）」）と話している。

栗生楽泉園の入園者自治会のトップの一人としての場所に立った時、それまで見えなかった風景が化石の目に見えて来たはずである。

日々押し寄せる様々な問題に立ち向かう時、化石の視界は広がり、彼は一回りも二回りも大きく、強くなっていった。

話は変わるが、昭和四十三年四月から『上毛俳句選集』（上毛新聞社）が出ているが、ここに化石の「独眼抄」十句が掲載されている。この最後に①本名、②性別等を記しているが、化石は本名を英彦と名乗っている。おそらく、彼が俳句で知られるようになってから本名を名乗ったのは、初めてのことではないかと思われる。

この『上毛俳句選集』は、第二集から発行者を群馬県俳句作家協会に変え、毎年刊行されているが、化石は続けて英彦を名乗っている。彼の、差別偏見に対する強い意思表示なのだと思う。

◉第四回濱同人賞受賞

化石に「第四回濱同人賞」が贈られることが決まったのは、この年（昭和四十三年）の十二月一日のことである。

この賞は、大野林火と「濱」同人会席上、同人の総意によって選ばれた同人代表が選ぶもので、新旧問わずその年に目覚ましい活躍をした人に贈られる賞である。『濱』昭和二十五年一月号に

第一回受賞者として野澤節子、『濱』昭和二十八年一月号に第二回受賞者として目迫秩父の名が発表されたが、暫く間が空き、『濱』昭和四十二年一月号の「浜同人賞設定」で復活が予告され、『濱』翌昭和四十三年一月号で、第三回受賞者として佐野美智の名が発表された。これに化石が連なる訳である。

この日の十時半から大野林火、野澤節子、田中灯京、松崎鉄之介の四名による折衝委員会が神奈川勤労会館会議室で行われた。近藤一鴻（いっこう）は都合が悪かったので、前日に意向を電話で林火に伝えている。

まず候補者二名を記名式で推薦すると、化石三票、荒井正隆二票、中戸川朝人二票、黒沢フク一票という結果になり、後は話し合いで化石に決定した。

『濱』（昭和四十四年一月号）に「浜同人賞折衝経過」と共に受賞の対象となった化石の十五句も掲載された。ここでは、最初の七句を紹介させていただく。

鰯雲湧く手ばたけば寄り来るほど
苦楽をともに栗ある夜は栗を煮る
蔓うめもどき雪と交はる山中に
療養の餅を小切りに三十年
山眠り尾の如きみち垂れさがり
きっぱりと凍夜晴れたり哭くものなし

闘うて鷹のえぐりし深雪なり

この十五句の中に、「癩」の字は一つもない。化石は、『濱』（昭和三十四年二月号）に発表した「噴煙の下で」に、次のように書いていた。

人権が認められた。良い薬が次々に出て来た。結核のツベルクリン陽性の成年には罹患しないという研究成果も出て来ている。癩は日本からやがて消え失せる運命に近づいている。勝利の運命である。「癩」の文字もその日までのものだ。
自分の俳句も、師に、俳壇に、温かく手をひかれて十年の歩みをつづけて来た。癩の嘆きを、肉体を生活を、あくなき詠つて来たが、もう自分には古い時代の古い意味の「癩」は詠えない。「癩」という言葉におぶさつてはゆけない。この世に生を享けた一人の人間として立つて、俳句を広く詠つてゆく所へ辿りついた。

大野林火や「濱」の仲間たちは、化石が新たな境地へと飛躍したことを見逃してはいなかった。この時化石は、彼等の声援を全身に感じたことであろう。いい仕事をすれば、誰かが認めてくれる。
これはプロローグでも触れたが、昭和四十二年から「毎日新聞」の「私の選んだことしの秀句」の選者の一人であった林火は、翌昭和四十三年十二月九日に掲載された同欄の八句の中の一句として〈闘うて鷹のえぐりし深雪(みゆき)なり〉を選んでいた。化石が同欄に登場するのは、これが初めてであった。

化石がヘルペスという名の角膜炎を病み病室に入ったのは、この年（昭和四十四年）の五月のことである。一時は視界ゼロになってしまった。六月になって、眼の痛みがうすらぎ、窓辺に置いてある句帳に手が伸びるのを見た白井春星子は、安心している。

大野林火が栗生楽泉園にやって来たのは、七月二十九日のことである。この時、化石は病室から参加している。

林火が、「句集『澇澇集』および雑誌発表の創作等によるこれまでの過去の全業績」が評価され、第三回蛇笏賞に輝いたことは、『俳句』（六月号）に大きく紹介されていた。化石は、凱旋将軍を迎えるような、誇らしく、また晴れがましい気持ちであったに違いない。

この日、化石は林火のお伴をして諏訪神社まで足を延ばした。この時生れたのが、〈松虫草今生や師と吹かれゆく〉（『濱』十月号）である。

林火の来園が、どんなに化石の力になったのか、想像に難くない。

しかし、喜びも束の間であった。化石は、この年の暮れ、再び眼を病み病棟に入った。不安な日々であったろう。

◉国立療養所多磨全生園への転地療養

化石が、彼を看護する妻のなみと共に国立療養所多磨全生園に一時転地して眼の治療に専念したのは、翌昭和四十五年四月のことである（明治四十二年に創設された第一区府県立全生病院は、昭和十六年に国立らい療養所多磨全生園となり、昭和二十一年十一月一日から「らい」の文字が取れている)。

私が国立療養所多磨全生園に向かったのは、平成三十年九月二十三日のことであった。秋晴れの穏やかな日であった。

山手線の池袋駅で下車し、西武池袋線に乗り換える。清瀬駅で下車し、南口からタクシーに乗ると七分で多磨全生園の正門に到着した。ここは、全生病院時代、作家の北条民雄が生活した場所でもある。

先に、多磨全生園の庶務課の職員村山隆司さんの送って下さった地図を開く。兎に角広い。正面からまっすぐ百メートルほど進むと左手に事務本館がある。この日は日曜日なので、宿直の人に園内を散策して写真を撮ることを了承していただく。

事務本館をさらに五十メートルほど進み、左に曲がると五十メートルほど先に林芳信胸像があり、その後ろに治療棟が建っているが、その左手後方にある新センター管理棟の付近に、かつて化石が入院した病棟はあった。建物が入り組んでいて傍まで行くことは出来なかったが、位置はよくわかった。

化石は、林火には、多磨全生園で目の治療に励むので、半年位俳句を休ませて欲しいという手紙を書いていた。化石にとって、不安な日々であったろう。一眼はもう失っている。残る一眼を失ったら全盲になってしまうのである。療養所では、五人に一人は盲人である。全盲は嫌だ。自分だけは助かりたい。

そんな日々、不安な彼を救ってくれたのは、望郷の念であった。昔歩いたふるさとの野道、山道を再び胸中で辿ると不思議と気持ちが落ち着いた。そんな穏やかな気持ちで、化石は治療に専念し始めている。

◉大野林火の見舞い

ここに、多磨全生園で治療に励む化石が、心配でならない人物がいる。化石の俳句の師匠の大野林火である。

何とか彼を元気付けたい。林火が考えたのは、化石と対談をすることであった。今、『濱』に「対談三百号史」の連載をしている。ここに彼に登場してもらおう。

林火が多磨全生園の化石を見舞った三句が掲載されたのは、『濱』（昭和四十五年七月号）である。この七月号は、七月一日が発行日である。そんな訳で、林火が中戸川朝人と中沢文次郎を伴って化石の見舞いに訪れたのは、遅くともこの年の六月上旬までのことではないかと思われる。

林火が初めて栗生楽泉園を訪れた時、園長をしていた矢嶋は、この頃転園して多磨全生園の園長を務めていた。林火は先に矢嶋に挨拶して、化石の眼の快復は難しいことを聞いていたことであろう。

中戸川が記録係になり、林火と中沢文次郎と化石の「対談三百号史（第九回）」が掲載されたのは、『濱』九月号である。

林火が高原俳句会の歴史を問い、化石が答えている。そして最後は次の話で終わっている。

林火――（前略）楽泉園の人達は皆な表現力は十分ある。その点はベテランなのだから純粋さを失なわなければ立派なものが残るはずだ。君にもここで眼を十分に癒してもらって、また新しい化石の世界を創って欲しいと思う。一度君が「最後の癩者」という言葉を使った以上、自分の言葉に責任を持ってね。

化石――はい――。

林火――それはそうだよ。それが空念仏に終るか終らないかは君の責任だ。化石という肉体は滅んでも最後の癩者を詠った句を遺すんだと思ってやって欲しい。立場は違うが僕自身もつねに初心に立還ることに努めている。療養につとめて、君も何度目かの脱皮をみせて欲しいな。期待しています。

かつて化石は、林火に「先生、我々が最後の癩者だという気持ちで詠みつづけます」と告げたことがあった。林火は、あの時の自分の原点を忘れてはいけないよ。そう突き放している。仮に全盲になっても、最後の癩者の俳句を作り続ける。それが君の仕事ではないかね。林火は、それを言うために多磨全生園にやって来たのだ。

この時、負けず嫌いな化石の闘争本能に火が付けられたはずである。自分には俳句がある。最後の癩者としての俳句を作らねば。彼は、そう強く思ったはずである。

この時、彼の脳裏に浮かんで来たのは、盲人になっても俳句に情熱を燃やし続けた浅香甲陽の姿であった。甲陽の他にも偉大な先輩たちがいた。俳句は目が見えなくたって詠めるのだ。

この時、化石の脳裏には、光り輝いて本田一杉の「肉眼はものを見る／心眼は仏を見る／俳句は心眼あるところに生ず」の言葉も、甦ってきたはずだ。「俳句は心眼あるところに生ず」。化石は思ったはずだ。私の頭には、東京で買った『俳句歳時記』や『俳諧歳時記』全五巻が叩き込んである。基礎は出来ているのだ。俳句を作るのに何ら不都合はない。ただ、たくさん出来ないだけだ。私には俳句があったのだ。この一筋の道を歩き続けよう。これ以外、私の歩く道はない。この道を究めてみよう。

◉両眼失明

化石夫妻が、栗生楽泉園に帰園したのは、同年十一月末のことであった。

多磨全生園に行く時には、一縷の望みを抱いていたはずであるが、もう快復不能なことを認めなければならない惨めな帰園であったことであろう。しかし、俳句を思う彼の心の比重は、多磨全生園に行く時よりも、大きくなっていたはずである。

近くに住む山本よ志朗が、それとなく帰園した化石を見つめていると、家を出た化石が、杖をついて少し歩いているのを見かけた。その足取りはおぼつかないものであったが。

化石は大丈夫だ。山本はそう思った。

栗生楽泉園の上地区に盲人会館が出来たのは、昭和四十七年のことである。これ以降は、俳句読書、録音テープの利用、口述筆記をしてもらうために、化石はここに通い続けているが、ここが出来るまでは、盲人専用の施設であった明和会館に通ったか、あるいは妻のなみに筆記してもらったのだと思われる。

ちなみに化石の家から盲人会館までは、一・六、七キロ。明和会館までは、六百メートルほどである。

そんな日々、次の句が生れている。

　　生きねばや鳥とて雪を払ひ立つ

この句は、『濱』（昭和四十六年三月号）に発表した「山国抄」十句の中の一句である。

化石は、自分自身を鼓舞しながら、一日一日を重ねて行った。化石にとって、生きることと、俳句を作ることが同義語になっていった。

私は、これまでハンセン病の歌人明石海人の評伝を二冊書いている。海人の場合、失明してから歌が飛躍していた。肉眼を喪失することで、心眼という第三者の客観的な視点を獲得していた。小説は、作文と違い自分をも客観視する第三者の視点が要求される。海人の場合は、失明することでこの第三者の視点を獲得し、歌が小説の断片となっていたが、化石の場合も同じである。化石の句は、これ以降大きく飛躍するが、その秘密の一端は、彼の句が客観性を持った小説の断片だからでもある。

化石自身、ずっと後に次の発言をしている。


　　そりゃあ、目が見えるのに越したことはないけれども、こういうものだと思っちゃうと気持ちが楽になって、かえって余分なものが見えないから、ものに集中できるのです。私のは単なる風景ではなくて、いったん心の中に入ってから、自分のいままでの人生が乗っかって出てくる自然なんだよ。鶯の句ができたときは、うれしかったな。これなら、これからも句をやっていけると思って……。

ちなみに、ここに出て来た鶯の句とは、〈鶯の声写るほど水に寄り〉である（後藤喜一「(土曜訪問)心眼で詠む　俳人村越化石さん／失明して〝舌頭に千転〟／境涯から自然へ」「東京新聞・中日新聞」夕刊・平成六年十一月十九日）。

それから化石が視力を失うことで、改めて気づいたことがある。同じく、先の後藤喜一記者の文章に、次の箇所がある。

目の見えない化石さんはどうやって作品を記録するのか。化石さんは、できた句をしばらく頭の中に入れておき、園内で句会のあるときや雑誌に寄稿するときに園の職員に書き取ってもらうのである。

「テープも利用しましたが、吹き込むと安心してしまうから駄目だね。私の頭の中にはいつも十句ぐらい入っていて、ああでもない、こうでもないと絶えず推敲している。これがまた楽しい作業で、そのうちに口調が整ってくる。耳で聴いて、すーっと入ってこない句は佳い句じゃあないね。いまは何でも活字ですが、昔の人はもっと耳を大事にしたんじゃないのかね」

芭蕉が「舌頭に千転せよ」と言ったのは、紙が貴重品だった時代と無縁でないはずだが、化石さんはこの何もかも過剰な時代に、たまたま光を失ったことで芭蕉の方法を実践している。ハンセン病のために社会から隔てられ、それによって自然、宇宙を発見したように、である。

化石さんは先月下旬大霜の日に、「吾よりも杖いそいそと霜日和」という句を得た。草津ではもうすぐ長い雪の季節が始まる。

化石がここで話しているように、俳句を作るのに、耳を通じてリズムの必要性を強く感じたようだ。化石が、リズムを如何に大切にしていたかは、後の化石の次の話からもよくわかる。

——同じ『筒鳥』の中に、

「とつぷり暮れたつぷりけんちん汁盛らる」

という句がありますね。言葉の調子もいいし、奥様とお二人の温かい夕げのひとときが浮かんできて微笑ましい感じがするんですが。

化石——これは、内容としては明るくはないのですよ。「とつぷり暮れ」というのは、日が暮れる、人生の暮れ、失明の暗さなどが含まれているのです。それを暗く見せないためには俳句の五七五調のリズムを使って、いろいろに表現するんです。ただ読まれた内容だけではない。五七五の調べによって明るくもなり、また暗くもなる。喜びや楽しさ、嘆きや哀しみをこの調べによって出すんです。言葉でうれしいとか寂しいとか言ってはだめなんです。読者に感じてもらうような句でなければだめです。それから、俳句の五七五調には文語のリズムが合うんですよね。日本語の長い伝統に培われたこのリズムは、日本人の呼吸にピッタリ合っているんですね。単に言葉を五七五に並べたのではだめなんですよ。俳句は、二重・三重の意味を込めなければいけない。明るい面と暗い面、表と裏というか、両方の面を同時に持っている。そういうものがないと俳句はつまらない。相反するものをぶつけ合う、それが俳句の命なんですよ（「第二十七回点毎文化賞を受賞した村越化石さん」）。

化石にとって、光を失うことは不幸ばかりではなかった。そのために、心眼が開け、また耳によってリズムの重要性に気づき、さらにリズムの様々な効用にも気づくようになっている。たった十七文字の俳句に、化石は無限の可能性を見ていた。これは、化石俳句が如何にして完成されて行ったかがよくわかる話である。

『濱』（昭和五十年三月号）に掲載された座談会「『山国抄』をめぐり」に出席した沢田五郎が、「高原俳句会の句がよく園内放送されるんで聞くんですが、聞いたらすぐ忘れようとしているんです。ところが化石さんの句は不思議と心に残るんです」と発言しているが、化石の句が心に残るのは、先のような様々な工夫がされていたからである。

ただ、失明したばかりの化石は、覚束なかった。まだ自分に自信がないのである。そんな五里霧中の化石をさらに勇気付けてくれたのも、また林火であった。先の座談会「『山国抄』をめぐり」に出席した化石は、次の発言をしている。

クリスマスの折、先生が来園されて、その時「雲に重(ママ)なる思いの長き冬に入る」の句ができて、先生に化石の今後を示す句になるだろう、といって頂いたので急に霧が霽れたように元気づけられたんです。先生がお出になると元気になるんです（笑）。

化石は、林火の存在が、自分の前方を照らす灯台の燈であることに改めて気づいたはずだ。闇が深くなればなるほど、灯台の燈は輝きを増すのである。その燈の向こうに、自分の未来がある。この時の林火の来園は、昭和四十六年十二月二十四、二十五日のことである。そして化石の句〈雲と重なる思ひの長き冬に入る〉は、『高原』（昭和四十七年三月号）に掲載されている。

◉石黒さとの遺言

化石の『句集　獨眼』が縁となり交流が始まった神田寺同信会の一人として栗生楽泉園を何度も訪れたことのある石黒さとが、胃癌で入院中に亡くなったのは昭和四十六年十月十五日のことである。享年五十七。彼女の枕辺には、栗生楽泉園の機関誌『高原』が積み上げられていた。

十一月三日、彼女の実弟の渡辺隆が栗生楽泉園を訪れると、園内に衝撃が走った。それは、彼女が、遺産の総てを栗生楽泉園に寄付する旨の遺言を残していたからである。

患者慰問に各府県や団体からの慰問金はあるが、一千数百万円という高額なものは初めてであった（ちなみに、当時、大卒の第一勧銀の初任給が四万五千円である（『物価の世相１００年』）。

化石は、この時、俳句の威力をまざまざと思い知らされたに違いない。

栗生楽泉園では、中央公会堂を改修して石黒会館と命名することとなった。また資金の一部を文化活動費として組み入れ、年次使用することが決まった。

『高原』（昭和四十七年十月号）は「故石黒さと様を偲ぶ」の特集を組んでいるが、化石は随筆「『母の日』の来客」を発表している。また彼は、『句集　山國抄』に次の一句を残している。

石黒さとさんを悼む

故人と居る思ひ小春の白障子

話は少し前に戻るが、昭和四十七年の夏には、化石の姉の久子が岡部町からはるばるやって来て化石宅を訪れている。故郷の話に花が咲いたことであろう。

◉「生きがい」

『高原』昭和四十七年八月号に、「生きがい」をテーマにした「《座談会》こんな療養所でありたい――生きがいということ――」が掲載された。

司会は大和武夫で出席者は沢田五郎、村越化石、市川峰一の三人である。この時の化石の発言を紹介させていただく。問は、「生きがいとは何か」である。

化石は、絶望と反省を繰り返して来たが、「生れてきたからには自分の全能力を傾けて一つでも世の人に感動を与えるような作品を残したい、その執念といったものが絶望からよみがえる大きな支えになっているから、それが生きがいになっているといえます。人間はどんな逆境にあっても、生きていることそのことが素晴らしいことだと度々痛感しています」と、話している。全盲になった化石のなかに、確かな生きる手応えがあることが窺える。若き日に、俳句と出会った化石の幸運を思わずにはいられない。

俳人協会で老人福祉施設に俳句を普及させる取り組みが始まったのは、昭和四十八年のことである。これは、全国の老人福祉施設に協会から講師を派遣するもので、大野林火の意向が強く反映されたものだ。

俳人協会から栗生楽泉園の高原俳句会も老人福祉施設俳句会に指定され、化石がその講師に嘱託され指導を行い、句会報を送っている。ちなみに会の機関誌「年の花」が刊行されたのは、翌昭和四十九年三月からである。

◉『句集 山國抄』刊行

化石の二冊目の『句集 山國抄』（濱発行所）が出たのは、昭和四十九年八月のことである。

もちろん、失明した化石に自分で出来ることはたかが知れている。そこで化石になり代わって代筆をして『濱』同人で編集者の岡田鉄（昭和八年生）との連絡を取り持ったのが、白井春星子と山本よ志朗の二人であった。

化石は、『濱』に発表する作品の題を昭和三十六年二月号から総て「山国抄」に統一していた。その理由をのちに彼は、次のように口述している。

第一句集『獨眼』を出して、作句活動にも勇気を授かり、俳句で詠うべき場を持てた。そして『濱』の同人欄に月々発表する作品の題を「山国抄」と名付け、周囲の自然へも目を向けることで徐々に自分を変えていったように思う。自然界はただ風景としてあるのではない。そこにある森や泉や路傍のものにも神が宿り仏が住まい、生命が息衝いているのである（「私の俳句作法③雪に映す」「毎日新聞」平成二年十一月十七日）。

化石が書いているように、彼の句は、一木一草にも神が宿るという汎神論の色彩を次第に強めていくが、彼の句を読んで心地良いのは、そんな秘密が隠されていたからである。

この句集は、昭和三十七年から昭和四十九年までの十三年間のものを纏めたもので、四百五十句が掲載され、「序」を大野林火が書き、「跋」を白井春星子が書いている。

花林檎母の日われに永かれや

帽子新調天道虫にけふ会へり
鳥けもの喜雨山中に出で逢へや
未来おもひ蛙の国に隣り寝る
闘うて鷹のゑぐりし深雪なり
ふところに綿虫の入る淋しかろ
生きねばや鳥とて雪を払ひ立つ
地に片手つけば惜春おのづから
百合の香を深く吸ふさへいのちかな
ふと目覚めし雪夜一生見えにけり

『句集　山國抄』の出版記念会並びに祝賀会が高原俳句会主催で石黒会館を会場に開催されたのは、八月二十五日の午後一時からであった。

出席者は、大野林火を初め、「濱」からは岡田鉄、中沢文次郎、草津町からは中沢晃三、東京から故石黒さとの実弟の渡辺隆、施設関係者や小林自治会長や友人等五十余名が集まった。

彼らから挨拶、祝辞が続いた。大野林火は、〈僧のごと端坐涼しき盲化石〉の祝句を披露した（この句を受けた化石は、のち〈虫聞いて今宵を僧のごとく立つ〉と詠んだ）。最後に化石が、一句の主個性ある作家を目指し、今後一層努力して、このご恩に報いたいと挨拶した。

この日の午前中、林火は歓迎俳句会と教養講座と多忙であったが、教養講座の席で、『句集　山國抄』は発売と同時に刷った五百部が売り切れてしまったこと。この句集は中央でも歓迎されており、俳人協会賞候補になるだろうと断言している（天野武雄「村越化石句集『山国抄』出版を祝して」『高原』昭和四十九年十一月号）。

化石の『句集　山國抄』の売り上げについては、担当した岡田鉄が次の発言をしている。

　化石の「山国抄」の再販のものも殆ど捌けた。私のところで制作した関係から発送も引受けているので判るがやはり浜以外の人達の注文が多かった。評価されている現れでしょう（「座談会『五年』」『濱』昭和五十年四月号）。

この時の化石の句集の費用は、かなり林火が負担したようだ。ずっと後になって化石の妻のなみは、親交を結んだルポライターの栗林浩に、次のように話している。

　第二句集を出したとき、色んな人が援けてくれました。私たちもなけなしのお金を出して、林火先生に送りましたが、半分にも満たなかったのではないでしょうか。後で、残りをお渡ししたら、「お金はいいんだよ」って言われましてね。無理やりにポケットにねじ込んで返してくれました。感激しました。いい先生でした（「村越化石さんのこと」『新俳人探訪』）。

『濱』（九月号）では、「村越化石句集『山国抄』特集」が組まれた。

中戸川朝人が「鳥獣歓語―村越化石第二句集『山国抄』読後―」を書き、岡田鉄が「松虫草―『山国抄』鑑賞―」を書き、山本与志朗が「化石のこと」を書いた。

また『俳句』（十一月号）の書評欄には、前年、俳人協会賞を受賞した成瀬櫻桃子（大正十四年生）の「村越化石句集『山国抄』書評／永遠を見つめる眼」が掲載された。

大野林火は、昭和三十九年十一月に第十三回横浜文化賞を受賞していたが、次第に彼の仕事の評価は高まり、この年の秋の叙勲で勲四等旭日小綬章を受章している。

◉俳人協会賞受賞

林火の予想通りに『句集 山國抄』が俳人協会賞の候補となり、化石に賞が贈られることが決まったのは、この年（昭和四十九年）の十二月七日のことであった。

この賞の歴代の受賞者は、第一回・石川桂郎、第二回・西東三鬼、第三回・小林康治、第四回・千代田葛彦、第五回・鷹羽狩行、第六回・磯貝碧蹄館、稲垣きくの、第七回・菖蒲あや、及川貞、第八回・上田五千石、第九回・相馬遷子、第十回・石田あき子、林翔、第十一回・岡田眸、第十二回・岸田稚魚、第十三回・成瀬櫻桃子と錚々たる俳人たちが名を連ねている。

選考の会場は、赤坂プリンスホテル。選考委員は十八名であったが、当日出席したのは、林火、秋元不死男、安住敦、角川源義、加倉井秋を、岸風三楼、草間時彦、香西照雄、沢木欣一、能村登四郎、平畑静塔、福田蓼汀、皆吉爽雨の十三名であった。議長は、秋元不死男。

選考に挙がった候補作は十六名。審査員が五名連記で投票を行うと、化石は十一票を獲得してトップだった。ちなみに残る五票以上を獲得した最終候補作は、次の五作である。八票・岡田日郎『氷輪』、七票・山上樹実雄『真竹』、六票・井沢正江『一身』、六票・橋本美代子『石階』、五票・後藤比奈夫『金泥』。

各委員からの意見は、「境涯を別にしても優れた句集である。癩患者でも心は健康だ。特に後半では癩を読者に感じさせない」（角川）、「境涯が底に沈んでいて、決して絶叫しない。そこに感動した」（能村）、「失明の前後で非常に違う。失明後がいい」（皆吉）、「失明前はいらいらしていたが、失明後は心が沈潜した」（大野）、「過去の実績のある作家で、この人への授賞は協会賞の重みを増すものだ」（福田）、「現代俳句の典型であり、協会賞よりももう一段上の賞を与えたいくらいである」（平畑）等の意見で化石に受賞が決まった（林翔「第十四回俳人協会賞選考経過」『俳句』昭和五十年二月号）。『俳句』（二月号）には、化石の「第十四回俳人協会賞受賞作品・『山国抄』より（五十句）」と「受賞感想・略歴」と先に触れた「選考経過」と平畑静塔（明治三十八年生）の「称賛『山国抄』」が掲載された。

俳人協会の係の人から電話で受賞の連絡を受けた化石は、この夜の八時過ぎに初めて林火の家に電話を入れた。一刻も早く御礼が言いたかったからである。しかし、林火はまだ帰宅していなかった。おそらく林火は、どこかの居酒屋で、祝杯を上げて呑んだくれていたのであろう。

二日後、林火から慈しみ溢れる手紙が届いた。「俳句はこころです。こころにかたちを与えるのです。こころがしっかりしていないといけません」とあった。化石は、これらの言葉を深く胸に刻んだ。

翌昭和五十年一月二日には、『濱』編集部より中戸川朝人、下田稔、岡田鉄、大串章が栗生楽泉園の化石のもとを訪れ、座談会「『山国抄』をめぐり」を収録した。出席者は、化石、沢田五郎、横山石鳥、中沢文次郎の四名である。これは『濱』三月号に掲載された。

俳人協会の、第四回通常総会および俳人協会賞授賞式が行われたのは、昭和五十年二月二十二日、東京商工会議所ビル・東京会館であった。出席者は百二十一名。

第四回通常総会の後、俳人協会賞授賞式に移った。挨拶は、平畑静塔の代わりに俳人協会理事の沢木欣一（大正八年生）がした。

枯華微笑、心から心へ伝えるという禅宗の言葉がありますが、この句集を読みながらこの言葉を思い浮べ、同時に俳句というものの本質は何であるかをしみじみと感じさせられました（「村越化石 俳人協会賞挨拶」『高原』昭和五十年五月号）。

この箇所に、沢木の気持ちが凝縮されている。

この時、阿部園長が代読した化石の挨拶については『馬酔木』（昭和五十年四月号）に掲載された諧談子の「俳句時評」が触れていた。

受賞者の村越化石氏は周知の如く、草津楽泉園に生涯出づることのなき療養中の身で、同氏に代わって代読された化石氏の手紙は簡潔なのが却って心を打ち、「園長先生が代りに授賞式に出て下さる今日、療園では句友が私のため乾杯の準備をしてくれています」と読み終えたとき、会場は深い感動に包まれたまま、暫くは拍手が鳴りやまなかった。

「村越化石　俳人協会賞受賞祝賀会」が、栗生文芸部、高原俳句会、友人らによって石黒会館に於いて盛大に開催されたのは、二月二十五日の午後一時からである。

東京から駆け付けた渡辺隆、草津町の中沢晃三、「濱」同人中沢文次郎、「石人」同人横山石鳥(秀夫)、阿部園長、田口福祉室長、小林自治会長、友人など、総勢五十名が勢揃いした。司会は、文芸部の星政治。祝賀会場の中央に表彰状、記念品の大型時計が置かれた。

まず、「開会の辞」は、化石の湯之沢以来の友人で、全盲の天野武雄であった。

天野の挨拶の後、中沢文次郎、阿部園長、中沢晃三、渡辺隆、横山石鳥、小林弘明と祝辞が続き、その後、祝賀委員会からの花束を佐藤敬子が、渡辺隆からのものを白井米子が化石に渡した。化石は顔をほころばせて喜んでいる。

続いて後藤一朗によって祝電が披露され、その後、化石の謝辞があった。

「昨年第二句集を出版し、それが俳壇で認められこの賞を受けることが出来ました。この席の主役は私ということになっていますが、これも大野林火先生の二十五年に渡る(ママ)心のこもったご指導によるもので、感謝しております。園長先生にはあの雪の中を東京まで授賞式に出向いていただき、いろいろお骨折りをかけ感謝しております。記念の時計は林火先生のご意向と文次郎さんの友情で、目の不自由な私の身に添うたものと喜んでいます。

私には代筆をしてくれる友、読んでくれる友、録音をとって必要なものを聞かせてくれる友があります。「山国抄」を出版して以来多くの方々からおほめの便り、励ましの便りを寄せられています。受賞してからも未知の方からも祝っていただいています。山梨のあるご婦人から、俳句二月号の私の作品、記事を読んで、生きる意味を教えられたなどと細ごまと寄せられている。或る国会対策委員長からも励ましの便りをいただいています。

私の誇りとするものは、俳句一筋に来たこと、肉眼は失っても、あの泉、あの道、あの森、鳥の声、風の音などがよき交流となっており、今後共この自然を大切に詠いつづけていきたいと思います」

化石の挨拶が終わると、割れるような拍手があった。この後、山本よ志朗の音頭で乾杯があり、化石選の祝賀俳句入選句の発表があり、祝辞や余興が続いた。中でも、中沢晃三の踊りは圧巻であった（天野武雄「受賞祝賀会の記」『高原』昭和五十年五月号）。

ちなみに、かつてハンセン病を天刑病と書いて物議を呼んだ大中祥生（青塔子）の「大野林火論」が、彼の『現代俳句の共感』（昭和出版）に収録されて刊行されたのは、昭和四十九年のことである。この時には、大中は、天刑病を使うのはまずいと思ったのか、「業病」に変えている。しかし、「業病」も、ハンセン病の蔑称として使われたものである。なぜ彼は、ハンセン病が使えないのだろうか。相手を蔑むことでしか、自分が優位に立てないのだ。

この『現代俳句の共感』の奥付を見ると、出版は昭和四十九年十二月三日のことである。化石が『句

集 山國抄』で審査員の絶賛を浴びて第十四回俳人協会賞に決まったのは、その四日後のことである。

大中は、化石の受賞決定を、どんな思いで眺めていたろうか。この時になって、自分の論考が独りよがりで、次第に色あせて行くことに初めて気づいたはずである。

◉高野山への旅

化石たち高原俳句会一行十一名（化石、春星子、武雄、よ志朗、一朗、母杖、勉、敬子、茂子、米子、房枝）が、三泊四日の高野山への旅に出たのは、この年（昭和五十年）の六月のことである。高野山南院の院主・内海世潮と弘喜夫妻に招かれたのだった。彼らも、「濱」に所属していた。そのご縁であった。

林火の句碑が、高野山南院に建ち、盛大な除幕式が行われたのは、前年（昭和四十九年）の九月二十九日のことである。化石は、『濱』（昭和四十九年九月号）に〈朴咲いてわれや高野にいつ行ける〉の句を発表していた。この思いに、内海夫妻が応えたのであろう。

この時、高原俳句会の仲間たちが揃って出かけることになったのは、化石の俳人協会賞受賞の喜びが大きかったためであろう。自分たちの仲間から俳人協会賞作家が出た。我々は、健常者と何ら変わりはないのだ。化石の受賞を機に、皆が自分に自信を持ち始めたのだ。自らの手で、自分たちを取り巻く差別偏見の鎖を引きちぎったのである。何も、山奥に隠れてばかりいなくていいのだ。胸を張って、堂々と世の中に出て行けばいいのだ。

六月二日、高原俳句会一行は、栗生を朝の五時頃出発した。東京駅までは、中沢文次郎が同行してくれ、東京駅で見送ってくれた。東京駅で新幹線に乗り換えた。化石は、新幹線に乗るのは初めてであった。名古屋駅では天野武雄の妻の妹も乗車し、一行と行動を共にした。高野山南院の玄関で世潮夫妻に迎えられたのは、栗生を出て十四時間後の夜の七時を少し回っていた。

一行が宿坊の二階に案内されると、朴の花が香り、ひきがえるの鳴き声が聞こえた。

夜が明けると、夏鶯が間近で鳴いた。この朝、世潮の案内で、一行は林火の黒御影石の句碑の前に佇んだ。林火の句は、四行に彫られていた。

この山の
真如の
月と
ひきがえる
林火

世潮が、化石の手を取り、句碑に触れさせている写真が『高原』（昭和五十年九月号）に掲載された。世潮は、句碑は浄瑠璃寺の屋根の形を摸していること、正面に月が登ると碑は鏡となって月を映すことなどを話してくれた。

この日の午後一時から南院二階大広間で句会が開かれた。ここは昨年、『濱』誌友が集まって句碑建立祝賀会が開催された場所だと教えられた。

参加したのは、「濱」に所属しているメンバーたちで、遠く舞鶴から猿橋統流子（さるはしとうりゅうし）、大阪からは瀬戸海峡、内海夫妻の俳句の師匠の恩賀とみ子、吉田幸子、それに世潮夫妻と高原俳句会一同であった。句会は、和気あいあいのうちに終わったが、園外で外部の人を交えての句会は初めてのことなので、どの顔も輝いていた。

その後、林火の句碑の裏に栗生から持って行った落葉松と七竈（ななかまど）の記念植樹をした。世潮からは、南院で育った高野槙（まき）の木を贈られた。

翌日も晴天に恵まれた。再び林火の句碑に触れた後、一同は南院のマイクロバスで奈良に向かった。内海夫妻も一緒である。

十時頃、飛鳥寺門前で車を降り、内海夫妻の先導で入鹿首塚に案内された。化石たち盲人の一人一人に世潮が手を添え説明をした。その後、壺阪寺、唐招提寺、薬師寺と廻り、その日の宿舎である元興寺極楽坊に着いたのは、午後五時であった。今夜は、ここで句会が行われる予定である。出句三句、六時締め切りということであった。

夕方、『濱』に所属している金子無患子（かねこむかんし）、田中螺石（らせき）、茂里正治（しげりまさはる）の三人が、訪ねてくれた。そして食事の後、句会が始まった。無患子の歯切れのいい声で、一句一句読み上げられた。夢のような時間が過ぎ、三人を見送って一行が宿坊に移ったのは、九時半を過ぎていた。その後、風呂に入り、寝たのは十一時を廻っていた。

六月五日。今日は帰る日なので、皆、朝は早かった。朝食前に全員で極楽坊本堂へお参りした後、収蔵庫に案内してもらう。国宝になっている五重小塔の模型や、重要文化財等の説明を受けた。

八時三十分、ここで世潮の妻の弘喜と別れてバスは出発した。小雨降る国道二十四号線を京都へと向かった。途中雨が上がり、十時に京都の本願寺に着いた。ここで「濱」同人の金子篤子（大正十三年生）が待っていてくれた。当時京都に住んでいた彼女が、会いに来てくれたのだ。

その後、京都駅に向かった。駅の待合室で一時間ばかり体を休めて、十二時五分発「ひかり一七二号」に乗った。やがてホームで世潮、金子に見送られて一同を乗せた列車は静かに京都を離れた。

この時、化石たちは、「濱」で俳句をやって来てよかった、としみじみ思ったに違いない。

◉竹中龍青の登場

化石に、草津の中沢文次郎に続いて、また親友となる人物が現れた。「濱」会員の竹中龍青である。彼は、化石との出会いを、『濱』に連載した「村越化石句集鑑賞　山国抄（3）」（平成十一年九月号）で、次のように書いている。

色鳥や莚一面夕日の座　　　　昭和四十八年

（前略）私の作者との初対面は、「草津に来たなら化石に会ってゆくべき」と言う濱の先輩中澤文次郎のやや強引ともいえる案内による。昭和十六年入園時に自費で建てたという勝手、四畳半、六畳のトタン葺の十坪の住居は、南に傾斜して谷に臨む園の南端にあった。「莚一枚」は一代畑に丹精を込めて収穫した草津特産の花いんげん豆莚で、秋日を惜しむように戸毎に干されていた。

笑顔をもって迎えてくれた哲学者を思わせる風貌、言葉の端々に師林火への並々ならぬ敬慕の念を感じた。

龍青が化石に初対面したのは何年のことなのか、はっきりわからない。彼が高原俳句会の仲間たちを初めて信州に案内したのが、昭和五十一年の秋のことなので、前年の昭和五十年の秋と見るのが自然ではなかろうか。

竹中龍青（本名・龍市）は、昭和九年一月十八日に、長野県の美ヶ原高原の麓に位置する小県郡武石村の大きな養蚕農家・佐藤家の八人兄弟の次男として生まれた。近所の幼友達に、のち作家になる一ノ瀬綾がいた。

学業を終えた彼は、農具製造の松山株式会社に勤務するが、やがて隣町の小県郡（現・上田市）丸子町上丸子の酒類小売りの竹中家の養子となる。初めは会社に勤めながら配達を手伝っていたようだ。

丸子町に年一回の詩歌祭があり、昭和四十二年に応募して入選したのが俳句を作った始めである。審査員は吉池也水で、矢島渚男（昭和十年生）の義父であった。その関係で近所に住む矢島の所属する丸子俳句会に入って句会というものを知る。翌年、何気なく県俳句会に応募した〈産み月の濯ぐ手とどく青くるみ〉の句が相馬遷子選で特選となる。

彼が「濱」に入門したのは、矢島渚男宅で読んだ「濱」同人の溝口青於の句集『哀歓』に感激し、溝口を自宅に訪ねたことに始まる。溝口の句集は、大農であった生家の没落とそれに続く父の死で、失意に沈む彼を強く生きるようにと励ましてくれるような気がした。

青於は言った。「林火先生は弟子育成の名人と言われ、個性を大事になされる。師事する以上、『濱』一筋に進め」。『濱』への初投稿は、昭和四十三年一月。筆名の龍青は、青於の命名。「青」は伸びる名と言われ、本名の龍に加えた。この年、青於から林火を紹介されている。

林火は、よく信州を訪れているが、その度に彼は林火の案内役を買って出ている。

彼は、非常に向学心が強く、昭和四十七年には、慶應義塾大学通信教育課程法学部を十年以上かけて卒業している。

そんな彼は、すぐに化石の信頼も得ることが出来たようだ。翌昭和五十一年の秋には化石は龍青の案内で信州修那羅へのバス旅行をした。昭和五十二年の春には、信州松代に行った。竹中龍青の登場によって、高原俳句会にとっては、待ち遠しい、刺激的な日々が続いて行く。

◉「雨垂れ石」

化石が「雨垂れ石」九句を発表したのは、『濱』昭和五十一年八月号である。

この句を見た時の大野林火の衝撃は大きかった。プロローグで紹介させていただいた文章は、この頃書かれたものである。再掲する。

最近私に示した

天が下雨垂れ石の涼しけれ

には自然に帰一した浄土相さえほの見える。精神の深まりである。ここに小説の北条民雄、短歌の明石海人、俳句の村越化石という癩文学の三本柱が成り立ったのは本望であろう。しかも、北条民雄や明石海人がハンセン氏病の悲惨さ、怖しさの中に命を終ったのに対し、化石にはその後の長い歳月があった。化石の特色はそこにある。いえば、民雄、海人の知らなかった無菌になってからの生きざまである。もうこれ以上のものが生まれるとは思えない。正に最後の癩文学が化石によって示されたといってよいのである（「松虫草　私の俳句歳時記・八月」『濱』昭和五十一年十月号）。

林火は、この頃「毎日新聞」の年末に発表される「私が選んだ今年の秀句」十句の選者四人の内の一人で、先に触れた昭和四十四十三年十二月九日の〈闘うて鷹のえぐりし深雪（みゆき）なり〉に続く、昭和四十九年十二月二十九日掲載の〈路傍仏人も着ぶくれ来る日向〉、翌昭和五十年十二月二十八日掲載の〈土橋一つ渡る春来てゐたりしよ〉に続き、この年（昭和五十一年）十二月十八日にも化石の〈天が下雨垂れ石の涼しけれ〉を選んでいる。

ちなみに林火は、この回で選を終えているが、林火が、「濱」の同人で四句選んだのは、化石だけである。後は、中戸川朝人、宮津昭彦の三句、野澤節子の二句、佐野美智、大串章の一句と続いている。

この時、林火は、化石を育てた甲斐があったと思ったに違いない。

◉高原俳句会合同句集『一代畑』出版記念会

話は少し戻るが、高原俳句会の合同句集の『句集 火山翳』（昭和三十年）、日本盲人福祉委員会の推薦図書に選ばれた『句集 雪割』（昭和四十年）に続き、『句集 一代畑』が出たのは、昭和五十一年五月のことである。

作者二十一名（職員一名を含む）。千百九句が収められている。「序」を園長の阿部秀直が書き、「あとがき」を林火が書き、「後記」を化石が担当している。

大野林火が、この『句集 一代畑』出版記念会のために栗生楽泉園を訪れたのは、この年の八月二十六日のことである。

この時のことを化石は次のように口述している。

> 昨年、「一代畑」出版記念会の席上、記念講話の中で先生は、『火山翳』時代を回顧、現在ある私達の幸せをよろこばれ、これからの行くべき道を説き、「一人々々が求めるものを求め、帰る処を見つけることだ。一人々々が独立し、一人生き残っても俳句ができる俳人になることだ」と語られた（「林火先生と楽泉園」『高原』昭和五十二年十月号）。

化石は、もう自分の手の届かぬ境地に達してしまった。林火は、もう栗生楽泉園における自分の役割は終わったと思ったに違いない。この時以来、林火の栗生楽泉園訪問はぷっつりと途切れてしまっている。

林火が、俳人協会の会長に就任したのは、昭和五十三年二月のことである。林火の精力的な活動は続いて行く。

昭和五十五年一月七日からは、林火は「朝日新聞」の「朝日俳壇」の選者も務めている。

一方の化石も、着実に俳壇に認められている。昭和五十四年二月には、俳人協会から「自註現代俳句シリーズ第二期38」として『村越化石集』が出ている。「第一期」は三十名。『大野林火集』も入っている。「第二期」は四十名。「濱」の先輩の『松崎鉄之介集』も入っている。それなりに名を成した俳人たちばかりだ。

化石の友人の山本よ志朗が死んだのは、昭和五十六年四月二十二日の早朝のことであった。前日の午前中は『高原』の編集作業に精を出し、午後は盆栽いじりをして、夜はテレビの野球放送を楽しんだという。夜明け近くになって急に具合が悪くなり、脳溢血であっけない死であった。享年六十九。

化石は、自分の残された時間に思いを馳せたことであろう。

◉大野林火最後の訪問

大野林火が、五年ぶりに松崎鉄之介と岡田鉄と共に楽泉園を訪問したのは、昭和五十六年八月三十日のことであった。林火は、杖をついていた。

昭和五十二年六月二十五日に、ハンセン病患者を支援する藤楓協会の二十五周年の記念式典が、皇太子・美智子妃御臨席のもとに明治神宮会館で開会されたが、林火は、高原俳句会への長年の俳句指導が認められ、この席で表彰されていた。化石たち高原俳句会の五人も御祝いに駆け付けていたので、化石たちが林火に会うのは、四年ぶりである。

彼を、再び栗生楽泉園に向かわせたものは、何だろうか。それは、化石の俳句の魅力ではなかったろうか。林火は、化石の句が気になって仕方がないのだ。

それにしても、どうして化石と林火の二人は、こんなに惹かれ合ったのだろうか。その根本は、二人の才能が対極にあったからだ。林火の才能は、鉛筆画のように線が細い。繊細である。ところが化石の才能は、クレヨン画のように太い。大胆である。人間は、自分にないものに惹かれる傾向がある。長い間、二人が惹かれ合った秘密は、こんなところにあるのではなかろうか。

この才能は、もう自分を超えてしまった。しかし、どんな大輪の花を咲かせるのか、命の限り育ててみたい。それが、今迄彼を育てて来た自分の役割ではないか。化石は、もう次の句集を考えているかも知れない。申し出があれば、力にならなければならない。林火は、そんな思いから老骨に鞭打ってやって来たのだ。

この日、林火は、大谷光明寮で「俳句のこころ」と題して話している。

久し振りで参りました。何か、五年振りだという話で、五年前というと、私もまだ杖をついてなかったんですが、五年たったら、やっぱり杖があった方が便利な時があります。ただまあ一全々歩けないわけじゃないんで、階段など登るとき杖があった方が息が切れないし、まあそういう程度です。だから家の中で杖をつくことなどない。あった方が便利だという程度ですから、ご安心なすって下さい。

そんな口上で話し始め、何故俳句をやるのかを話した後、化石の最近の句〈蕗の雨隠れ心の今もあり〉と、〈星祭り読み書き恃む妻とかな〉の二句に講評を加えた後、老後にも目標があること。俳句を作る上で一番大切なことは、心を曇らせないことを話して講話を終えている。（『高原』昭和五十七年一月号）

この林火の来訪は、化石にとっても心待ちにしていたものであった。彼は、新しい句集の出版を考えていた。題名は、かつて『句集 山國抄』の出版記念会の時に林火から贈られた〈僧のごと端坐すずしく盲化石〉からとった『句集 端坐』とすること。先生に筆でこの句を書いていただいて句集の巻頭に掲載したいこと。選句をお願いしたいこと。これらを林火に申し出て、了承されている。

この来訪が、林火にとって最後になろうとは、誰も思わなかったに違いない。なぜなら、林火はこの年の冬には、俳人協会訪中団長として第二回目の訪中を果たすほど元気であったのだから。

◉『句集 端坐』刊行

化石の『句集 端坐』が刊行されたのは、翌昭和五十七年六月二十日のことである。

林火の毛筆で気品のある〈僧のごと／端坐／すゞしく／盲化石／林火〉の序句が扉を飾っている。

わらび飯母の願ひの中の吾
冬を越すことの難くて端坐せり
土橋一つ渡る春来てゐたりしよ
ふところ手父のゆづりのごとくなり
天が下雨垂れ石の涼しけれ
良寛の忌と知りし日の餅を焼く
山の国大きく暮れて笊に栗
栗飯や夫婦のほかに仏も居
月帰る西に親しさ冬隣
毛布被て星の一つに寝るとせり
師との間水のごとしよ夕端居
雉子鳴くやこの山中に湧き湯あり
籠枕眼の見えてゐる夢ばかり
花いまだ風が耳打ちしてゆけり
一夜明け銀河の冷えの石にあり

この句集の中の昭和五十二年の作に、〈父あらば今語らはむ更衣〉がある。自分も年を重ね、色々な経験を積み、かつて父の置かれていた立場が理解できるようになり、若き日に自分が父に抱いたわだかまりが、全て解けたということであろう。

さて、林火は、この時の化石への気持ちを次の句に込めた。

化石句集『端坐』を選みて、化石へ
結跏趺坐雪積るとも積るとも

この句は、先に『濱』（四月号）の「月魄集（四十）」九句の巻頭に掲げられたもので、後に林火の最後の句集『月魄集』に収められている。

化石は、次のように解釈している。「先生の最後の句集『月魄集』に載せられている句、結跏趺は禅定修行の坐相の一つ、私はこの句の深さをまだ充分には理解し得ないでいる。多分先生は、この句を以て弟子を戒められたのであろう。如何に雪は降るともおのが坐をくずさず平常心を保てとの意に受け止め、深く肝に銘じていきたい」（「わが師わが俳句」『蜻蛉』昭和六十一年第三号）。

『濱』（九月号）の「現代俳句管見（九）」で、大串章（昭和十二年生）は二段組二ページに亘って『句集　端坐』に触れ、「沖」を主宰している能村登四郎（明治四十四年生）が、「『端坐』に教えられるもの」を書いた。また『俳句』（十月号）には、宮津昭彦（昭和四年生）が、「村越化石句集『端坐』／心眼の世界」を発表した。

この『句集　端坐』は、俳壇でも無視できない句集であったからであろう。『俳句研究年鑑』（十二月）では星野麥丘人（ほしのばくきゅうじん）（大正十四年生）が、「俳句展望5」で触れ、『俳句年鑑』（十二月）では、鷲谷七菜子（大正十二年生）が、「さわやかさへの期待」で紹介している。

大野林火の熱い思いの籠ったこの句集が、俳人化石をさらなる高みに引き上げることになることなど、まだ誰も知らない。ただ、林火だけは、強い手応えを感じて化石の行く末に思いを馳せていたはずである。

◉大野林火の死

大野林火が死んだのは、この年（昭和五十七年）の八月二十一日、午前四時半のことであった。享年七十八。

林火は胃癌のため、横浜市立大学病院への入退院を繰り返していたが、次第に病状が悪化し、八月十八日の夜に家族と松崎鉄之介が呼ばれ、後のことを託されている。「濱」は、松崎鉄之介（大正七年生）が継承することが決まった。

松崎は、市立横浜商業専門学校時代の昭和十四年四月に林火を訪れ、以後行動を共にしてきた愛弟子であった。彼は、堅実で、とても頼りになる男であった。林火が、自分の分身とも言える松崎を後継者に指名するのは、自然のことであった。

翌日の朝、林火は松崎に辞世の句を書き取らせている。

先師の萩盛りの頃やわが死ぬ日
残る露残る露西へいざなへり

萩明り師のふところにゐるごとし

この後、ほとんど昏睡状態に陥り、あの世へと旅立ったのだった。強い風に花びらを散らす、桜のように潔い死であった。

この日の夜、自宅において通夜、翌二十二日、密葬。

化石の最後の『自選句集　籠枕』の「『筒鳥』より」の箇所に、添え書きの増えた次の一句がある。

これからの長夜無明の身の置き処
林火先生の柩の中に納めた句。

おそらく林火の死の直後、松崎鉄之介から化石に電話が入って、林火の死が告げられ、林火の柩に入れる句を至急作れと言われ、急遽作ったのがこの句だと思われる。こうすることが、林火が一番喜ぶと松崎は判断したのであろう。

一方の化石は、自分は葬儀に行くことは出来ないが、この句は、あの世まで先生のお伴をすることが出来るのだ。大きな喜びであったろう。この時化石は、松崎の粋な計らいに感謝したはずである。

この時、松崎は、自分の句は林火の柩に入れることはなかったと思われる。松崎鉄之介という男は、そういう男である。

化石となみは、林火の遺影の前に灯りを燈し、通夜の祈りを捧げている。

林火の俳句に懸ける執念は凄まじく、二十二日の朝刊に掲載された「朝日俳壇」の選者の仕事が最後になった。

九月二日、俳句文会館において俳人協会と「濱」俳句会との合同葬による告別式が行われた。葬儀委員長は安住敦、副委員長は近藤一鴻、弔辞は安住敦、平畑静塔他。中国人民対外友好協会林林副会長他からの漢俳の悼詩を初め多数の悼句献吟、三百通の弔電があった。

一般告別式の献花の列はあとを絶たず、山本健吉、井本農一、山口誓子、皆吉爽雨、加藤楸邨を初め、参加者は六百人を越えたことを『俳人協会四十年小史』は伝えている。

その業績に対し、林火には、勲三等瑞宝章が贈られている。

高原俳句会では、十月六日に追悼句会を石黒会館で開催している。林火の〈雪の水車ごっとんことりもう止むか〉の色紙を飾り、録音テープから林火の声が流れる中を、黙とうを捧げ、冥福を祈った。

『高原』(昭和五十七年十二月号)には、高原俳句会の追悼句と共に化石の随筆「大野林火先生に捧ぐ」が掲載された。

　憶えば三十二年という長い歳月、御指導を賜わった林火先生、先生の大きな御人柄、温かい懐に抱かれて高原俳句会の私達は、この道一筋に励むことが出来、本当に倖せでした。御恩の数々語り尽せぬ程であります……。

化石は、淡々と三十二年間の林火の温情を振り返っている。化石の林火を敬慕する気持ちが切ない。

いくつかの俳誌で林火の追悼特集が組まれた。化石は、『俳句』（昭和五十七年十一月）には、「病者への愛と献身」を発表した。同月に出た『俳句とエッセイ』（十一月号）には、「雲明り」十二句を発表したが、この内の後の十句は、林火逝去後の空虚な気持ちを詠んだものだ。

また『濱』（昭和五十八年一月号）には、「草津訪問とその作品―句集『白幡南町』『雪華』の時代」を発表した。

松崎鉄之介の第三句集『信篤き國』が、激戦の末、第二十二回俳人協会賞に決まったのは、一月二十九日のことであった。彼が、俳壇で大きな賞をもらうのは、これが初めてであった。

第七章

紫綬褒章受章

村越化石紫綬褒章、県文学賞、濱賞受賞記念祝賀会。向かって左より金子晃典、化石、金夏日。1992年1月28日（『高嶺』1993年1月）。

◉歴代最年少で蛇笏賞受賞

現在、俳句関係者以外でも、俳壇の最高の賞が蛇笏(だこつ)賞であることは、ほとんどの人が御存知だと思う。

化石に、第十七回蛇笏賞が贈られるのが決まったのは、昭和五十八年五月上旬のことである。対象は『句集 端坐』。この時には、もう一人受賞者がいて、柴田白葉女(はくようじょ)（明治三十九年生）で対象の句集は『月の笛』（昭和五十七年・永田書房）である。

この時の選考委員は、沢木欣一、野澤節子、森澄雄、飯田龍太の四名。

ここに化石の「濱」の先輩であった野澤節子の名前が出て来たが、ここで彼女のこれまでの歩みを振り返っておきたい。彼女は、昭和三十年に第一句集『未明音』で第四回現代俳句協会賞を受賞。カリエス完全治癒の診断を受けたのは、昭和三十二年のことだ。病気が治ると、生け花を教え、自活の道を切り開いている。昭和四十六年には、句集『鳳蝶』により第二十二回読売文学賞を受賞。この年の十二月に主宰誌『蘭』を創刊している。蛇笏賞選考委員と詩歌女流賞俳句部門選者の委嘱を受けたのは、昭和五十二年のことだ。彼女は、俳壇に着実な歩みを刻んでいた。

この蛇笏賞がいかに凄い賞かは、歴代の受賞者を見ても一目瞭然だ。

第一回、皆吉爽雨。第二回、加藤楸邨と秋元不死男。第三回、大野林火。第四回、福田蓼汀。第五回、右城暮石と平畑静塔。第六回、安住敦。第七回、阿波野青畝と松村蒼石。第八回、百合山羽公。第九回、石川桂郎。第十回、相生垣瓜人。第十一回、山口草堂。第十二回、阿部みどり女。第十三回、細見綾子。第十四回、斉藤玄。第十五回、石原舟月。第十六回、滝春一。キラ星のような群像が並んでいる。

化石の師の大野林火も、三回目に受賞している。化石は、感慨深いものがあったであろう。

この時、化石は六十歳。柴田白葉子は七十六歳。これはプロローグでも触れたが、化石の六十歳という若さは、歴代最年少であった。化石に続くのは、加藤楸邨の六十二歳。福田蓼汀と安住敦の六十四歳。最高齢者は阿部みどり女の九十一歳。第十七回までの二十一名の受賞時の平均年齢は七十一・六歳である。ちなみに、この後、令和四年の第五十六回までを眺めても、化石よりも若くして受賞したのは、平成二年の第二十四回蛇笏賞に輝いた当時角川書店の社長であった四十八歳の角川春樹（昭和十七年生）が一人いるのみである。

この「第十七回蛇笏賞発表」は、『俳句』（昭和五十八年七月号）に掲載されている。

森澄雄（大正八年生）が、「久々に今回は村越化石、柴田白葉女の両氏の受賞となった。二名受賞は昭和四十八年の阿波野青畝、松村蒼石氏以来だが、意見の対立の結果ではなく、各委員とも、より積極的に両氏の受賞を推したからである」（「感想」）と書いているように、二人を同時に推す声が高かった。山本健吉の発言をきっかけに、一気に同時受賞が決まったようだ。飯田龍太の選評「共に清潔なきびしさとやさしさを」を読むとよくわかる。ちなみに飯田龍太は、飯田蛇笏の四男である。

彼は、当然、柴田白葉女に獲って欲しいと願っていたに違いない。というのは、彼女は父蛇笏の愛弟子であり、蛇笏死後は、自分も指導してきた。また彼女の『月の笛』の帯の推薦文は、彼が書いていた。

柴田白葉女さんの句歴は、すでに半世紀をこえた。しかもいまなお停滞するところがない。きびしい自省なくして適うことではあるまいと思う。（中略）他を引き離して多くの水輓を得、審査全委員が満場一致して受賞に賛した最大の理由は、『月の笛』に示された清潔な詩情と、持続の重みだろうと思う。

さらにこのたびは、村越化石氏の受賞が加わった。きびしい境涯にありながら、氏の作品には境涯をこえた俳句の滋光がある。山本健吉氏の発言をきっかけとして、同時受賞が一気に決定したとき、委員の間に、ほっと吐息が洩れるような、不思議な安堵と充足のおもいが流れた。この感慨は、時を経るに従って胸のなかにみちみちていく感じがある（以下略）。

ここに評論家の山本健吉の名が出て来たのは、当時、彼は蛇笏賞を主催する角川文化振興財団の理事長をしていたからである。

また彼は、栗生楽泉園の教養大学講座の講師として昭和三十三年六月十一日に「芭蕉について」の講演もしている。彼が栗生楽泉園に赴いたのは、少し前に読んだ高原俳句会合同句集『火山翳』に惹かれたためだろう。もちろん、この講演は化石も聞いている。

化石は、講演が終わった後、山本に「境涯を凝視してきた我々の俳句に新しみを加えるためには何を対象にしたら良いか」と質問すると、山本は、「此所の自然を詠いなさい。季節季節の花もそこに咲くでしょう」と答えている（「悼山本健吉　青葉に憶う」『俳句』昭和六十三年八月号）。

山本は、この時のことを思い出していたのかも知れない。自分の発言が、一人の俳人を大きく成長させた。彼には、深い感慨があったに違いない。

柴田白葉女には、女性俳句の推進者としての大きな功績があった。昭和五十四年には、勲五等瑞宝章を受章している。けれども、山本健吉は、句作では柴田と化石は互角だと見ていたのであろう。

この時の選考会での山本の一言によって、化石の運命は大きく変わったのである。この時、山本の脳裏には、化石に情熱を傾ける大野林火の姿が甦っていたのかも知れない。

ちなみに山本健吉は、昭和五十八年十一月三日に文化勲章を受章している。

この時の受賞式は、六月三十日に東京会館で行われ、園長の小林茂信が代理で出席している。彼がこの時の模様を書いた「蛇笏賞受賞の化石氏を讃う」と「濱」同人の中沢文次郎の「村越化石さんの蛇笏賞受賞を祝って」と、白井春星子が『端坐』より抄出した十五句は、『高原』十月号に掲載された。

ここでは、小林園長の「蛇笏賞受賞の化石氏を讃う」を紹介させていただく。

式は昭和五十八年六月三十日、東京会館で行なわれた。受付で化石の代理の旨を告げると、丁度居合わせた角川書店俳句編集の石本氏が控室に案内してくれた。彼は「化石氏は三冠王ですからね」としきりに感心していた。成程三三年に、「山間」で角川俳句賞、四九年に俳人協会賞、ついで今回の蛇笏賞と三賞を受賞したわけである。

化石の所属している俳誌「浜」の同人の岡田、下田両氏ら顔見知りと挨拶しているうち、松崎主宰や杉本同人会長らも入って来られた。野沢節子女史にも御挨拶申上げたが、女子は「私らとは比較にならない障害をお持ちで次々とよい作品をお作りになる」と化石に感嘆していた（中略）。

定刻に本会場に案内されたが、参会者が予想以上に多くなったと係員の喜しい悲鳴がきこえた。式は角川書店編集部次長の永持氏の司会で山本健吉氏の挨拶から始まった。氏は化石については「北條民雄、明石海人らに匹敵する」旨話していた。次いで角川社長の挨拶があり、授賞式そのものは再び山本氏が登壇し迢空賞・蛇笏賞・角川短歌賞・同俳句賞の順に受賞者が登壇した（中略）。

蛇笏賞は云うまでもなく俳句界最高の賞である。化石の業績が賞の有無にかゝわらず卓越したものであることは知る人ぞ知るであるが、それでも表彰されることは世間にここに化石ありと改めて知らせることになる。

野沢女子も講演の中で「本人はもとより在園者職員ともに名誉だと思っていよう」と述べていたが、全く同感で化石の蛇笏賞は栗生楽泉園の歴史の中で特筆大書に値するものである。

先に、角川書店編集部の石本が、東京会館で化石の代理で出席した小林園長に、「化石氏は三冠王」

だと感心した話が出て来たが、蛇笏賞の第十七回までに三冠を獲得したのは、化石ただ一人である。ちなみに令和四年までを見渡すと、もう一人、令和三年に第五十五回蛇笏賞を受賞した大石悦子（昭和十三年生）がいるのみである。大石は蛇笏賞を受賞した時、八十三歳であったが、化石の六十歳と比べると、ここでも化石の若さが際立っている。

この時、小林園長が代読した化石の挨拶は、次の通りである。

> 私は昭和三十三年に第四回角川俳句賞を頂き、今また角川書店の栄誉ある蛇笏賞を頂ける身の幸福（しあわせ）を思い、感無量です。顧みれば角川俳句賞から丸二十五年の歳月が過ぎ、この間に私は全盲の身となりましたが、ライの療養所は医学の進歩と福祉の向上を見、私共を巡る環境もまた明るく変りました。命存えてこの良き時代を迎えたことに感謝し、そして俳句によって心の友を広く得られ、暖かい励ましを受けてきたことは嬉しく忘れられません。この度の蛇笏賞を大きな宝とし、諸先生諸先輩の御恩に報いたく、今まで学んできた俳句を更に深めてゆきたいと思います（「わが俳句―蛇笏賞を受賞して―」）。

この日、柴田白葉女についての講演を石原八束が務め、化石についての講演は、先に小林園長が書いていたように野澤節子がしている。これらは、演壇に立つ彼らの写真と共に『俳句』（昭和五十八年九月号）に掲載された。

野澤節子は、「見えない目にすべてが見える」の演題で話しているが、眼鏡をかけて着物を着た彼女は、堂々としていて、風格のようなものが漂っている。

野澤は、まず化石たち高原俳句会の俳句が上達したのは、大野林火の功績があったこと。その後、化石の句の変遷に触れた後、先日化石に御祝いの電話を入れると、「もう本当に無菌状態になったんですよ」と明るい声で言われ、涙がこぼれたこと。

その後、序句の〈僧のごと端坐すずしく盲化石〉は、林火が入院直前に書いたものであるが、純粋な精神の集中した、格調の高い字を見ていると、自分は胸がいっぱいになること。続いて化石のいくつかの句に触れた後、化石の句は林火から伝えられたヒューマニズムの温かい精神と、いつまでも心を昂揚させる精神力を持ちこたえているが、今の俳壇は事柄、もの、言葉ばかにかかわりすぎて、最も大切な精神の昂揚がやや衰えているのではないかと、自分自身の作風もあわせて反省させられたこと。そして最後に、この受賞は、化石だけの喜びではなく、化石の仲間たちや、楽泉園の先生方の喜びでもあることを話して終えている。

なんだか大野林火の化石を推す情熱が、野澤節子に乗り移ったみたいである。そう、情熱は伝染するものである。

もちろん、化石の蛇笏賞受賞のニュースは、元ハンセン病者や関係者たちに勇気と希望を与えたはずである。

化石の蛇笏賞受賞祝賀会は、栗生楽泉園では、盲人会主催で七月七日に行われている。小林茂信園長、藤田三四郎自治会長を初め、盲人会の会員も多数出席している。

この時の思いを語った化石の「わが俳句—蛇笏賞を受賞して—」は、栗生楽泉園の盲人会が発行する『高嶺』第一一六号（昭和五十九年一月発行）に掲載されたが、その中で、「私は大正十一年静岡県生まれ。本名英彦」と本名を公表している。既に『上毛俳句選集』では本名を記していたが、彼の中では本名を名乗ることが、当たり前になっていた。差別偏見に対する化石の強い意思表示なのだと思われる。

この頃、栗生楽泉園の空気が大きく変わっている。掲載当時、盲人会副会長の加藤丈が、次のように表現している。

昭和四十年より前は、この閉ざされた療養所内に暮らす人達へ教養を与へ、社会の息吹を吹き込むために（多くの文化人が）やって来たが、最近では園内の人から逆に人生上のことを学んで帰るとよく言う。このことはお世辞ばかりでもないのだと園長先生さえ言うのである。そうした時代を待っていたかのように会員村越化石が昭和五十八年（一九八三年）の蛇笏賞を受賞した。（中略）村越化石の場合、登り詰めたという感がする。当然のことながら化石に学ぼうとして社会から訪れる人は少なくない。本人に代わって賞をもらいに行った園長先生に「多くの患者さんも喜ぶでしょう」と蛇笏賞選者の一人が言ったというが、もちろん、全在園者の自信になった（以下略）（「盲人会と私」『湯けむりの園』）。

かつて、忌み嫌われて誰も寄り着かなかった療養所が、時が経ち、まるで聖地に変貌を遂げたかのように見えて仕方がない。人々が競って学びにやって来るようになったのだ。彼らの汚れのない魂に魅せられる人が多くなっているようだ。その立役者が化石であったことは、多くの在園者が認めるであろう。

加藤丈は、蛇笏賞を貰って「村越化石の場合、登り詰めたという感がする」と表現しているが、ひた向きに精進を続ける化石に更なる栄誉が与えられることなど、まだ誰も知らない。

◉三浦一家の訪問

静岡市に住む当時三十五歳の三浦晴子が、両親と共に栗生楽泉園の化石宅を訪問したのは、昭和五十九年八月の赤い花いんげんの花が咲く頃のことであった。

化石に会うことは、晴子の母・妃代（昭和三年生）の強い願いであった。妃代は、昭和五十五年に突然俳句をやってみたいと言い出し、最初は地元のホトトギス系の「裸子」に入会して堤俳一佳に師事していたが、さらに本格的に勉強してみたいと昭和五十七年から化石と同じ「濱」に所属していた。

父・勲（大正十四年生）は、静岡市でスーパーを手広く経営していた。昭和四十七年に獨協大学経済学部経営学科を卒業した晴子は、この頃、父のスーパーの取締役として活躍していた。

晴子は、毎月、母のもとに送られて来る『濱』を何気なく見ているうちに、次第に「村越化石」という名前が目に留まるようになっていた。化石の作品には、心の奥深く触れて来るものがあった。母から、化石は元ハンセン病者だと教えられた晴子は驚いたが、そのような境遇を乗り越えて素晴らしい俳句を発表している化石に益々惹かれていった。

車を父の勲と交代で運転して、晴子たちは七時間ほどで栗生楽泉園に到着した。天気のいい日で、遠くに浅間山が見え、童謡の流れる盲導鈴の石柱が点在していた。静かな園内に、村越化石と表札の出ている小さな家が、向日葵の花と並んで建っていた。

突然訪ねた三浦一家を、化石となみは、にこやかに迎えた。黒いベレー帽を被った化石は、俳句についての話を熱心にしてくれた。そして後遺症の残る不自由な手で、そばのラジカセのスイッチを入れ、一本のテープを聴かせてくれた。それは、大野林火の最後の講話「俳句のこころ」を録音したものであった。

このテープを聴いている時、感動で、晴子の目から涙が溢れ出て来た。この時晴子は、「濱」に入会して化石を師と仰ぎ、俳句を勉強してみようと決心した。この時、三浦家と化石との強い絆が結ばれた。

この時のことを妃代は、〈盲化石夏蝶肩に乗せゐたり〉（『句集　花野に佇つ』）と詠んだ。

三浦一家は、これ以降、折に触れて化石のもとを訪れるようになっている。

晴子は、翌九月に「濱」に入会し、十一月号から作品が掲載されている。彼女の上達は目覚ましく、『濱』（昭和六十一年一月号）には、特別作品「火天」十句が掲載されている。

◉再び高野山への旅

化石たち高原俳句会十八名が、再び高野山を訪れたのは、昭和六十一年六月二日から五日までのことである。

林火の遺骨は、分骨されて高野山南院に眠っている。今回は、林火の供養が目的だったようだ。一回目の時には参加者が十一名であったが、今回は十八名に増えていることに注目したい。初めての人は、化石の蛇笏賞受賞の快挙に背中を押されたことと、林火の俳句指導に恩義を感じていたためであろう。高原俳句会の仲間には、化石をはじめとして全盲の人も何人かいる。にもかかわらず彼らは、手を携えて出かけて行ったのである。

化石は林火の墓前で、一番に『句集 端坐』で蛇笏賞を貰ったことを報告したに違いない。

化石は、『濱』八月号に次の三句を発表している。

高野山南院泊、十一年ぶり

ほととぎす先師供養にお山入り

一杖を預け涼しき坊泊り

おん僧もわれも盲や豆飯食ふ

同誌に、内海世潮と弘喜夫妻の師匠格の恩賀とみ子も〈高野山に村越化石氏一行を迎ふ〉五句を発表しているので、再び恩賀とみ子も迎える側の一人として参加したようだ。

天上の林火も、教え子たちとの邂逅を喜んだに違いない。

◉不自由者棟に移る

化石の妻のなみも目を悪くし、二人だけの生活を維持出来なくなり、化石夫妻が上地区の不自由者棟の東三号棟の一室に入居したのは、この年（昭和六十一年）の同月のことである。

ここは、鉄筋コンクリートの長屋のような建物で、簡単な流し台と手洗いの付いた六畳と八畳の二間である。三度の食事は、同じ棟の中にある食堂で取る。入ってすぐの六畳の和室には、炬燵を兼ねた机が一年中おかれ、部屋の左側には押し入れがあった。その押し入れにはテレビが置かれ、ラジオ代わりに使われていた。この時から、彼は第一センター内の盲人会館に代筆して貰いに通っている。

◉『句集　筒鳥』刊行

化石の『句集　筒鳥』（濱発行所）が出たのは、昭和六十三年五月のことである。

この句集は、昭和五十六年秋から六十二年秋までの作品から三百五十八句を収めたものである。

この本の帯の一番上には、〈結跏趺坐雪積るとも積るとも　林火〉が掲載され、続いて「『独眼』（昭和三十七年）／『山国抄』（昭和四十九年、第十四回俳人協会賞受賞）／『端坐』（昭和五十七年、第十七回蛇笏賞受賞）／につづく第四句集刊行／山出でぬ端坐化石に桜満つ　鉄之介／中央公論事業製作濱発行所」とある。裏面には、飯田龍太の『雲母』（昭和六十年九月号）の「秀作について」に発表された化石の句についての次の文章が転載された。

筒鳥や山に居て身を山に向け

この作者は、先年、柴田白葉子さんと共に蛇笏賞を受賞した。草津に療養の身であり、しかもいまは両眼失明と聞く。例えば今回の作品中、

見えぬ身の身もて仰げる新樹かな
朴の花咲くと告げられ端坐せり
雨涼しすぎるをなげく白き杖

など、そのことを示す句であるが、右掲の作品は、そうした不自由を忘れ、心の眼を見ひらいてとらえた句である。眼の自由不自由にかかわりなく、筒鳥の遠音がきこえてくることに「山に居て身を山に向け」の畳みかけが読者の同座を許す見事な表現。あるいは背後に居て作者ともども遠音に耳をかたむけているような静かなひととき。読者にひとしく静謐をわかつ詩心の姿に敬服する。——飯田龍太

昭和五十七年に次の句がある。

大野林火先生の訃報を受く、八月二十一日

秋草の盛りの中のおん仏
萩に寄り露を見つめて居給ふや
これからの長夜無明の身の置き処

これらの句から、化石の師を失った深い悲しみが伝わって来る。「あとがき」には、「一生の師と仰ぎ、三十有余年にわたり薫陶を受けた大野林火先生に永別、寂寥の歳月が流れ、今年は七回忌の御命日を迎える。謹んでこの句集を捧げさせていただく」とある。

この頃、化石の句は、句誌『俳句』には年、二、三回のペースで掲載されているが、表紙にも彼の名前が印刷されるようになっている。俳壇でも、この時代を代表する俳人の一人だと目されていたからであろう。

自分たちの仲間が、俳壇の第一線で活躍している。しかも、『俳句』の表紙にまで名前が載っているのだ。彼の活躍を知って、勇気付けられた元ハンセン病者たちも多かったようだ。

坂口たつをも、その一人である。彼は平成四年七月と平成五年五月に夫妻で化石宅を訪れ、親交を結び、「俳人村越化石さんに会う　その①街道、その②師弟、その③母と妻」（熊本県の国立療養所菊池恵楓園の機関誌『菊池野』平成五年十月～十二月号）を発表している。

◉NHKラジオ「生きるあかしをもとめて『ある俳人村越化石の日々』」

この年（昭和六十三年）の十一月三日。この日、NHK第一ラジオは、夜の十時十五分から十一時まで、「生きるあかしをもとめて『ある俳人村越化石の日々』」を全国放送した。出演は化石と俳優の蟹江啓三と栗生楽泉園の看護部長の白坂道子と俳人の飯田龍太。

この放送を聴いた、先に登場した元同病者の坂口たつをは、次のように書き残している。

放送は、山の泉の清冽な音に始まり、小鳥の囀りが聞こえてくる。
「あれがあかげら、それにうぐいすの笹鳴き、日鳴きですね」
と、静かな口調で化石さんは語る。そばで蟹江解説は耳を傾けながら俳句に親しむ村越化石の境涯を紹介する。
「温泉の町・草津の中心部から離れること数キロ、俳人村越化石さんの住む辺りは緑深い高原です。化石さんは若い頃ハンセン病を患い、目や喉を冒されました。現在六十六歳で目は両方とも見えません。それでも杖に触れる落葉に季節を感じ、虫の音を通じて心のうちを詠むことができます。化石さんの句を読むと、自然に向かって静かに対する一人の男の姿が浮かんできます」

山中の夜や柿坐りわれ坐り

「柿を通して山の夜と向かい合う静かな一刻」

蟹江解説は更に療園内の日常にマイクを向け、化石さんの所属する盲人会館では、そこで働く人々と直接言葉を交え、点字・朗読・口述筆記、或いは高原俳句の句会の模様など、趣味に生きる日常活動をつぶさに伝えている。つづいて療園の過去、現在に視野を広げる中でさまざまな情景をふまえ、

「現在、園に暮らす人々の姿からはかつて死の病に苦しめられ、世間の偏見と闘わなければならなかったということが嘘のように思えます」

と結ぶ。

化石さんは、暗い時代の絶望の淵に彷徨った頃をこう述懐している。

「誰にもこんな体験はさせたくありません。あんな苦しさ、人の死を羨むくらいに思いつめたこと。でも、そんな年代も時が経ってみると不思議に懐かしく思われ、だから人間は生きられるのかも知れませんがね。人間の良さ、いのちの尊さと云えるかも知れません」

（「俳人村越化石さんに会う　その②師弟」）。

また化石は、『視覚障害』（平成三年一月号）で当時文京盲学校講師の竹村実と対談しているが、その中にこの番組に触れた箇所がある。

――昨年の十一月に放送されたＮＨＫのラジオ番組「生きる証をうたう俳人村越化石の日々」

の中で、飯田龍太さんが「化石さんは、心の目で対象をとらえていくという、いわゆる『心眼』という言葉が如実に現れてきているんですね。しみじみ立派な俳人だなあと思います。せめてその片足でもまねすることができたら俳人冥利だろう」と言ってらっしゃいましたね。
化石——ほめすぎですよ。あんな大家の先生にそう言っていただけて、うれしいというより全く恐縮しております。

この頃は、日本列島がバブル景気に酔い痴れていた。この放送を聴いて、地に足をつけて生きることの清々しさを感じた人も多かったに違いない。

◉詩歌文学館賞受賞と点字毎日文化賞受賞と群馬県社会福祉協議会会長賞受賞

この頃、化石には次々と賞が贈られている。彼の作品が、円熟期を迎えていたためであろう。平成元年三月十四日には、化石に第四回詩歌文学館賞が贈られることになった。対象は、『句集 筒鳥』である。

この賞は、現代詩歌文学振興のため、岩手県北上市に建設される「日本現代詩歌文学館」を記念して設けられたもので、「現代短歌部門」、「現代俳句部門」「現代詩部門」に分かれている。「現代短歌部門」は馬場あき子の『月華の節』(立風書房)。「現代詩部門」は吉岡実『ムーンドロップ』(書肆山田)が選ばれたが、彼は辞退している。

俳句部門の歴代の受賞者は、第一回は平畑静塔『矢素』、第二回は加藤楸邨『怒濤』、第三回は橋間石『橋間石俳句選集』。

この時の俳句部門の選者は、金子兜太、野澤節子、三橋敏雄の三名である。

授賞式は、五月二十一日に北上駅前のホテルで開催されたが、小林園長が代理で出席している。

この時化石には、本賞の鬼剣舞手彫面と副賞五十万円が贈られている。

選評は、選考委員を代表して野澤節子の「静謐、豊潤の泉」が、『すばる』六月号に掲載された（ここには、化石の「受賞のことば」と金子兜太選の『句集 筒鳥』よりの三十句も掲載されている）。

この詩歌文学館賞に続いてやって来たのは、盲人の福祉、文化の向上に貢献した者に贈られる第二十七回点字毎日文化賞である。平成二年九月二十二日の「毎日新聞」の一面と社会面で報道された。

選考委員は、次の四名。日本盲人福祉委員会理事長・実本博次。日本盲人社会福祉施設協議会理事長・松井新二郎。日本盲人会連合会長・村谷昌弘。毎日新聞点字毎日部長・竹内恒之。

歴代の受賞者を眺めると、第一回が好本督、「点字毎日」発行に尽力。第二回が志村太喜弥、日本初の盲ろう教育創始者。第三回が鈴木力、盲教育への多大な貢献。第四回が本間一夫、日本初の点字図書館創設者。等、錚々たる人たちが並んでいる。第十二回には、津軽三味線で独自の境地開拓として高橋竹山の名前も見える。

同紙の社会面に化石の談話も紹介された。


夢のようです。……これまでの受賞者の名前を聞くと、偉大な業績を残した方ばかり。

その中に入れてもらうのは恐縮します。感謝の気持ちでいっぱいです。

そして、受賞の喜びを次の一句に託している。

謝す日々の暮らしに小鳥来たりけり

化石の華々しい活躍に、群馬県としても何か賞を贈らないと格好がつかなくなったようだ。化石に贈られたのは、群馬県社会福祉協議会会長賞である。この年の十月十七日に、群馬県視覚障害者福祉協会の関米一郎会長他二名が来園して伝達式が行われている。

毎日新聞社出版局長の川合多喜夫、点字毎日部長の竹内恒之、日本盲人福祉委員会事務局長の多田武夫、毎日新聞社の記者菊矢、真野らが来園して、栗生会館会議室で第二十七回点字毎日文化賞の授賞式が行われたのは、同十月十九日のことである。

栗生楽泉園側からは、化石夫妻はもちろん、上妻園長、小林名誉園長、事務部長の野口、看護部長の澄川、福祉室長の畔見、福祉係長の松村、自治会副会長の藤田三四郎、盲人会の松沢清之（沢田五郎）、加藤丈正副会長、文芸団体代表の小林弘明、高原俳句会の後藤一朗、白井春星子が出席している。

賞状は、川合多喜夫が読み上げた。

賞　村越化石殿。貴方は過酷な境遇に耐え、清冽で深みのある作風を築き、俳壇の高い評価を得られました。この業績をたたえ、第二十七回点字毎日文化賞を贈ります。

平成二年十月十九日　毎日新聞社社長　渡辺登

その後、化石には本賞（本人肖像盾）ならびに副賞の中村京太郎賞（置き時計）と早川徳次奨励賞（金十万円）が贈られた。

続いて、川合出版局長の挨拶の後、上妻園長、藤田自治会副会長の祝辞と続き、畔見室長から祝電が披露された後、化石の挨拶があって終了した（「村越化石氏に点字毎日文化賞―十月十九日栗生会館において晴れの授賞式―」『高原』平成三年二月号）。

同月二十九日には、盲人会主催で小林名誉園長の保健文化賞と共に化石の点字毎日文化賞を祝って、祝賀会が開催されている。園より上妻園長他幹部職員、自治会より田中会長が出席している。

◉紫綬褒章受章

これらの賞に続いて、化石にまた大きな喜びが舞い込んできた。

平成三年十一月二日の全国各紙は、一斉に秋の褒章受章者を報じた。学術・芸術部門を対象とする紫綬褒章の受章者は、二十七名であった。その中に、村越英彦（化石）の名もあった。紫綬褒章の同期受賞者は、小説家の黒岩重吾、大相撲の元横綱で日本相撲協会の理事長の二子山勝治、俳優の田村高広らである。

この時、化石の凄いのは、本名英彦を名乗っていることである。既に「上毛俳句選集」や盲人会の機関誌『高嶺』に書いた「わが俳句―蛇笏賞を受賞して―」で本名を名乗っていたが、今度は世間一般の人も目にするはずである。化石に、差別偏見に対する強い覚悟があったのだと思われる。この時、同時に発表された黄綬褒章は三百八名。藍綬褒章は四百五人の全部で七百四十名であった。

翌年の十二月に出た『俳句年鑑一九九三年版』に「濱」を主宰する松崎鉄之介は、「(化石は)昨年は紫綬褒章を受章された。関係団体からの推薦ではなく、文化庁直接の推薦で、句作活動だけで受賞されたのである」(「本年度俳人ベスト10・語り合える句の数々」)と書いた。大きなハンディーをものともせず、華々しい活躍を続ける化石に、国としても何か贈らないと格好がつかなくなったようだ。

村越英彦の受章は、全国各紙で報道された。彼に取材したものもいくつかあったが、ここでは「上毛新聞」の「紫綬褒章受章俳人の村越化石さん(草津)/生きる喜び十七文字に/ハンセン病と闘い創作活動/読む人の心動かせば」を紹介させていただく。

この記事には、黒いベレー帽を被り、黒縁の眼鏡をかけ、チェックのブレザーに身を包んだお洒落な化石の写真も掲載されている。

> 秋の褒章が発表されたが、吾妻群草津町のハンセン病国立療養所・栗生楽泉園の入園者で、俳人の村越化石さん(六八)=本名・村越英彦=が、学術芸術上の功績者に与えられ、〃ミ

ニ文化勲章〟とも言われる紫綬褒章を受章した。病との闘いの末の受章だけに、村越さんは「社会の片隅にいて俳句づくりをやっているものが、こんな大きな誉れをもらうことができるとは」と感慨もひとしおの様子。創作活動を見守ってきた園関係者らも温かい拍手を贈っている。

この後、化石の経歴が続き、次の文章が続く。

朗報に長年、代筆を務めてきた看護助手の中沢幸子さん（三五）をはじめ、医師や他の入園者は「全国六千数百人の患者の喜びでもある」と受章を祝福。園の文芸活動に力を注いできた小林茂信名誉園長も「文化的にも、やっと平等な時代になったんだと実感している」と感慨深そうに話している。／県内での紫綬褒章の受章は、五十九年春の重要無形文化財「竹工芸」（各個指定）保持者の飯塚成年氏以来、七年十五期ぶり。村越さんは今月十四日、東京都・如水会館で行われる授章式で徽(き)章を受ける。／村越さんは「驚きと感動でいっぱい。治らい薬プロミンの恩恵で、何とか命だけを取り留めた時のうれしさ、長く生きられる喜びを得たときの感動が、今でも私が俳句を詠んでいく大きな礎になっている。今後は人の生きてきた環境や体験、芸術的な触れ合いを詠み、多くの人にひとつの救いを与えることが出来たら」と創作活動に新たな意欲を燃やしている。

化石は、今迄、向こうから表彰しに来てくれた賞以外は、すべて代理の人にお願いしている。しかしこの時は、化石自身が出席しているが、躊躇する彼の背中を押したのが、田中副園長であった。「責任を持ってお連れするから」と励まされ、決心したのだった。

この時、化石の脳裏に甦っていたのは、仲間たちと高野山に二度行った時の体験であったろう。自分たちに礫を投げる人は誰もいなかった。勇気を持って進めば、何も怖くはないのだ。化石は思ったはずだ。世間には、まだこの病気に対する差別偏見は色濃く残っている。ここは自分が全面的に前に出ることによって、少しでも変えることが出来るかも知れない。いや変えねばならない。これは、闘いなのだ。自分に与えられた使命なのだ。自分はこの使命を果たさなければならない。元ハンセン病者の代表として恥ずかしくない態度をとらなければ。

同年十一月十四日の夜もまだ明けきらない早朝、化石に同行するセンター婦長の定史江は、緊張で熟睡も出来ないまま身支度を整え、ケースワーカーの松村の車に便乗して栗生楽泉園に向かった。

早朝の四時過ぎ、ベレー帽を被り、真新しい紺色の背広に身を包んだ化石もワゴン車に乗り込み、田原の運転で四人を乗せた車は、伝達式の行われる皇居近くの会場の如水会館に向かった。定が、化石を見ると、落ち着いたもので、しばらくするとポケット瓶のウイスキーを美味しそうにチビリチビリと飲み始めた。

定は、化石が平常心で臨めるよう、「家々の台所に灯がつきだしました」とか、「赤城山の向こうから朝陽が差し、とても美しい」等、説明をした。定が化石を見ると悠然としていた。

化石たち一行は、如水会館に八時半に着いた。伝達式には充分時間があるので、しばらくこの付近をドライブすることにした。

松村の案内で、九段会館や神保町のあたりを廻ったところ、神保町の商店街では、化石が十八歳の頃、生きている証に俳句を勉強しようと『俳句歳時記』を購入した話をした。

やがて車は、再び如水会館に向かった。如水会館の三階で受付を済ませ、化石は胸に菊のリボンをつけられた。その時、化石に声をかけた人がいた。『濱』編集部の岡田鉄であった。一行は式が始まるまで、松風の間で待ち時間を過ごしたが、岡田も一緒であったのは心強いことであった。

十一時から二階のオリオンルームで伝達式が行われた。会場はかなり広く、正面には卓、右側には報道関係者数名が陣取り、左壁に沿って文部省関係の方々が座っていた。受章者後方の席には同伴者、付き添い者たちが座り、会場に花を添えていた。定は、化石の横に置かれた補助席に座った。

いよいよ式が始まり、開式に続いて一人一人の伝達が始まった。名前を読み上げられると前に進み出て、褒章と褒章の記をいただいて席に戻る。化石の番が来ると、落ち着いた歩調で前に進んだ。そして文部大臣代行の松田政務次官より褒章の記が厳かに読み上げられた。

褒章の記

村越英彦

多年俳句作家として多くの優れた作品を

発表してよく文学界の発展に寄与し事績まことに著明であるよって褒章条例により紫綬褒章を賜って表彰せられた

平成三年十一月三日

内閣総理大臣海部俊樹

総理府賞勲局長文田久雄

第二二二八六号

読み上げが終わると、大きく一礼をして賞状を受け取った化石は、褒章と共にしっかり抱いて席に戻って来た。その瞬間、定はほっとした。

伝達式は、紫綬褒章二十七名に続いて、文部省関係の藍綬褒章十八名、黄綬褒章六名の、合計五十一名に伝達された。次に、文部大臣挨拶、受賞者代表挨拶、閉式と経過と進み、最後に係官から一人一人の胸に褒章が付けられて終了した。

式場を出る時、一人の女性の受章者が化石に近付き、化石の手を取って「頑張って下さい」と励ました。その声から化石は東北の女性だと聞き取ったようである。定は、外国の女性だとはわかったが、東北の方だとはわからなかった。そこで定が受章者名簿で確認すると、この女性はカナダ出身で、青森県で教育事業に携わっていて、藍綬褒章を受けた人だと思われた。この人からは、化石は、その後何度も励ましの声をかけられた（荒波註：この女性は、八戸聖ウルスラ学院理事長のノエラ・マリー・ゴドロさん（当時五十八）だと思われる）。

午後から三台のバスに分乗して皇居に向かった。同じバスに二子山理事長が乗っていることを定が化石に話すと、彼の大ファンの化石は、顔をほころばせて喜んだ。

バスは坂下門から入り、豊明殿の横庭に着いた。各省別の会場から集まったバスが十数台並んでいる。しばらく待った後、車椅子誘導の方から宮内庁の職員の介助で豊明殿へと向かった。化石たちを乗せた車椅子が先頭である。続いて受章者、同伴者と中へ入って行った。

付添の定は、記念撮影の場所近くへと移動して待機した。

さて、平成三十年四月二十九日。先に如水会館の付近を散策した私は、その後、皇居に向かった。坂下門の前にいる守衛に聞くと、化石が天皇に拝謁した豊明殿の方向は教えてくれたが、大きな木々に覆われて、建物を確認することは出来なかった。

私が、偶然、豊明殿の内部をこの目で見ることが出来たのは、これから一年後のことであった。令和元年五月二十七日の夜、国賓として来日されたアメリカのトランプ大統領夫妻の皇居での晩餐会の中継がＮＨＫのテレビニュースであった。この時、会場が「豊明殿」と聞いて、私は身を乗り出して見つめた。豊明殿の室内は、鈍い黄金色に輝いていた。また、私が想像した以上に広い会場であった。

ここで、化石は天皇陛下（現上皇）に拝謁し、お言葉を賜ったのだ。

「英彦さん、おめでとうございます。よかったですね」

「陛下、ありがとうございます」

「私達も栗生楽泉園には何度も伺っております。本当に、頑張りましたね。これからも皆さんの先頭に立って頑張って下さい」

「はい、陛下、頑張らせていただきます」

おそらく、このような会話があったことであろう。

化石は、天にも昇る心地であったろう。

やがて陛下への拝謁を終え、お言葉を賜った化石たちは、皇居での記念写真の撮影を済ませ、バスに集結した。全員がバスに揃った時、宮内庁よりのお土産が配られ、東京駅で解散となった。

化石と定が如水会館に戻ると、松村と田原が待っていた。二人の顔を見た途端、定は、これで自分の使命が無事終わったのだと思うと緊張がほぐれ、全身の力が抜けて行くような虚脱感に襲われていた（定史江「紫綬褒章伝達式出席の村越さんに付添って」『高嶺』平成四年五月）。

化石の紫綬褒章の受章祝賀会は、栗生楽泉園では三度行われている。一度目は、（平成三年）十一月二十五日で、この時は自治会主催であった。

二度目は、園内文芸団体役員主催で、十二月十二日の一時から福祉会館で行われた。この日は、外は雪のちらつく寒い日であったが、会場内は暖房が利いて温かかった。

当日の参会者は、外部より「濱」同人中沢文次郎、「濱」編集同人岡田鉄、詩人村松武司・栄

子夫妻、歌人横山石鳥（秀夫）、「濱」同人竹中龍青。園側より名誉園長で「濱」同人小林草人（茂信）、白沢看護部長、阿部看護副部長、定看護婦長、大池看護婦長、富岡福祉室長、篠原理学療法士、在園者側より田中梅吉自治会会長、松沢清之盲人会会長、加藤丈盲人会副会長、盲人会理事四名、詩話会代表、短歌会代表、川柳会代表、高原俳句会会員、友人等五十名。

化石は、東京の褒章伝達式に臨んだ時のベレー帽と紺色の背広で正面を背にして座っている。司会は、高原俳句会の後藤一朗である。

只今より村越化石さんの、紫綬褒章の受章記念の祝賀会を開会致します。本日皆様にはお忙しい中、貴重な時間を割いてお集り頂きまして誠に有難うございました。先づ最初に、褒章伝達式に同行されました、定婦長さんに、褒章の披露をお願い致します。

定が、マイクの前に胸を張って進み出て話し始めた。

それでは額の方から申し上げます。縦五十五センチ、横八十八センチ、厚さ約十センチ、布張りで色は濃いグリーン、金色の小さな花の模様が全体に施され、向かって左側に、二羽の鳳凰に囲まれるように菊のご紋章が浮き出し、そのすぐ下に褒章が飾られております。そして右側に「褒章の記」が納められております。それでは褒章の記をお読みいたします……。

定婦長の報告が終わると、花束贈呈に移った。高原俳句会の北村すなほが大きな薔薇とカーネーションの花束を化石に渡すと、割れるような拍手が沸き起こった。

後藤一朗が、化石に挨拶を促すと、顔を紅潮させた化石は話し始めた。

皆さん化石です。本日は有難うございます。この秋の褒章で紫綬褒章というまことに思いもかけぬ栄誉に預り、去る十一月十四日、神田の如水会館での褒章伝達式に園の車で定看護婦長さんと福祉の松村さんに付添われ行って参りました……。

国から療養所の者にこのような褒章を戴けたというのも、濱誌友はじめ俳壇の皆様のお力添えがあったお陰でございます。また、在園者の皆さん、職員の皆様が喜びを共にして下されたこと、私は本当に倖せ者です。心から御礼申し上げます。先日は自治会で祝賀会を催して戴き、本日は文芸団体の好意でこのような記念の集りを開いて頂き、俳句冥利、そんな思いが深くいたします。俳句はやればやる程深く尽ることのない文芸です。苦しみを楽しみに替えるのが俳諧の精神、言葉の芸術であると思います。療養生活の上にも、老後を生きて行く上にも俳句の道を歩む仲間が居るということ、それは大変大事なことです。本日は東京から、市川から、或いは長野県から、地元草津町から、また園内文芸の友達がこのようにお集り下さり本当に嬉しいかぎりでございます。正岡子規が俳句と名を改めてから今年が百年、俳句百年の行事が俳壇では行われており、俳句人口も最近はとみに増え、ブームを呼んでいるようです。俳句は人間同志の触れ合い、自然との関り合いなど、人生における救いがあると私は信じております。どうかこれからも仲良くして戴きますようにお願い申し上げ感想と感謝の言葉と致します。

化石の挨拶が終わると、ひときわ大きな拍手が館内に鳴り響いた。

その後、出席者からお祝いの挨拶が続いたが、ここでは如水会館に駆け付けた岡田鉄のものを紹介させていただく。

本日はまことにお目出とうございます。……受章の内定が文化庁芸術課から濱編集部の方に連絡がありまして、だいたい内定ですよ、とのお話でしたので、先に句集「筒鳥」の帯に文章をお寄せいただきました、飯田龍太先生にお手紙しました処、ご返事を戴きましたので此処で披露致します。

拝復　村越化石氏が受章される由、まことに喜ばしいことです。氏のような方が顕彰されるのが俳句のまともな姿なのでしょう。お報せ頂いて御礼申し上げます。

草々不一

ちなみに飯田龍太は、昭和五十八年四月に紫綬褒章を受章している。ついでに書くと、飯田龍太から化石までに紫綬褒章を受章した俳人は、石原八束（昭和五十九年四月）、森澄雄（昭和六十二年十一月)、金子兜太(昭和六十三年十一月)の僅か三名だけである。誠に狭き門である。

窓の外では、相変わらず雪がちらついていた。(「村越化石紫綬褒章受章記念の集い」『高原』平成四年四月号)

受賞祝賀会の三度目は、栗生盲人会主催で翌平成四年一月二十八日に第一センター集会所で開催された。この時は、金夏日(キムハイル)の県文学賞と金子晃典の濱賞との三人の合同祝賀会であった。会員二十二名が出席し、それぞれの受賞を共に喜び合っている。

化石の紫綬褒章受章の快挙は、入園者にも大きな衝撃を与えた。当時、盲人会会長の松沢清之は、次のように伝えている。

われらが仲間の俳人村越化石氏が、平成三年秋の叙勲で、文化芸術部門で著しい功績のあった人に贈られる紫綬褒章を授けられたのである。

これはまさに驚天動地の出来事で、賛辞の言葉を知らない。(中略)俳人協会賞、蛇笏賞、詩歌文学館賞、点字毎日文化賞と受賞していけば、次の段階、もしくはその次の段階で受けるものは、叙勲しかないということになるのである。しかしその場合、何か問題がありそうな気配がある。問題とは何か。それは言うに言えぬ問題である。ところがその問題をなんなく突破し、私が想像していたよりもはるかに早く叙勲されたのである。

ここにおいてわれわれは、自分達の身の巡りに隔てをおく何ものもないということを強く認識すべきだと思う(「輝かしいニュース二つ/村越化石氏紫綬褒章を受ける」『高嶺』平成四年一月)。

入園者の心に長く巣食っていた差別偏見の厚いバリアを、化石が見事に取っ払ってくれたようだ。自分たちは、一般社会の人たちと何ら変わりはないのである。そのことを化石が証明して見せたのである。

この化石の紫綬褒章受章の快挙を祝うために、多くの人が栗生楽泉園を訪れているが、本田一杉の子息であり、「雲海」会員の本田泰三（昭和七年生）が、「雲海」の仲間の箕野鯉泉と辻林良治と共に高原俳句会を訪れたのは、翌平成四年五月の連休のことであった。

この日は天気が悪く、途中で交通機関が麻痺し、栗生楽泉園に着いたのは夜になっていたが、夜の句会の後、八年ぶりの出会いに話が弾んだ。その後、三人は化石の住居を訪れて褒章と表彰状を見せてもらった。化石は、嬉しそうな顔をして説明した。

その後、化石は、もう二、三部しか残っていない浅香甲陽の句集『白夢』を本田泰三に贈っている。泰三は、巻頭の序の、「肉眼はものを見る／心眼は仏を見る／俳句は心眼あるところに生ず／本田一杉」や巻末の跋に掲載されている、日野草城が『俳句界』に甲陽の〈子規は眼を失はざりき火取虫〉の推薦文を一杉が『鳴野』誌上で紹介したものや『鳴野』最終号に掲載された一杉の「甲陽逝く」を目にし、驚いている。この時泰三は、改めて父・一杉の仕事の尊さに思いを馳せ、彼の血が自分の体の中に流れている喜びを感じたはずである。

さて、この化石の紫綬褒章受章の快挙は、彼の故郷岡部町にも大きな波紋を巻き起こした。地元では、町の有志、同窓生を中心に祝賀会が計画され化石に打診があったが、化石は固辞している。世間には、まだこの病気に対する差別偏見は色濃く残っていて、生家に迷惑をかけることは出来ない。化石の、そんな思いからだったと思われる。

◉『句集　石と杖』刊行

平成四年十二月十七日には、化石の『句集　石と杖』（濱発行所）が出ている。ちなみにこの日は、化石の誕生日である。

この句集は、実に杖と石が多く出て来る句集である。

天高きを杖のひびきに知りて歩す
杖にあて寂と花野の石ありぬ
噴水にしばらく居りて石と化す

この句集の「平成三年」の箇所に次の句がある。

冬泉生きてゐて受く光りかな
身の誉れ小さく祝ひ障子の辺

ここには、褒章の喜びに浮かれることなく、ひた向きに一筋の道を歩み続ける謙虚な化石がいる。

この『句集 石と杖』の出版記念会は、松崎鉄之介の俳人協会会長就任（二月二十六日）を祝う会と併せて、平成五年三月二十三日に開催されている。

松崎鉄之介の、縁の下の力持ちのような着実な歩みは評価する人も多く、既に、平成元年の秋の叙勲では勲四等瑞宝章を受章していた。俳人協会の理事を十六年務め、この間の昭和五十一年の俳句文学館（東京都新宿区）建設に尽くした功績が評価されたようだ。

『高原』の「園内日誌」（三月）には、「二十三日『高原』俳句選者松崎鉄之介氏ほか十八名高原俳句会員指導に来園」とある。

挨拶に立った、「群青」を主宰し、三月三十日に正式に創立予定の俳人協会群馬県支部の部長に内定したばかりの吉田銀葉（大正十三年生）は、次のように話している。

　本日は村越化石さんの句集出版と、松崎鉄之介先生の俳人協会長ご就任を祝う会にお招きを頂き参上致しましたが、誠におめでとうございます。謹んでお祝い申し上げます。

　先ず始めに句集のお話を申し上げるべきですが、たまたま俳人協会の群馬県支部が創設されることになりましたので、一言御礼を申し上げたく存じます。

　化石さんには、県支部の顧問を快くご承諾下され、また御地の俳人協会員も挙って入会のお申し込みを頂き、有難うございました。誠に心強い限りで、心から感謝致します。お蔭様で群馬県在住の俳人協会員九十八名のうち約七割の方から入会の申込みがあり、三月三十日に創立総会を開催する運びになりました……（「化石さんは第二の鬼城―句集「石と杖」

出版祝賀会にて——」『高原』平成五年八月号）。

化石の存在が、群馬県でも確固たるものになっていく。

第八章 凱旋帰郷

玉露の里の化石句碑の前で。後列左より井田久義町長、教育長の榊原陸一、石彫家の杉村孝、三浦晴子。2002年11月15日。

◉三浦晴子、岡部町に移り住む

化石を俳句の師匠と決めた三浦晴子が、自宅の転居という好機があり、化石の故郷の志太郡岡部町で暮らし始めたのは、平成五年五月からである。

岡部町の町中に落ち着いた晴子は、今迄の激動の日々を振り返っていた。世の荒波は、容赦なく三浦家にも襲いかかって来た。

昭和六十三年、父勲が経営していた静岡市のスーパー四店舗は、大手資本の経営する大手スーパーに押されて、父は経営から身を引いた。取締役をしていた晴子も辞職した。

その後、晴子の生活は目まぐるしく変わったが、とうとう病魔に襲われた。平成二年十二月十四日に右側副腎腺腫で静岡市立病院に入院。そして翌平成三年一月十九日には七時間にわたる右側副腎摘出手術をした。そんな日々、晴子の心の拠り所となったのは、化石の〈生きねばや鳥とて雪を払ひ立つ〉の句であった。

そんな晴子にとって、化石の故郷である岡部町は、新たなスタートを切るのにぴったりの土地であった。晴子は、化石が静岡県の出身であることは知っていたが、それ以上を知ることは出来なかった。しかし、化石が岡部町の出身らしいということは、平成に入ってから風の便りで聞いた。そして、いつしか岡部町に憧れるようになっていたのだ。

やがて彼女は、この地で学習塾を開いて生計を立てている。

そんな日々、晴子の俳句も上達している。『濱』平成七年一月号で、晴子が平成六年度の濱賞を受賞したことが発表された。この月、「濱」同人に推されている。またこの年、俳人協会の会員にもなっている。

岡部町で暮らし始めた彼女は、親しくなった人を訪ね、化石の句集を見せて話したが、化石を知っている人は誰もいなかった。晴子の夢の、岡部町に化石の句碑建立は、夢のまた夢でしかなかった。そんな中で、化石に興味を示してくれた人が一人いた。山本庄吾（昭和三年生）であった。彼は、化石の生家近くの「殿」地区に住み、農業の傍ら岡部町の文化協会に属する書道部の部長として活躍していた。彼もまた俳句を作っていた。

彼の俳句を読んで興味を持った晴子が化石の句集を持って訪ねると、山本は、見せられた句集の魂の俳句の深さに驚かれたという。

化石の生家と山本家は、目と鼻の先である。見つけるのに時間はかからなかったであろう。やがて彼が、化石の生家を探し出してくれた。晴子はそれを電話で聞いた時、あちこち探し歩いた時、印象に残った家であったのですぐに思い出したが、自分から訪ねる勇気はなかった。

そんな彼女の背中を押したのが、「濱」同人の下田稔（大正十三年生）であった。彼は、昭和二十六年に「濱」に入会し、濱賞、濱同人賞を受賞した俊英であり、栗生楽泉園の化石を何度も訪れていた。その頃、下田は一か月に一回ほど静岡を訪れ吟行に励んでいた。

この年（平成七年）の八月の旧盆の頃、晴子は下田を車に乗せて岡部町新舟を案内している時、「下田さん、どうやらあそこに見える大きなお屋敷が、化石先生のご生家らしいんです。でも私には訪問する勇気がなくて、こうして遠くから眺めているしかないんです」と話すと、下田は、「晴子さんそりゃあいいね。一緒に行ってみようよ。今すぐに」と言った。突然のことで躊躇する晴子に下田は、「大丈夫だよ。行ってみようよ！」と強く背中を押した。

覚悟を決めた晴子は、屋敷の近くに車を止め、勇気を出して恐る恐る入って行った。生垣の袖には見事な公孫樹（いちょう）が聳え、十間ほどある間口の軒には、旧盆の白い提灯が吊るされていた。玄関脇に置かれている木椅子で、品の良い婦人が涼んでいた。

晴子は笑顔で、「ごめんください、はじめまして。私は村越化石先生と同じ『濱』に所属している三浦晴子と申します。私は、化石先生を心の師として尊敬申上げているのですが、こちらは化石先生のご生家でしょうか？」と尋ねた。

すると婦人は、にこやかな表情で「そうですよ」と答えた。間髪を置かず、今度は下田が挨拶する。

「私は化石さんの友人の下田と申します。『濱』の仲間で、神奈川県の横須賀に住んでいます。化石さんよりも二つ年下です。化石さんが『濱』に居て下さることは、私たち皆の誇りです」

目を丸くした婦人は、二人を座敷に上げてくれ、お茶まで御馳走してくれた。その婦人こそ、化石の姉の久子であった。

座敷の梁には、化石が紫綬褒章を受章した時、皇居で撮られた写真が飾られていた。

「そうですか、晴子さんは岡部町に住んでいるのですか。良かったらまた遊びに来てくださいね」

感激した晴子は、その夜、化石のもとに電話した。化石は、晴子と一緒になって喜んでくれた。これを切っ掛けに、晴子は村越家を度々訪れるようになっている。

その頃、晴子は未知の人物から電話をもらうようになった。

「村越化石さんからお聞きしたのですが、三浦晴子さんのお宅ですか。私は、化石さんの友人で

Mという者です。化石さんがいつもお世話になっているとのことで、本当にありがとうございます。私もとても嬉しいです」

またある時には、「私は、東京でお茶の店を開いているのですが、静岡県の牧之原にも茶園を持っているのですよ。今度機会があったら、是非遊びにいらしてください。お会いして色々お話をしたいです」

その人物こそ、化石が少年の日、朝比奈尋常高等小学校から志太中学に進んだ時の友人のかっちゃんであった。絶望の淵に突き落とされた英彦少年を、彼は常に励まし温かい言葉をかけ続けていたのだ。化石は、孤独ではなかったのだ。それを知った時、晴子は嬉しかった。

かっちゃんは、志太中学卒業後、上京したが、ある場所で困っている婦人を助けたのが縁で、その婦人から是非自分の娘と結婚して婿養子に入って欲しいと懇願され、茶舗・Mの主となったのだという。

化石の、〈福茶汲むちゃんづけで呼ぶ友居りて〉（『濱』平成九年四月号）の句は、親友のかっちゃんを詠んだものである。

話は少し戻るが、化石の「濱」の先輩でもあった野澤節子が心不全のために逝去したのは、平成七年四月九日のことである。享年七十五。

化石は、『濱』（平成七年六月号）に次の一句を発表した。

悼む　節子さん

句にはまみえまみえざるまま四月逝く

◉らい予防法廃止

さて、時代は、雲が流れる如く刻々と変わって行く。晴子が、岡部町の化石の生家と親交を深めつつあった平成八年の春、元ハンセン病患者に大きなスポットライトが当たる出来事があった。隔離と教護が背中合わせについていた「らい予防法」の隔離の部分が廃止され、救護を主体にした新しい法律に生まれ変わったのである。それだけ時代が成熟してきたということでもあろう。ジャーナリズムは、廃止がこんなに遅れたのは、「国際的に見ても唯一の例外」と書き立てたが、なぜ「らい予防法」の廃止は、わが国ではこんなに遅れてしまったのだろうか。

それは、長い間人々が、近代医学の考えに捕らわれていたからだ。近代医学の考えは、その菌が培養出来て、初めて白黒がつくとされていた。しかし、今現在まで「らい菌」の人工培地での培養は出来ていない。長い時間が、ハンセン病は治る病気だと証明して見せたのである。日本人は、潔癖性の強い国民である。その国民性が、こんなところにも顔を出している。

この頃、毎日のようにテレビで関連のニュースが流されたが、昭和二十六年生まれの私が、この病気を詳しく知ったのも、この頃のことである。

ただ、この頃のニュースは、今振り返ると少し偏っていたように思う。元患者が長い間強制隔離されて来て、この「らい予防法」の廃止と共にようやく社会復帰できるようになったという趣旨のものばかりであったが、私は明石海人の取材を始めて、この法律の廃止以前に隔離の部分は死文化され、大勢の療養所の元患者たちが社会復帰しているのを知った時、腰が抜けるほど驚いたことがある。ジャーナリズムとは、こんなに薄っぺらなものだったのかと、唖然とした記憶は今も鮮やかである。

本書で何度も触れたが、『全患協運動史　ハンセン氏病患者のたたかいの記録』に、各支部別退園者数の一覧表が掲載されている。昭和二十四年から昭和五十年までの全国十六の療養所での退園者は、昭和三十五年がピークで、三千三百五十七名である。ちなみに栗生楽泉園では、百九十五名である。こんなに大勢の人たちが、社会復帰を果たしていたのである。これ以降も、続々と続いていたはずである。

また元患者の側からも、今更騒ぎ立てない方が得策だ、寝た子を起こすな、という意見が強かったようだ。強制退去や療養所の統合が持ち出されても困るのである。社会が成熟するのをじっと待つしかなかったのである。

それから最後に、ハンセン病の感染の研究は、何処まで進んだのだろうか。

「毎日新聞」（平成六年五月十四日）の「『差別の歴史』と闘い／療養所でハンセン病患者ら／『日の丸の汚点』と言われ」に、「ハンセン病の研究者の阿部正英・元国立多摩研究所長は『らい菌は皮膚の傷口や鼻や目の粘膜を通じて感染する。しかし、病原体に対して特異な免疫が弱い人でなければ発病しない。患者と接しても大人では感染することは考えられない』と説明する」。

おそらく、この辺りが正解であろう。同様な主張をしている医師は何人もいた。

ところで化石は、どんな思いでこの頃のニュースを聞いていたろうか。『高原』（平成八年十月号）

に次の一句がある。

癩の手に詫状めける落し文

こんなことで、この病気の隔離政策が長く続いたことをうやむやにさせてたまるか。もっと早く廃止されていたら、運命の変わった仲間たちが大勢いたはずだ。そんな化石の怒りの籠ったつぶやきが聞こえてくるようだ。

◉『村越化石集 八十八夜』刊行

化石の『村越化石集 八十八夜』(近代文芸社)が、日本全国俳人叢書の一冊として刊行されたのは、平成九年の七月のことである。

ここには、湯之沢時代の化石の写真も大きく掲載されている。この句集は、「第一章 昭和十六年から昭和四十五年まで」、「第二章 昭和四十六年から昭和五十七年まで」、「第三章 昭和五十七年から平成四年まで」、「第四章 平成四年から平成七年まで」の四章に分かれている。

第一章の巻頭は、「読売新聞・群馬版」の昭和十六年九月五日に発表された「歌壇・俳壇八月課題入選者」の最高位の「天」に入った〈天の川美し雲の出て遊ぶ〉である。

また『鳴野』や『高原』に発表されたもので、『句集 独眼』に入っていないものもある。「あとがき」には、「初学の頃の句に始まり、五冊の句集の中から抄出したもの、更にその後の発表作から選び、年代順に四三〇句をここに載せた。題名の『八十八夜』は第四章の中の、〈望郷の目覚む八十八夜かな〉から採った」とある。

巻末の略歴に、化石は初めて「俳人協会名誉会員」を入れている。

この句集出版は、化石にとって、自分の今までの人生を振り返るのに、いい機会ではなかっただろうか。

ちなみに『俳句』（平成九年九月号）では、俳人の遠藤若狭男（昭和二十二年生）が「句集の森深く」でこの句集に触れた。

またこの句集は、『俳句研究』（平成九年十二月号）が実施した「平成九年　俳句の現在アンケート」に参加した俳人岡本高明（昭和十九年生）と千代田葛彦（大正六年生）と松本ヤチヨ（昭和十八年生）の三人が、「今年の句集ベスト３」のトップに、矢島渚男が二番目に、成田千空（大正十年生）が三番目に挙げている。

同時期に出た『俳句年鑑一九九八年版』の「今年の句集三〇選わが句集を語る」にも、化石の『村越化石句集　八十八夜』が選ばれている。

◉草津の光泉寺に句碑建立

草津の光泉寺は、バスターミナルの北側になる。歩いて五分ほどである。

私は、栗生楽泉園を訪れた翌七月十三日の朝にこの寺を訪れた。

「湯畑」の西側に門柱と石段があり、三十段ほどの石段を上った中段の左手に二つの句碑がすぐ目に入る。右手の、灰色と空色が混じったずんぐりとしたおむすび型の句碑が化石のもので、〈松虫草／今生や／師と／吹かれゆく／化石〉と彫られている。左手の黒っぽい山形の句碑が小林一茶のもので、磨かれた正面の円形の中央に〈湯けむりに／ふすぼりもせぬ／月の貌（かお）／小林一茶〉と彫られている。

さらに階段を上ると、正面に光泉寺があり、右手に釈迦堂がある。

この化石の句碑の開眼除幕式が行われたのは、平成十二年十月十五日のことである。前日の十四日の早朝に静岡市の家を出た三浦晴子が、草津温泉のバスターミナルに降り立ったのは、昼を少し回った頃であった（晴子は、この年の二月から岡部町の生活を切り上げ、再び静岡市で暮らし始めていた）。途中で一緒になった「濱」の村松栄子と内村才五とともにタクシーに乗り、栗生楽泉園に向かった。運転手は、「まったく、草津にはめったにない秋晴れですよ。最高ですよ」と話していた。

化石夫妻は、にこやかに温かく三人を迎えた。彼女たちは、心からの祝いの言葉を述べた。化石夫妻も句碑建立を心から喜んでおり、彼女たちの喜びもひとしおであった。

さて翌十五日。化石の句碑の開眼式の予定は、この日の十一時である。この日も秋晴れであった。この朝、三浦晴子が光泉寺を訪れると、中沢文次郎や園の関係者や町の来賓の方々が大勢集まっていた。ただ、松崎鉄之介他の「濱」の人たちの姿が見えないのが気になったが、列車が事故のため遅れるらしいと教えてくれる人がいた。この大勢の中に「濱」同人の竹中龍青の顔もあった。

十一時十分。司会を務める中沢文次郎が、開会を告げた後、草津町町長、草津町助役等の挨拶が続いた後、十一時二十分、導師入場である。その後に、可愛らしい光泉幼稚園児六人が続いた。彼らによる除幕、献香献花のあと、鈴木賢慶住職による開眼読経、出席者全員の焼香とつつがなく終了した。晴子が時計を見ると十一時四十五分であった。

晴子が化石の手をとり、句碑の前に案内しようとすると、化石のもう一方の手を掴んだ人がいた。「濱」主宰の松崎鉄之介であった。ようやく東京からの一行四十五人が到着したのだった。松崎は、さっそく化石の手を取り、句碑の文字をなぞらせている。

「化石さん、おめでとうございます」「化石さん、よかったですね」お祝いの言葉が、化石の頭上から桜吹雪のように降り注ぐ。化石は、顔をほころばせて喜んでいる。

祝賀会は、十二時半より草津ハイランドホテルで開催された。草津町の重鎮たちや俳句関係者、総勢九十名ほどが顔をそろえた。

中沢文次郎の司会で、「濱」を主宰し、俳人協会会長でもある松崎鉄之介が挨拶に立った。

松崎は、満面の笑みを浮かべて話し始めた。この春、化石に歌碑を建てないか、と打診すると、化石はすぐに賛成した。化石の句碑なら、〈松虫草今生や師と吹かれゆく〉はどうだ、と聞くと、これも同意してくれた。そこで、小谷部東吾君にその世話の一切をお願いすると、石屋さんにいい石があるということで、文字は、自分が代筆した。当初、小林草人前楽泉園名誉園長に楽泉園に建てたらどうかという話をしたら、楽泉園の自治会長が、「楽泉園では駄目だよ。草津の町に建てなければ」ということで、中村文次郎にその話をすると、彼が動いてくれて、草津町町制百周年の記念行事に加えて頂けることになったこと。

それらを話した後、化石は、草津の楽泉園の化石ではなく、日本の俳人として後世に残る作家であること。しかも、草津のお寺に句碑を建てられ、さらに一茶の隣に建てられて幸せであると思うこと。皆さんの賛同を得て、この日を迎えることが出来て、本当に感謝している。

松崎は、それらを話すと、深く頭を下げた。その姿を見た三浦晴子は、胸が熱くなった。処で、松崎はなぜ化石に句碑建立を強く勧めたのだろうか。松崎の句碑は、この頃までにバタバタと五箇所に建った。句碑が建つのは嬉しい。この喜びを、化石にも味わってほしいと思ったのであろう。

その後、「濱」同人の小谷部東吾より句碑建立の経過説明の後、岳風会皆伝で「濱」会員の木村三郎による碑句を初めとする朗詠の後、高原助役、宮崎副議長、小松園長、宮崎観光協会会長、高橋檀徒総代会長の祝辞と続き、句碑建立業者長岡組代表に感謝状が贈られた。

その後に中沢幸子に手をひかれた左胸に大きな菊のようなリボンを付けた化石が登壇し、金屏風の前に立った。中沢幸子は化石が話しやすいように化石の口の前でマイクを手で持っている。化石は、ゆっくりと話し始めた。

今年は西暦二千年。二十世紀最後の年。草津町におかれましては町制百年のお慶びの年。そのよき行事に、私の句碑建立を記念の一つに加えて頂きまして、誠に感激身にしみて嬉しく存じます。草津町の町長さんはじめ町民の皆様のあたたかいご理解とご配慮、ありがとうございます。

草津に住んで私も来年で六十年になります。この六十年の間に太平洋戦争もあり、療養所の暮らしも暗く、苦難の道を歩いて参りました。しかし現在は医療と福祉の向上を見まして、私は全盲の身でございますが七十七歳の高齢まで長生きさせて頂きましたことを、感謝申し上げております……。

化石が話す間、三浦晴子の胸に熱い感動が溢れ、目からは涙が止まらなかった。自分のことのように嬉しかったのである。

その後、栗生楽泉園の小林名誉園長が乾杯の音頭を取ったあと祝宴に入った。地元の艶やかな着物姿の芸妓たちによる民謡や踊りの間に、「濱」の宮津昭彦や中戸川朝人の化石俳句に触れた温かいスピーチがあり、最後に草津民謡保存会指導部による正調草津節などを堪能した後、二時半にお開きになった。

その夜、三浦晴子のもとに化石の旧友のかっちゃんから電話が入った。

「英ちゃんの永い間の苦労が、これで報われましたね。私も感無量です。本当に嬉しいです」と感涙に咽びながらの電話であった。

◉熊本地裁の判決

先の、平成八年春の「らい予防法」が廃止された時よりも、もっと大きなスポットライトが元ハンセン病者たちにあたる出来事が、平成十三年の春にあった。

「朝日新聞」（平成十三年五月十一日）夕刊は、「ハンセン病患者の隔離は違憲　人権、著しく侵害　熊本地裁判決」の見出しで、次の記事を掲載している。

ハンセン病患者に対する隔離政策などをめぐる国の責任が問われた国家賠償請求訴訟の判決で、熊本地裁（杉山正士裁判長）は十一日、「遅くとも一九六〇年以降には隔離の必要性は失われ、過度に人権を制限したらい予防法の違憲性は明らかだった」として、同法の早期見直しを怠った旧厚生省と国会議員の責任を全面的に認め、総額一八億二三八〇万円の支払いを国に命じた。国のハンセン病政策の違法性を認め、患者が「人間らしい生き方」を奪われたことの責任の所在を明確にした。

この頃から、元患者たちがテレビに登場するようになった。我々は、初めて元患者たちの後遺症のある姿を見たのではなかろうか。後遺症のある容姿にも拘わらず、平然とカメラの前に立つ元患者たちの姿に、我々は胸を揺さぶられたのではなかったか。

政府は、初めは控訴の予定であったが、世論に押されて小泉純一郎首相は、五月二十三日に控訴を断念した。国の敗訴が確定したのである。それまで長く存在した差別偏見は、この頃を境にバリバリと音を立てて崩れ、一挙に希薄になっていったような気がする。時代が大きく変わった、との印象が強い。

やがてこの年の六月十五日には、元患者に補償金を支給することを定めた「ハンセン病補償法」

が成立し、平成二十年六月十一日には、国立療養所の入所者が、地域社会で安心して暮らせるよう国に対策を求めた「ハンセン病問題の解決の促進に関する法律」（通称・ハンセン病問題基本法）が成立した。

この平成十三年は、沼津出身のハンセン病の歌人明石海人の生誕百年の年でもあった。

前年（平成十二年）の春に『よみがえる〝万葉歌人〟明石海人』（新潮社）を出版した私は、読者の声に背中を押されて、この年の一月十一日から十七日までの一週間、海人が離婚の話し合いに郷里に戻った後、妻子と最後の夜を過ごした静岡市の「しずぎんギャラリー四季」で「明石海人生誕百年記念展」を開催した。

また海人が生れた七月五日には、海人の出身校の一つ、沼津商業高校のOBたちが中心となり、沼津の千本浜公園に建立された歌碑の除幕式が遺族らを招いて盛大に行われた。

これらは、いくつもの新聞で大きく報道され、テレビでも放映された。

◉故郷の玉露の里に句碑建立

この年の五月、三浦晴子は、静岡市で高校の同窓会があり、湖西市に住む旧友の佐原愛子と三十五年ぶりに会った。久しぶりの再会で、話が弾んだ。この時の出会いが、長年の晴子の夢の岡部町に化石の句碑建立を叶えてくれるきっかけになろうとは、夢にも思わなかったに違いない。

数週間後、晴子は、佐原夫妻の訪問を受けた。彼女の姑が俳句を作ることを聞いた晴子は、自身の『句集 晴』を贈ったが、そのお礼に来てくれたのだった（この句集に化石は、六ページにわたる「跋」

を寄せている）。

県会議員の彼女の夫は、長身で温厚そうな人であった。二人と歓談するうちに、化石のことに話が及んだ。晴子が、化石の故郷岡部町に句碑を作る夢を話すと、彼は、「それはいいことですね。岡部町のためにも、とてもいいことだと思いますよ」と賛同してくれた。続けて、「私は、岡部町の井田町長とは懇意にしていますから、今度会った時に、井田さんに村越化石句碑のことを話してみますよ」と言った。

それから数日後、晴子のもとに愛子から電話が入った。

「晴子さん、主人がね、早速井田さんに電話をしたのよ。そうしたら井田さんが『三浦さんに会ってみたい』と言ってくださったのよ。八月某日の午後二時に岡部町役場の町長室まで来て欲しいそうよ。是非行ってね。良かったじゃない！　詳しいことは、今からすぐに電話をして、直接貴方から町長室に聞いてみてね」

夢のような愛子の電話に、晴子は高鳴る胸を抑えきれなかった。

その時、晴子の脳裏に両親の姿が甦っていた。母妃代は、三十六歳の頃、手術の際受けた輸血が原因で、ウイルス性肝炎を発病した。やがて黄疸になり、重い肝炎となった。そんなある日、「晴子、お母さんはね、化石さんの〈生きねばや鳥とて雪を払ひ立つ〉の句が大好きなんだよ。本当にいい句だね」と、朝霧高原の家のソファーに横たわりながら、目を細めて嬉しそうに言ったことがある。母もまた化石の句に支えられていた。そんな母は、病気を悪化させ平成六年十月十一日に六十七歳で逝った。

妃代の遺句集『花野に佇つ』（濱発行所）は、勲と晴子の尽力で平成八年七月に出たが、化石は心の籠った六ページにわたる「跋」を寄せてくれた。

三浦家を襲った病魔は、遂に父の勲にも襲い掛かった。母を看取った父は、平成七年に末期の大腸ガンを宣告された。

妃代は腱鞘炎で字が書けなかった。そんな訳で、句会がある度に勲が一緒に出かけた。すると、いつの間にか、勲も俳句に魅せられてしまい、妃代に続いて昭和六十二年十月に「濱」に入会した。

そんな勲は、折に触れ言っていた。「化石さんは魂そのものであり、心そのものなんだよ。飾っているものは何もない。その魂が如何に素晴らしいかに尽きるんだよ」

平成十二年三月には、勲の念願の『句集 生きる』（濱発行所）が出た。この句集にも化石は五頁にわたる「跋」を贈っている。しかし、喜びも束の間であった。勲は、翌四月二十一日に妃代の後を追った。享年七十五。

勲は入退院を繰り返したが、最後の数か月を主治医の許可を得て晴子のもとで暮らした。勲は、亡くなる数日前、晴子を枕辺に呼んで言った。

「晴子、化石さんの句碑のことを頑張れるのはお前しかいない。頼んだぞ」

化石の句碑を彼の故郷に建てる夢は、彼女の両親の夢でもあった。

三浦一家を支えてくれた化石に恩返しが出来る時が、ようやくやって来たのだ。晴子の胸に、気負い立つものがあった。

佐原から話を聞いた町長の井田久義（昭和十一年生）も、深い感慨があったに違いない。というのは、井田は、二十年前の静岡県会議員の議会厚生企画常任委員当時（昭和五十六年十月二十二日）、委員長に同行し仲間たちと総勢六人で草津の栗生楽泉園の静岡県出身者の激励に行ったことがあった。

その時、黒いベレー帽を被りサングラス姿の化石と思われる人と対面したことがあったのだ。その人に出身地を聞くと、「志太郡出身です」と答えたが、それ以上聞くことは憚られた。あの時の人が……。こんな立派な仕事をされたのか。知った以上、岡部町の町長としてこのままには出来ない。

やがて晴子は、指定された八月下旬のある日、風呂敷に包んだ化石の七冊の句集を携えて井田町長に会いに岡部町役場に向かった。

晴子が町長室をノックすると、井田は、「お待ちしておりましたよ」と優しく迎えた。

「一時間ほどの時間を戴きました。自然に涙が出てしまいました。化石さんの句の素晴らしさをお話し、今までのご苦労を訴えました。自然に涙が出てしまいました。最後は言葉にならなかったのかも知れません。町長さんも目頭を熱くしていらっしゃいました」（「生くるべし―魂の俳人・村越化石」）。

この時井田は、化石は岡部町の宝だ、と強く思った。井田は、藤枝東高校を経て東京農大を卒業したが、晴子から化石の経歴を聞いて、化石が自分の高校の先輩だと気づいたはずである。井田は、化石を、より身近に感じたに違いない。

数日後、晴子のもとに一本の電話が入った。

「もしもし、私は岡部町教育長の榊原です。先日貴方が井田町長にお話しされた、村越化石さんのことですが。貴方がお持ちの化石さんの句集を全て読んでみるようにと、町長から指令が下ったんです。近日中に、役場の私のところまで、句集をお持ち頂けますか。宜しくお願い致します」

晴子は、急いで再び化石の句集を携えて岡部町役場に向かった。

榊原陸一（昭和十一年生）は、岡部町の教育長に就任するまでは、長い間教育畑を歩き、志太郡岡部町立岡部中学校校長を退職直後の平成七年四月二日付で岡部町教育長に任命されていた。彼は、俳句に興味を持ち、勉強もし、また自分でも作っていた。

彼は、頭のさえている朝方の三時頃に起きて化石の句集を読み続けた。感動で涙が溢れて仕方がなかった。彼は、化石の生家の村越家より朝比奈川の少し上流の玉取の農家で生まれ育った。身近からこんな凄い俳人が出たのか。兎に角驚きであった。

これらの句集は町民にも是非読んで欲しい。化石の句集は手に入りにくい。そこで榊原は直接化石に依頼の手紙を書いた。すると、一か月ほどして七冊の句集が届き、町民センターおかべ図書室に寄贈された。これらは、彼の仲間たちによって揃えられたとのことであった。

榊原は、化石の句集ばかりでなく、彼に関する資料やハンセン病に関する本も読んだ。榊原は、若き日、川端康成の本を通じて北条民雄を知った。古本屋で彼の全集一冊を買い求めて読み、ハンセン病と闘う人々の姿に心を打たれたこともあった。やがて榊原の肚は決まった。

十月下旬、彼は町長と会った。町のため、そしてこれからの子どもたちのために、彼の功績を後世に伝えなければならない。二人の気持ちは同じだった。この時、化石の句碑建立と彼の名を冠した年一回の俳句大会の開催が決まった。

十一月三十日に、井田町長と榊原教育長は連れだって草津の化石のもとに赴いて句碑建立の意味を伝えた。

井田は、化石の手を取り、

「句碑はどこにも負けない立派なものを造ります」

と言った。この時、榊原の目には、化石は喜んでくれたが慎重であるようにも見えた。

榊原が、句碑協力者に配る化石の句集を、俳句には素人の自分が編むことの失礼を述べると、化石は、「素人の方がいいものができますよ」と言った。

榊原は、化石の言葉に救われたような気がした。この時、榊原が、句集にお母さんの写真を入れたいので貸してくれるものはないかと尋ねると、化石は暫く考えた後、タンスの奥からきれいな風呂敷包を取り出した。包の中には桐箱があり、中には大輪の菊の花々の後ろに佇む、着物姿で丸縁の眼鏡をかけた晩年の紀里の姿があった。

化石は、「母の写真を見せたのは、先生が初めてです」と言った。化石が自分を信用してくれたのだ。榊原には、深い感慨があった。

榊原は、この日、初めて会った化石の妻のなみについて、「年上女房で、実に聡明な情の深い決断力のある女(ひと)でした。化石の句はもちろん、他の人の句もしっかり覚えている方で、化石の片腕どころか双肩を担っているとさえ感ずる女でした」と教えて下さった。

数日後、町長宛てに化石から謙虚な人柄が滲み出るような手紙が届いた。「町長のお話をありがたく拝聴しました。私の生涯にとって大事な記念の日でございました」とあった。

榊原は、化石の生家に足を運んだ。生家の人たちは、喜んでくれた。町の人の反応からも大丈夫だと確信した。

翌平成十四年一月、岡部町は、村越化石の句碑建立の準備会を発足させた。翌二月には、教育長の榊原陸一を委員長とする村越化石句碑建立実行委員会を立ち上げた。

その中に、化石の生家を探し出した山本庄吾や化石の幼馴染の増田俊夫の姿もあった。増田俊夫は、この頃俳句とハーモニカに情熱を傾けていた。彼もまた化石俳句の良き理解者の一人となっていた。晴子も要請されて実行委員の仲間に加わった。

井田町長は、『広報おかべ』（三月号）の「一筆啓上」欄に、「魂の俳人　村越化石氏について（その一）」で、化石との出会いを書き、翌号（四月号）の同欄に、「魂の俳人　村越化石氏について（その二）」で化石の経歴を書いた。

句碑の石彫家は、藤枝市の杉村孝（昭和十二年生）に白羽の矢が立った。彼は、石彫家の北川薫に師事し、太平洋美術学校で学んでいた。彼は、いくつかの美術展で数々の入賞を果たし、昭和六十二年の第六回富獄文化賞展では彫刻部門で大賞を受賞するなど、石彫家として着実な実績を積んでいた。また都市景観賞審査委員であり、日本美術家連盟の会員でもあった。

依頼を受けた杉村は、まず化石の句集を読んでみた。すると、化石の母・起里の愛と望郷の念が彼を護って来たのだと思い至った。

彼は、真鶴に行って、寄り添う母子のイメージに合った石を探した。素材は、本小松石。安山岩で、茜色を帯びている。高さ二メートル、巾一メートル。奥行一メートルほどを切り取った。

横面のちょうど良いところに曲線的な亀裂がある。座りを良くするため下面を平らに仕上げたら、その亀裂が三センチほどに広がって二体に分かれた。見かけ一対の組石となった。前部が子どもの化石で後部が母親の起里だ。それを見た瞬間、杉村は、これだ！　と確信した。

句碑建立には多額のお金がかかる。榊原は心配していたが、寄付金を募ると瞬く間に全国から予定の三倍が集まった。生家からも母方からも、皆さんの負担を少しでも軽くして欲しいと、化石からも多額の寄付金が寄せられた。総額は、五百三十万余に達した。

碑には、〈望郷の目覚む八十八夜かな〉が井田町長の筆で彫られた。点字を加えたいという杉村の提案も通った。句碑の準備は、着々と進んでいった。

『広報おかべ』(十月号)では、三ページにわたる「みなさんご存じですか　村越化石」の特集が組まれた。化石の著書の写真や、プロフィールと共に、榊原の化石との出会いから句碑建立までの経緯、また化石の歩んで来た経歴がわかりやすく紹介された。

また榊原は、『藤枝文学舎ニュース』(十月号)に、「村越化石の句碑建立について」を書いた。

この月の初旬、静岡新聞社の記者佐藤学(昭和三十九年生)は、栗生楽泉園の化石のもとを訪れていた。故郷に句碑が立つことや十一月十五日の除幕式への出席を尋ねると、化石はその度に考え込み、言葉を手探りした。

「名誉だし、ありがたいねえ。でも無理でしょう。八十の盲人に泊まりがけの外出は。飛べるわけでもなし。古里は遠きにありて思うもの……だからねえ」

それを横で聞いていた盲人会書記の中沢幸子が、後で佐藤に話す。

「村越さん、気遣っているんですよ。園の職員に同行してもらうのは申し訳ないとか、ご実家に迷惑かけないかとか。いつもそうなんだから。ここの皆さんは、そうして生きて来たんです」

訴えるように話す中沢幸子の小鹿のような大きな目には、涙が滲んでいた。

園では、看護師二名をつける等、準備を始めたが、化石の心は頑なだった。自分が故郷に帰ることで、生家に禍をもたらすのではないか。化石は、そう強く思い込んでいた。

そんな頑なな化石の心を軟化させたのは、故郷の姉・久子からの電話だった。

「家族みんなで貴方が帰ってくれることを、心から望んでいます。何も心配することはないから、安心して帰って来てくださいね。みんなで貴方を待っていますから。会えるのを楽しみにしていますよ」

この電話を受けて化石の心は決まった。

十月十二日には、岡部町の文化祭の開会式に合わせて、町民センターおかべで、三浦晴子の化石の人生と作品についての講演会が行われた。

化石の句碑の設置工事が玉露の里で行われたのは、十一月七日のことであった。句碑は、玉露の里の入り口左手に朝比奈川を背にして建った。誰よりも早く句碑に触れたのは、化石の姉の八十二歳の久子であった。

「草津は遠いですから、もう行けないと思っていました。いい句碑を作ってもらったおかげで、また会えます」

久子は嬉しそうに佐藤学記者にそう言うと、深く頭を垂れた。

この頃、村越家を訪れた佐藤記者が、座敷の梁に掲げられた化石の紫綬褒章を貰った時の皇居での写真に目を留めると、鉦吾は、「叔父さんが送ってくれました。立派なことをして家族がこういうものをもらえば、どこの家でもこうするでしょう」と、胸を張って言った。

化石の帰郷の日が近づいたある日、佐藤学記者が村越家を訪ねると、家族は化石の大好物の山芋を用意して帰郷に備えるという。化石を迎える準備は、実家でも着々と進んでいた。

◉凱旋帰郷

この日のために新調した三つ揃えのシルバーグレーの背広に身を包んだ化石が、二人の看護師に付き添われてワゴン車に乗り、妻のなみや高原俳句会の仲間たちに見送られて栗生楽泉園を出発して故郷に向かったのは、十一月十四日の朝八時のことであった。

この日の午後、静岡市に住む三浦晴子は、化石の帰郷を思い、胸をいっぱいにしながら学習塾の教室をスタッフに任せて抜け出し岡部町役場に車を走らせた。

四時二十分。かすかな夕陽を受け、化石を乗せた白いワゴン車が岡部町役場に到着した。待ち構えていた井田久義町長や教育長で句碑建立実行委員会委員長の榊原陸一や町会議員、役場職員らに混じって、長野からやって来た「濱」同人の竹中龍青の顔も見える。新聞社やテレビ局のカメラマンの姿も多い。

その人垣を縫って、晴子は一目散に化石のもとに走った。そして、にこやかな表情で看護師の手を借りて車を降りる化石に駆け寄り叫んだ。

「化石先生、お帰りなさい！」

晴子の顔は、込み上げる涙でくしゃくしゃになった。

晴子の声に気づいた化石は、晴子の方を向くと、嬉しそうな顔をして、そっと頭を垂れた。

やがて看護師の押す車椅子に座った化石が、役場の正面玄関の中央にいる井田町長に近付くと、井田は腰をかがめ、

「万感の思いをこめてお迎えします。お帰りなさい」

と化石に声をかけた。すると化石は、

「生まれ故郷を片時も忘れたことはありません。除幕式には喜んで参加させていただきます。町の皆さんが仲良く暮らせることを祈っております」

と答えている。

その後、役場の中で関係者による歓迎式に出席し、井田町長から特別功労の賞状と記念品を受け取った化石は、職員たちの拍手の嵐に送られて、生家に向かった。

榊原陸一の先導する車に続いて、化石を乗せたワゴン車が、朝比奈川に架かる榎橋の袂に到着したのは、五時を少し回った頃であった。辺りは、薄暗くなっていた。橋の両側には、百人を超す新舟の里人がびっしりと出迎えていた。拍手が、いつまでも鳴りやまない。

化石は、待ち受けた里人たちに会釈を繰り返しながら、榎橋の袂で車を降りて車椅子に乗り換えた。それを晴子が押して、生家に向かった。後ろには、竹中龍青が、化石の父親のような顔をして続いている。遠くで里人たちの拍手が、いつまでも続いている。

やがて化石は、生家の庭に入った。

化石は、晴子に、

「晴子さん、ここに銀杏があるね。ここに槙があるね」とまるで見えているかのように的確に指を指した。

やがて屋敷の引き戸を開け、土間に入ると、姉の久子、甥の鉦吾夫妻、彼らの長男の吉直夫妻、その子どもの一歳の兼太らが一斉に、

「お帰りなさい！　待っていましたよ」

と、温かく迎えた。

博子が見ると、化石は、一歩一歩確かめるように歩いているように見えた。土間から框に上がる時、二段上がらなければならない。龍青が化石を抱え上げようとすると、化石は、

「わかっているよ」

と辞退し、自分の足で上がった。

化石は、姉の久子に手を取られてまず大黒柱の前に寄り、手探りで以前と変わりがないことを確かめているようだった。次に仏壇の前に進み、大きな紙の手提げ袋いっぱいに詰まった草津名物・花いんげん納豆を供え、「村越英彦、只今帰りました」と挨拶すると手を合わせた。

その姿が、今も忘れられないと博子さんは教えてくれた。

化石と生家の人たちとの対面が無事終わったことを見届けた榊原や三浦晴子や竹中龍青たちは、食事の前に帰った。

介護の一人を残して、運転手と看護師の二人は「ファミリー民宿朝比奈」に向かった。

化石から、特別なものはいいという注文だったので、テーブルの上には、化石が大好きだと言う、すり鉢に入った山芋をすって伸ばした物やすりたての山芋を海苔で包んだ天麩羅やコロッケや玉子焼きや、鯖の味噌煮、味噌汁、漬物などが所狭しと並んだ。化石は、山芋をすって山かけにしたものを「おいしい、おいしい」と言って何杯もお替りした。また、山芋の天麩羅をおいしそうに食べた。その様子を姉の久子が、にこにこと笑いながら満足そうに眺めている。

一歳の兼太はすぐに化石に懐き、驚く様子も、泣く様子も見せなかった。食事も終わりに近づき、博子たちがホットした瞬間、兼太がヨチヨチと化石の背中に廻り、肩をトントンと叩き始めた。その時の化石の、驚いたような、嬉しいような、とろりとした何とも言えない表情が、今も忘れられないと博子さんは教えて下さった。

この時、化石は、その手が、父・鑑雄や母・紀里のものであり、久子夫妻や鉦吾夫妻や吉直夫妻の手でもあることに気づいていたのだと思う。この時、化石の目に見えて来たのは、永遠の命だったはずである。過去から未来に続く村越家の永遠の命が、兼太の中で生きている。自分の命も、その命に繋がるかけがえのない一滴なのだ。その血が、磁石のように兼太と自分を引き寄せたのだ。そう思えた時、化石の孤独は癒されていったのではなかろうか。自分は、一人ではなかったのだ。大勢に護られていたのだ。

化石の心の中にいつの間にか出来ていた厚いバリアが、また一枚、落葉が舞い散るようにハラリとはがれて行った。

やがて化石は、姉の久子に背中を優しく撫でられた。

「英ちゃん、よく頑張りましたね」

その夜、村越家は温かい空気に包まれて、いつまでも笑い声が絶えなかった。

翌朝、静岡新聞社の鈴木学記者が村越家に駆け付けると、家族全員が庭に勢ぞろいしていた。支度を終えた化石は、庭を三十分ほどかけて散策した後、初対面の甥や姪、姉の孫たちに、「この紅葉にぶら下がって遊んだんだ」「池の向こうにソテツがあるだろう」と話しかけていた。

佐藤記者が、化石に昨夜のことを聞くと、すりおろした山芋を海苔で包んで揚げた天麩羅がおいしかったこと。姉のひ孫の兼太と、たくさんたくさん話をしたこと。ぐっすり眠れたこと。夢は見なかったこと。朝起きた時、草津かと思ったほどリラックスしたこと等を話してくれた。

句碑の除幕式は、十一時の予定である。玉露の里の入り口付近の会場は、赤と白の横断幕に囲まれている。十時半頃になると、会場には、「濱」を主宰する松崎鉄之介、宮津昭彦副主宰、中戸川朝人らが続々と集まった。

その中に、林火門下で、「濱」の先輩として化石に敬意を払い続けて来た関森勝夫（昭和十二年生）もいた。横浜で生まれ育ち、昭和三十三年に「濱」の会員となった彼は、林火から編集雑務の依頼を受け、月三回ほど、四十一年までの八年間を、林火の傍で過ごしたが、折に触れ、林火の化石に懸ける並々ならぬ強い思いを聞いていた。昭和三十七年の冬には、林火に誘われて化石に会うべく、草津の大阪屋旅館に赴いたことがある。ところが、翌日の朝食の後、突然、林火から「君はここで待ってろ、スキーでもするがいい」と言われ、二の句も告げず、諦めたことがある。今と違って、当時はハンセン病に対する差別偏見の激しい時代だったので、自分には化石たちに会う覚悟がないと林火に思われたと彼は推察している。以来、化石は関森の身近な存在になっていた。

昭和四十一年に早稲田大学大学院文学研究科を終了した関森が、静岡県にやって来たのは、昭和五十四年九月のことで、静岡女子大（現・静岡県立大）の助教授になるためであった。翌年の三月から藤枝市に住み始め、昭和六十年に句誌『蜻蛉』を創刊主宰していた。また昭和六十二年からは静岡県立大学教授に就任している。関森の地道な研究と評論活動が評価され、彼は、平成二年十一月に第四回静岡市学術芸術奨励賞を受賞している。

化石は、関森の求めに応じて、『蜻蛉』に何度か作品を発表していた。そんな訳で、関森の門下には、化石に興味を持つ人が大勢いた。関森は、彼らを引き連れて参加したのだった。

参加者は、当初の予想を大きく上回り、三百人を超えるほどに膨らんだ。町の招待客の他にも、大勢の人たちが来てくれていた。その中には、化石の朝比奈尋常高等小学校時代の同級生たちの姿もあった。

化石が、三浦晴子の押す車椅子に座って登場すると、会場はどよめいた。シルバーグレーの三つ揃いの背広。白いワイシャツに、西陣織だろうか、鈍く金色に光るネクタイをしている。黒いベレー帽に、鼈甲縁の眼鏡をかけている。その、お洒落ないでたちに圧倒されたようだ。

挨拶は、井田町長、榊原句碑建立実行委員長、石彫家の杉村孝、「濱」主宰の松崎鉄之介と続いた。松崎は、「化石さんは光を失ってさらに心眼が冴えている」と話した。

句碑除幕は、一歳の兼太や幼稚園の子どもたちが紅白の綱を引いた。その途端、茜色の堂々たる句碑が姿を現した。その瞬間、大きな拍手が湧き起った。その時、花火が上がった。

その後、化石の挨拶が続いた。化石は、立ち上がって挨拶をした。白いふかふかのコートを着た晴子が、化石が話しやすいように手でマイクを持っている。

「素晴らしい里帰りができました。多くの人のご理解を得られるこのような時代が来るとは思いませんでした。林火先生に、心は病んでいないのだから、心の俳句を詠みなさいと導かれてまいりました。俳句のおかげで自然のありがたさ、人と人のぬくもり、生命の尊さをしみじみ感じながら生きてきました。古里が大きな力となって私を生かしてくれました。

これまで、一度たりとも、古里のことを忘れたことはありませんでした。苦しい時、幼い頃に歩いた道や、山や川のことを胸に描き、それを辿ってゆくと、不思議に心がやすらいだものです。こんなにたくさんの方々に温くお迎え頂き、素晴らしい句碑を建てて下さった、岡部町の皆様、本当に有難うございました。心より厚く、御礼申し上げます。ふるさと岡部町が、これからも、静かでおだやかで、皆さんが仲良く暮らせる町であって欲しいと思います。美しい自然は、人の心を救ってくれます。自然を大事にして、心豊かに、幸せに暮らしていかれる町であって欲しいと願っています」

化石の挨拶が終わると、再び大きな拍手が湧き起こった。

関森が化石に近付いて、

「化石さん、私、関森勝夫です。初めまして。本日は、おめでとうございます」

と挨拶をすると、化石は旧友に再会したかのような笑みを浮かべて、そっと拳のような右手を差し出した。関森は、その拳のような化石の右手をやさしく両手で包んだ。関森の門弟たちも、その様子を涙を浮かべて眺めている。

この日出席した関森を初め、彼の門弟たちは次々と『蜻蛉』に詠んだ句を発表した。ここでは、関森の『蜻蛉』（平成十五年三月号）に発表したものを紹介させていただく。

十一月十五日、岡部町化石氏の句碑建つ

白菊や母郷に据る化石句碑
小鳥来る句碑の背中の母に似て
冬菊や化石の御手温かき

化石の傍を関森が去ると、他の人が近寄って挨拶をしたり、質問をしたりする。わからない相手に対しては、傍にいる晴子が補足してくれる。化石にとって、至福の時間がゆるやかに流れていった。

この後、十二時半から会場を新舟より朝比奈川の少し上流にある宮島の「ファミリー民宿朝比奈」に移して、祝賀会が開催された。

ここも大勢の人が詰めかけて、榊原の目には、六十人はいるように見えた。その中には、化石の小学校の同級生二十一人の姿もあった。嫁に行った人たちも来てくれた。一番仲の良かったかっちゃんは、既に病気で他界してこの世の人ではなかった。

後は、近所の人たちの姿が目についた。化石は、上座の中央に座り、人が来ればゆっくりとした口調で応対していた。

「こうしてここにいられることに幸せを感じ、皆様に感謝致します。まさか、帰郷できるなんて！」と謙虚な面持ちで応対している姿が印象的であった、と榊原は教えて下さった。

また焼津の母の実家の中野家からも二人の女性（従妹）が見えて、榊原に、涙を流しながら口々に、「これで大富の家（母の実家）の汚名も消える時が来たし、我が家の名誉も回復されます。本当に有難うございました」と言いながら、何度も何度も頭を下げるので、榊原は恐縮してしまうほどであった。

化石に、志太中学の友人たちの消息を教えてくれる人もいた。特攻隊で南の海に散った人、長崎医大で原爆で死んだ人など。化石は、病者の自分が生かされて来たことに不思議な思いがするのだった。

この夜は、村越家では、三浦晴子や親戚の人たちを招待して、化石を囲んでの盛大な宴となった。テーブルの上を、寿司や刺身、オードブル等が所狭しと並んだ。いただきものの鮎の甘露煮も化石の前に並べられた。化石は、それらをつまみにお酒を美味そうに呑んでいた。

甥や姪が、化石に近寄りお祝いの言葉をかける。その度に、化石は顔をほころばせて喜んでいる。たくさんの受賞は、自分一人のものではなく、彼らの喜びでもあったのだ。そのことを化石は、しみじみと感じたに違いない。博子と吉直の嫁の菜摘の二人は、台所で天手古舞であった。

化石にとって、夢のような二泊三日であったろう。

榊原が編んだ化石の句集『大龍勢』は大好評で、千部はあっという間になくなり、五百部の増版を出すほどであった。

翌十六日の朝、化石は八時少し過ぎに朝食をとった。口当たりの柔らかいものをと博子たちが考えて作った、里芋のみそ汁や目玉焼きやコロッケがテーブルの上に並んだ。

それらを美味しそうに食べた後、化石は衿を正して正座して話し始めた。

「姉さん初め、皆さんには大変お世話になりました。これで心置きなく草津に帰ることが出来ます。故郷の皆さんに、こんなに歓迎されるとは夢にも思いませんでした。少年時代のことを何度も思い出しました。料理は、大変美味しゅうございました。少年時代に食べた母の味を、舌が覚えておりました。いい句がたくさん出来そうです。故郷に帰ったら、また少し元気が出てきました。私は、もう少し生きるつもりです。兼太がもう少し大きくなるまで生きてみたくなったのです。本当にありがとうございました」

久子が化石に話す。

「英ちゃん、お互い年なんだから身体には気を付けてね。なみさんに宜しく伝えて下さいね。それからまた手紙書きますからね」

「姉さんも身体に気をつけて長生きして下さいよ」

今度は、鉦吾が化石に話す。

「叔父さん、ぼくたちは家族ですよ。何も遠慮はいりません。もう少し兼太が大きくなったら、皆で草津の叔父さんとこに遊びに行きますよ。お茶やみかんは、ずっと送りますからね」

「ありがとう」

化石は、鉦吾の「家族」という言葉を聞いてハッとした。自分は、彼等にずっと背を向けて来たが、自分にも家族がいたのだ。彼らが私の家族なのだ。彼らの中には、父の鑑雄や母の起里もいる。化石の喜びが、心の底からコトコトと湧いて来た。自分は一人ではなかったのだ。今迄気づかなかったけれど、自分は何か大きなものに包まれているのだ。これからは、この大きなものに身を委ねて生きてみよう。化石は、何だか、自分の身体が軽くなるような気がした。

化石は、大きく礼をすると立ち上がり、看護師に手を引かれて仏壇に手を合わせてから土間に降り、杖をついて人の気配のする前庭へと向かった。そこには、十数人の里人が待っていた。

「化石さん、おはようございます」

その声は、昨夜「ファミリー民宿朝比奈」での祝賀会に集まってくれた近所の人たちだ。見送りに来てくれたのだ。化石の顔が和む。

「化石さん、今帰ったら草津には何時頃着くのですか」

「こちらに来る時には、草津を朝の八時に出て、岡部町の役場に着いたのは、夕方の四時過ぎでした。ですから、今から出たら夕方の五時過ぎですかね。〝住めば都〟と言いますが、草津もとてもいい所です。湯畑の近くの光泉寺の境内には、私の句碑も出来ました。是非、皆さんもお越し下さい」

「化石さん、これからも素晴らしい俳句を作って下さい」

「ありがとう。頑張ります」

「化石さんは、新舟の誇りです」

化石の後ろで、久子が柔らかな笑みを浮かべて見守っている。

兼太は、看護師たちに代わる代わるに抱っこされて、きょとんとした顔をしている。

そこに晴子が駆けつけると、化石は晴子に、

「晴子さん、本当にありがたかったよ。皆さんのおかげで句碑も作ってもらえて本望だから、もうこれで何時死んでもいいと思っていたんだよ。でもね、一歳の兼太がね、小さな手で肩をトントンと叩いてくれたんだよ。その時にね、ふっと思ったんだよ。もっと生きてみたいと……。この兼太が、もう少し大きくなるまで生きてみたいと思ったんだよ。生き欲が湧いたんだよ」

と、笑顔で話した。化石の笑顔が、心の底から嬉しそうだった。化石の話を聞いて、晴子も嬉しくなった。

やがてワゴン車が、今度は村越家の庭まで入って来た。化石が、帰る時がやって来たのだ。化石は、静かに周囲の人たちに話しかける。

「皆さん、私たちは、これで帰ります。色々お世話になり、ありがとうございました。お元気で」

その時鉦吾が、「叔父さん、気をつけて帰って下さい」と言った後、今度は看護師や運転手に向かって、「皆さんには叔父のために大変お世話になり、本当にありがとうございました。叔父をよろしくお願いします」と言って頭を下げると、運転者や看護師たちも大きく頷いた。やがて、化石たちを乗せたワゴン車は静かに動き出した。母親の菜摘に抱かれた兼太は、無邪気な顔をしてバイバイをしている。久子の目には、うっすらと涙が滲んでいる。

里人たちの歓声が上がる中、化石たちを乗せた白地の車体にオレンジ、赤、青のカラーのライ

ンが入り、DAIICHI KOUTSUと書かれたワゴン車は、見送る人々の視界から消えて行った。化石の心は、既になみの待つ栗生楽泉園へと飛んでいた。

家に帰った晴子は、仏壇の前に座り、亡き両親に、化石の句碑が故郷に建ち、化石が凱旋帰郷を果たし、今日無事帰ったことを報告した。

「お父さん、頑張ることができたよ。お父さん、ありがとう」

その時、父・勲の遺影が少し笑ったような気がした。

後、故郷から帰った化石の様子を聞くルポライターの栗林浩に、妻のなみは次のように答えている。

このひとは岡部へ出かける前は、いつも蒲団を敷いて横になっていたんですよ。ちゃんと帰ってこれるか、心配だったよ。なあに、ピンピンして帰ってきたよ。余程励みになったんだねえ（「生くるべし─魂の俳人・村越化石」）。

律儀な彼は、自分一人だけがこんないい思いをしては申し訳ないと思い、自治会に寄付をしている。「園内日誌（十一月）」（『高原』平成十五年二月号）に、「二十日　会員村越化石様より故郷の地に句碑建立内祝としてご寄付をいただく」とある。

また、『高原』（同年三月号）の俳句欄には、化石の帰郷に寄せた三人の句が掲載された。

帰郷せる化石さん二句
お土産とまろび出でたる実南天　白井米子
土産話に甘き蜜柑をよばれけり
故郷の句碑除幕式終へ化石帰宅す
帰り花土産話のいきいきと　後藤房枝
化石師句建立二句
土産話に熱き目頭初雪せり　北村すなほ
帰郷せる化石を木守柿迎ふ

これらの句から、顔をほころばせて得意げに土産話をする化石の姿が見えて来るようだ。『高原』（同年四月号）の「俳句」欄には青木柏葉子の、〈クリスマス化石卆寿を目指すと云ふ〉も掲載された。化石は、周囲の人たちにも数え年で九十歳の卒寿まで生きることを宣言している。故郷が、彼に大きな活力を与えたことがよくわかる。

「毎日新聞」（五月十八日）の「今朝のうた」欄に、専門編集委員で文芸ジャーナリストの酒井佐忠（昭和十八年生）は、化石が『濱』（平成十五年一月号）に発表した「故郷」十五句のうちの一句〈茶の花を心に灯し帰郷せり〉を取り上げ、化石が昨年十一月に六十四年ぶりに自身の句碑の除幕式に出席するために帰省したこと、その折に『村越化石句碑建立記念集増補版』が出たことを伝えている。

それを見た岡部町の教育長の榊原陸一から丁寧なお礼状が届いた。すると、酒井は今度は五月二十五日の同紙の「文化という劇場」欄で、「見えないから見える／俳人・村越さんの目」の見出しで、再び化石の帰郷に触れ、面識もない岡部町の教育長の榊原陸一さんから実に丁寧なお礼状が届き、お茶の町の温暖な山里に「村越ブーム」が起きていることを伝えている。

それらを耳にした化石からも、酒井のもとに丁寧なお礼状が届いたことを、酒井は化石死後の同紙（平成二十六年三月三十一日）の「悼む」欄に書いた『心眼』が生み出す言葉／村越化石さん俳人」で触れている。岡部町は、律儀な人が多いようだ。

平成十五年の五月二十六日のSBSテレビの深夜の〇時五〇分からは、一時間にわたるSBSスペシャル「生くるべし—魂の俳人村越化石—」が、女優の市毛良枝のナレーションで放映された。『俳句』（七月号）では、廣瀬直人（昭和四年生）、片山由美子（昭和二十七年生）、行方克巳（昭和十九年生）の三人による「合評鼎談7　安易に切字を使う危険」で化石が「俳句」（五月号）も発表した「桜餅」二十四句のうち六句を取り挙げている。

廣瀬——村越さんの作品をこうして二十四句、読ませていただくと、もう批評とかそういったものと別のところにあるように思うのです。さあ、どの句をと言われますと、私は、

童居て十一月の日和かな

を採りました。しみじみとしました。〈十一月〉がいいですね。

片山——ふるさとに帰られて詠まれた一連ですね。どの一句にもみんな立ち止まってしまうような二十四句です。もう完全に視力を失われている訳です。その中で、この一句一句

を詠まれた。

そんな風に話が始まり、続いて、

ふるさとに繋がる空の木守り柿
跪きたきふるさとの冬菜畑
桜餅食うべて今日の句を残す
遠く離れ住むも家族や桜餅

の四句を論じている。四句目の「家族」という言葉からは、外灯の明りのような温かい光が感じられる。化石の心にも、家族という名の温かい光が差し込み始めたのだ。その後、最後の句に進む。

行方――何事もなく梟の棲める村
これも好きです。

廣瀬――これも私は印が付いています。

片山――私も。（中略）

廣瀬――〈何事もなく〉はさりげない言葉だけれど、深い内面を思わせる言葉です。あるいは人生そのものかも知れないという、そんな思いがあります。

片山――本当はすごくいろいろのことがあったのに、さりげなく〈何事もなく〉と言ってしまう境地ですね。

廣瀬――そう。それが心を打つのです。それでいて、境涯ということが表に出ていない。

片山――ええ。何も嘆いてはいません。

廣瀬――そうです。怖いようなうたいぶりです。

行方――やはり、ここに到達されたのでしょうか。

廣瀬――俳句に対して、自分の肉体を通して真摯に立ち向かって来た歩みがここまで来ているのですね。

片山――これも平畑静塔流に言えば一つの「俳人格」ということなのかと思います。

また同号に掲載された対馬康子（昭和二十八年生）の「俳句月評」でも「桜餅」二十四句中の〈何事もなく梟の棲める村〉と〈三月の野のものを掌に乗せもらふ〉の二句を紹介し、次の解説をしている。

「飾らぬ、気負わぬ、人生達観の世界。作品は誰のためにあるのかを考えさせられる。自己が救われるために作句する者と、人を救う、感動させる、おもしろがらせるために作句する者。化石の世界を見ていると、いずれの者も作句することによって結局は自己が救済されることを教えられる。救済の程度はひとによってさまざまである。それは癒しとは異なるものである。癒されなくても救われることはあるのである」。

◉『句集　蛍袋』刊行と第一回村越化石顕彰玉露の里俳句大会

化石の『句集　蛍袋』（角川書店）が刊行されたのは、同年（平成十五年）十月のことである。題名の『蛍袋』は、〈見ゆるごと蛍袋に来てかがむ〉から採ったもので、この句は、藤楓協会が募集した『藤楓文芸　第二十七巻』（平成八年三月）で、稲畑汀子（昭和六年生）選で特選一位に輝いたものである。ちなみに彼女は、高浜虚子の孫である。

この句集は、平成七年から十四年までの八年間の作品から四百八句を選んだものであるが、圧巻は、やはり巻末の凱旋帰郷を詠んだ十五句である。

生まれ故郷岡部の玉露の里に句碑建立、除幕に招かれ
六十年ぶりに帰郷、生家に二泊す、十五句

茶の花を心に灯し帰郷せり
吾を迎ふ拍手あたたか冬紅葉
小春の日点字も添へてある句碑よ
童らのわいわい通る竹の春
冬ぬくし背を撫でくるる姉の居て
冬菊を咲かせ里人長寿なれ
鳶は輪を大きく里は小春なる
よき里によき人ら住み茶が咲けり

六十年ぶりのふるさと銀杏降る
山芋と里芋うまし里帰り
手に蜜柑故郷日和授かれり
童居て十一月の日和かな
跪きたきふるさとの冬菜畑
ふるさとに繋がる空の木守り柿
何事もなく梟の棲める村

既にお気づきの読者もおられると思うが、化石の帰郷は六十年ぶりではない。昭和四十年十月になみと訪れているのだから三十七年ぶりということになる。けれども、三十七年前の、生家に寄ることが出来なかった惨めな帰郷の記憶を消してしまいたいほど、晴れがましいものであったのだろう。化石の喜びが、それぞれの句の中で眩しいくらいに輝いている。

前出の酒井佐忠は、「毎日新聞」(十一月十三日)の「詩歌の現在/十一月」の「私の3冊」の俳句の部のトップに化石の『句集 蛍袋』を挙げている。「村越氏は蛇笏賞・詩歌文学館賞などを得ているベテラン。ハンセン病元患者の極限の境遇から生きることの本質を探って普遍的境地に達した。巻末の六十年ぶりに帰郷した際の句は圧巻だ」。

また「澤」を主宰する俳人の小澤實(昭和三十一年生)は、「読売新聞」(十一月二十五日)夕刊の「文芸」の『俳句』欄に、「肉眼超えた心眼 村越化石『蛍袋』」を書いた。

『俳句研究』（十二月号）に掲載された「平成十五年俳人大アンケート俳句の現在」に参加した能村研三（昭和二十四年生）は、「今年のベスト3句」のトップに〈跪きたきふるさとの冬菜畑〉を挙げ、宮田和正（昭和八年生）は、三番目に〈何事もなく梟の棲める村〉を挙げた。

宇多喜代子は、「毎日新聞」（十二月二十八日）掲載の「私が選んだ今年の秀句」の十句中の一句として化石の〈よき里によき人ら住み茶が咲けり〉を選んだ。

『俳句年鑑』（平成十六年一月）の大石悦子選「二〇〇三年一〇〇句選」には、〈童居て十一月の日和かな〉が掲載された。

また同号に掲載された藺草慶子（昭和三十四年生）「年代別二〇〇三年の収穫「八十代以上」齢華やぐ」では、化石が『濱』三月号に発表した「八十」十句から〈跪きたきふるさとの冬菜畑〉と〈ふるさとに繋がる空の木守り柿〉の二句を紹介している。

同じく同号に掲載された廣瀬直人、片山由美子、行方克巳の「合評鼎談…総集編　今年の秀句、そして諸問題」で片山由美子が、今年の秀句ベスト三十に化石の〈来て立ちて青嶺見えねどそこにあり〉を、行方克巳が〈何事もなく梟の棲める村〉を選び、再び化石の句について論じている。

ここでは、この鼎談に参加した編集部の発言を紹介させていただく。

編集部――村越さんは十月十七日付で第七句集の『螢袋』を出されました。先ほどの〈何事もなく梟の棲める村〉が最後に置かれています。（中略）本誌二月号で「写生の研究」という大特集を組んだときにも、「写生は、視覚だけに頼るものではない。そうでなければ、村越さんの優れた写生句の説明がつかない」というようなことを編集後記に書きました。それを改めて意識させられた、素晴らしい句集です。（以下略）

また同月に刊行された『俳句研究年鑑』の大石悦子「作品展望80代〜いまだたのしき」では、化石の〈小春の日点字も添えてある句碑よ〉他、二句を紹介し、最後を次の文章で結んでいる。「俳句は生きる証しだとよくいうが、それをいま化石氏ほどに実践している俳人はどれほどいるのだろう」。

『俳句研究』（平成十六年三月号）では、「一頁書評」欄で宮津昭彦が、「よき里に」を書き、『句集 蛍袋』を紹介している。

『俳句』（五月号）では、山上樹実雄（昭和六年生）が、「新刊サロン」欄に、「●村越化石句集『蛍袋』生き身の杖」を書いた。

また『俳句研究』（五月号）でも、「新刊句集渉猟」欄が触れた。

研――この句集のクライマックス、見どころとなるのは、平成十四年に故郷に句碑が建立され、六十年ぶりに帰郷されたときに詠まれた連作です。私は去年、各総合誌でこれらを拝読して、非常に感銘を受けました。この連作は「生まれ故郷岡部の玉露の里に句碑建立、除幕に招かれ六十年ぶりに帰郷、生家に二泊す、十五句」という前書きがあって、

茶の花を心に灯し帰郷せり
冬ぬくし背を撫でくるる姉の居て
童居て十一月の日和かな
跪きたきふるさとの冬菜畑

など。この方の人生はもしかすると、この日につながっていくためのものだったのかと思わせるような感動的な連作でした。

「東京新聞」(十一月二十四日)夕刊の「俳句月評」欄には、矢島渚男が、「句集を読み直す」で化石の『句集　蛍袋』に触れた。

『俳句研究』(十二月号)の「平成十六年俳人アンケート俳句の現在」では、井上弘美(昭和二十八年生)が、「今年のベスト3句」のトップに〈茶の花を心に灯し帰郷せり〉を挙げ、名取里美(昭和三十六年生)と吉田成子(昭和十一年生)の二人が、「句集ベスト1冊」で化石の『句集　蛍袋』を挙げた。

前出の小澤實は、『俳句朝日』(平成十六年十二月号)の「今年の句集ベスト5」のトップに『句集　蛍袋』を挙げ、片山由美子は、『俳句年鑑』(平成十七年一月)の「今年の句集ＢＥＳＴ15」の一冊として『句集　蛍袋』を挙げている。

化石の帰郷の喜びが、彼の句を通じて、多くの読者の心に伝わって行った。

村越化石顕彰会主催の「第一回村越化石顕彰玉露の里俳句大会」が開催されたのは、平成十五年十一月十五日のことであった。全部で二千八百句の応募があった。審査員は、関森勝夫他二名。一般の部、小学生の部、中学生の三部門の化石賞は、化石自身が審査している。

この日は雨天だったので会場は、玉露の里から宮島の「いきいき交流センター」に移して行われた。榊原実行委員長からの挨拶の後、化石のメッセージ、「俳句大会が郷土岡部町の皆さまの熱意によって盛大に開催されることは喜びに堪えません。俳句が多くの人に愛され、若い人にも受け継がれていくことはうれしい限りです」も披露された。

第九章

化石の死

晩年の化石。栗生楽泉園の自宅の書斎兼居間で。2005年秋（『俳句界』2005年11月号）。

◉『俳句界』と『俳句朝日』の化石の特集

栗生楽泉園の自治会長の藤田三四郎（大正十五年生）が、藤田峰石の名で『高原』に俳句を発表し始めたのは、平成十七年五月号からである。

藤田が高原俳句会に入るきっかけは、会員の白井米子から誘われたからである。

この頃、高原俳句会は毎月上旬に化石の家で行われていた。十句作るように言われていたので、苦労して十句作って駆け付けると、既に五、六人が集まっていた。順番に十句ずつ読み上げ、化石の指導を受けていた。藤田の順番が来たので読み上げると、化石は、「三四郎さんの句は川柳と同じだ」と言って、一句一句丁寧に添削してくれた。

藤田は自治会業務で忙しいために出席したのは三、四回であったが、化石は毎月欠かさず添削してくれた。化石は、俳句の魅力を、藤田にも伝えたかったからであろう。それらを熟読するうちに、藤田は俳句が少しはわかって来たような気がするのだった。

同じくこの年の『高原』八月号には、東京真理同信会の会長渡辺恭一郎の「第四十三回草津楽泉園非田行を終えて」が掲載されている。毎年一回母の日に行われる栗生楽泉園の高原俳句会との交流が、今回の五月八日の訪問で四十三回目になり、九十六歳の渡辺隆会長が、今年で最後かも知れないと言うので、七竃の記念植樹をしたことが綴られている。今回は、十二名が参加したようだ。

この年の『俳句界』（十一月号）では、巻頭インタビュー「心と魂を詠う―村越化石」が掲載されている。インタビュアーは、栗林浩（昭和十三年生）。時は平成十七年九月七日。場所は、栗生楽泉園。化石は、自分の生涯を淡々と語っている。

平成十八年からは、月一回開催される高原俳句会の集いに、三浦晴子も静岡から駆け付けている。化石は、張り切らざるを得なかったであろう。

この年の『俳句界』（四月号）では、栗林浩が十二頁にわたるノンフィクション「生くるべし――魂の俳人・村越化石」を発表している。彼は、平成十七年九月に化石の生家の村越家を訪ね、化石の姉の久子と甥の鉦吾に取材をしている。化石の生涯が、次第に明らかになって行く。『濱』（平成十九年五月号）に、化石は「朧」十句を発表しているが、その中に、

故郷より電話ありて
白梅と紅梅五歳児三歳児

がある。故郷の生家から電話があって、五歳の兼太と三歳の兼太の妹と話すことが出来たのであろう。長く生きてきてよかった。化石は、深い感慨があったはずである。

『俳句朝日』（平成十九年六月号・終刊号）では、特集「『村越化石』強靭な詩魂」の企画を組んだ。この年の三月六日に化石を取材し、この月の下旬に化石の生家を訪ねて纏めたものだ。ここには、化石の真正面からの大きな顔写真が掲載されている。今まで化石の写真は、顔を隠しているものがほとんどであったが、今度は自分の意思で俳句の全国誌に正面からの顔を出したのだと思われる。もう隠すものは何もない。どんな顔でも生きていけるよ。私は、この顔で生きて来ましたよ。

化石から読者への強いメッセージでもあろう。

ここには、生家の大きな写真と、生家の玄関の前で、ここに掲載された「村越化石 ゆるぎないその句業」の筆者で評論家の村上護（昭和十六年生）と化石の甥の鉦吾の並んだ写真も掲載されている。鉦吾は胸を張っている。生家の側でも、何も隠すことはない、という強いメッセージでもあろう。化石は、嬉しかったに違いない。

◉『句集 八十路』刊行と山本健吉文学賞受賞

化石の『句集 八十路（やそじ）』（角川書店）が出たのは、この年（平成十九年）の八月のことである。最近の五ヵ年の作品から三百三十余句を収めたものである。

巻末に、大野林火が化石のことを書いた「松虫草 俳句歳時記・八月」が転載された。

『広報おかべ』（十二月号）では、岡部町が主催して、化石に理解のあるノンフィクション作家の柳田邦男の講演会「言葉の力 生きる力」が町民センターおかべ大ホールで翌平成二十年一月二十七日に開催されることが大きく紹介されている。

当日、柳田邦男の講演会には、大勢の人たちが詰めかけた。化石の俳句の魅力が、柳田の話を通じて更に広がって行ったに違いない。

この日、岡部町を訪れた柳田は、教育委員会の職員に案内されて玉露の里の化石の句碑に赴いた。柳田は、この時職員から聞いた、除幕式の日に化石が句碑に彫られた文字を手で読みながら、「あったかいねえ」と呟いたという話が、忘れられないと教えてくれた。

『句集 八十路』が、第八回山本健吉文学賞に輝いたのは、この年（平成二十年）の二月二十六日のことである。

この賞は、山本健吉文学賞実行委員会と『俳句界』を出している「文學の森」が主催するもので、俳句部門は金子兜太、詩部門は辻井喬、評論部門は山下一海、短歌部門は馬場あき子の審査委員が、それぞれの部門の推す候補作を他の委員全員が合議して決まる賞である。そんな訳で、俳句部門は、俳人・金子兜太（大正八年生）の強い意向が反映されたものである（この賞は、平成二十六年より山本健吉賞と改称している）。

金子は、化石の動向に常に注目していた。『俳句研究年鑑』（昭和四十七年十二月）に寄せた「作品展望10」では、失明後の化石について、「想いの重さがそのまま骨格を形成してしまうと、どんなに振舞っても軽挙への逸脱はないものだ。この作者の一年、やはり重くきびしく心象をひきしめて、軽はずみなこと、一つもない」と書き、四句を紹介していた。その後、『俳句』（昭和五十七年十一月号）の「大野林火追悼特集」に発表した「八丈島の句のことなど」では、林火の指導によって、「村越化石のような意思の強い形象力のしっかりした作者」が育って来たと触れていた。

また平成元年の詩歌文学館賞は、選考委員三人（金子兜太・野澤節子・三橋敏雄）の意見が一致して化石の『句集 筒鳥』に決まったが、金子は、調子が悪くて欠席した委員長の井上靖に電話で報せる時、「私は、最後の境涯俳句だと言った」とこの直後の鼎談（飯田龍太・金子兜太・森澄雄「俳句への二つの道」『俳句研究』平成元年六月号）で話している。「最後の境涯俳句」とは、金子にとって化石俳句への最大の賛辞であったろう。そして俳人の福田甲子雄（昭和二年生）には、化石を評して「俳句は、身体にどんな不自由があっても俳句の不自由にはならないもの」（「本年度俳人ベスト10・本格俳人を探る」『俳句年鑑』平成元年十二月）と話している。

化石の存在は、金子にとって絶えず気になるものであり、同時に、金子は化石の良き理解者の一人でもあった。

ちなみにこれまでの俳句部門の受賞者と受賞作は、次の通りである。平成十二年度、第一回・伊藤敬子『百景』。平成十三年度、第二回・黛まどか『京都の恋』。平成十四年度、第三回・山上樹実雄『四時抄』、きくちつね子『花晨』。平成十五年度、第四回・きちせあや『消息』。平成十六年度、第五回・角川春樹『海鼠の日』。平成十七年度、第六回・該当作なし。平成十八年度、第七回・角川春樹『角川家の戦後』。

金子兜太の「選評／命いよいよ大」と化石の「受賞のことば」と『句集 八十路』よりの十五句は、『俳句界』五月号に掲載された。

ここでは、金子兜太の「選評／命いよいよ大」を紹介させていただく。

句集『八十路』は、じつに重く長い村越化石の句業の上にしっかり立っている。いままでの化石が、いまこの句集では、と思うようでは推せないのだが、その懸念がまったくなかったのだ。初期、

寒餅や最後の癩の詩つよかれ

と化石はつくっていたが、新薬プロミンによって救われたあとも「癩者」として取り残された人たちがいた。化石もその一人で、「最後の癩者の覚悟」（俳句の師大野林火のことば）を俳句に課し、「潔く、凛々しく」生きてきて、いま八十路に立つ。四十歳のときの第一句集『独眼』から『八十路』まで十冊にちかい句集を上梓し、蛇笏賞、日本（ママ）詩歌文学館賞、点字毎日文化賞、そして紫綬褒章などを受けてきた。『八十路』の終章「朧夜」に次の作あり。

去年今年命いよいよ大なりし
諦めず生き来し命地虫出づ

この後、大野林火の、小説の北条民雄、短歌の明石海人、俳句の村越化石の三本柱が成り立った旨の文章を紹介した後、最後にこの句集からの次の八句を紹介している。

露一夜明け一塊の石座る
暮夜われに光背なせり雪満月
わが桜化石と名づけ寿
木の洞の中の玉虫秘宝なる

心眼もて月下美人にまみゆなり
石の如凍てても命ありにけり
見えねども歓声上がる雲の峰
うとうとと居るに横切る鷹の影

化石は、自分の歩んで来た道が、間違っていなかったことを再認識したはずである。この時にも律儀な彼は、自治会に寄付をしている。「園内日誌（五月）」（『高原』平成二十年八月号）に、「二十九日　村越化石様より山本健吉文学賞受賞にあたりご厚志頂く」とある。

同年九月二十七日の「静岡新聞」は、「村越化石さんの文献、収集・保管へ——藤枝市長定例会見」の見出しで、次の記事を掲載した。

北村正平藤枝市長は二十六日の定例会見で、元ハンセン病患者で俳人の村越化石さん＝岡部町出身＝に関する文献などを収集し、同市若王子の市文学館で保管していく考えを明らかにした。市は来年一月の同町との合併を契機に、同市出身の小川国夫、藤枝静男、加藤まさを各氏とともに「志太地域ゆかりの文学者」として、ＰＲする（以下略）。

何だか、化石が岡部町と藤枝市を結ぶ懸け橋になっているようだ。

この記事にもあったように、この年の十月二十五日から十二月十四日まで、小川国夫、藤枝静男、加藤まさを、村越化石を紹介する企画展「志太地域ゆかりの文学者」が藤枝市郷土博物館・文学館で開催され、十二月二十日から翌平成二十一年二月十五日まで、同館で「小川国夫・加藤まさを・村越化石展」が開催されている。

◉DVD「心眼　村越化石、魂を句に託して」

志太郡岡部町が、藤枝市と合併したのは、平成二十一年一月一日のことだ。

この年の八月二十三日、藤枝文学館の映像資料記録保存事業で、化石にインタビューするため、藤枝市文学館の市文化課の職員大石裕美（当時三十六）や三浦晴子ら一行は、化石のいる栗生楽泉園に向かった。

大石裕美が、化石の名前を知ったのは、平成十四年に化石の句碑が彼の故郷岡部町の玉露の里に建立され、六十年ぶりに帰郷するという報道に接した時であった。さらに身近に感じるようになったのは、文学館の勤務になり、前年（平成二十年）に市内在住の関森勝夫（静岡県立大名誉教授・句誌『蜻蛉』主宰）から俳句関係の雑誌類約千六百冊を寄贈されてからである。ここには、化石を特集した雑誌や、化石が入っていた『濱』もほぼ揃っていた。これらを整理するうちに、関わった数人の職員が全員、もっと広く化石を知ってもらわなくてはならない。それが彼の業績を知った私たちの仕事だ。そう強く思い始めていた。

藤枝市と岡部町が合併して、新生藤枝市を代表する文学者として村越化石を顕彰していくことになったが、化石の場合、文学者として必要な直筆の原稿や色紙がほとんどない。そこで、映像として残そうということになったのだった。インタビュアーは三浦晴子、解説者は関森勝夫に決まった。

その日、化石は一行を温かく迎えた。この日は、夏の高校野球の準決勝の日で、彼は腕を組んでじっと座ったまま放送に耳を傾けていた。

大石が室内を見渡すと、大野林火直筆の短冊や色紙の他に、たくさんの額に入れられた賞状が所狭しと飾られていた。近くには、積み上げられた『濱』と使い込まれた『俳句歳時記』(角川書店)があり、壁には、故郷岡部町新舟にある六社神社のお札も貼ってあった。

大石は、化石がお酒が大好きで、今でも毎日一杯は呑むということを聞き、お土産に岡部地酒「初亀」大吟醸を持参した。お酒が大好きな化石は、顔をほころばせて喜んだ。

そして、インタビューが始まると、化石はオロナミンCで喉を潤しながら、話してくれた。映像の記録保存が目的なので、失礼を承知で病気の辛さに話が及ぶと化石は、「病気のことはもう止めましょう。俳句の話をしましょう」と拒絶した。毎日、周囲の誰、彼が死んでいった日々のことは、もう思い出したくないのだ。大石は、申し訳なさでいっぱいになった。

化石は、師である大野林火や仲間たちと出した句集については、実に嬉しそうに話してくれた。俳句指導に林火が初めて来てくれた時には、「本当に来てくれるだろうか」と不安だったこと、また来てくれた時には、「嬉しかったねえ。ああ、嬉しかった」と何度も顔をほころばせて話した。

俳句については、「俳句は肉眼でつくるのではない。心眼で俳句を作らなくてはならない」と強調した。

「目がよかった頃に、歳時記をぼろぼろになるほど読んだし、この周りの山を歩いたんだよ。白根山にも登ったし、この在の村や野反湖も歩いた。ああ、今頃あそこの朴の花が咲いているとか、今、あの花がいいだとかね。だから目が悪くなっても、良かった頃のことが、却って純粋に浮かんでくるんだよ。余分なものが入らないんだ。目が見えているよりも見えなくなった方が、純化されるんだよ。これはありがたいと思うね。目が悪くなって良かったとも言わないけれど、余分なものが消えて純粋に物が浮かんでくるから、俳句を作るにはよかったなあと思うね」

「俳句は省略の詩だからね。こんな単純な五・七・五、この十七音の、こういうものは日本語にしかないんだよ。芭蕉の句が今もみんなに愛されているというのは、この単純な、短い省略の詩の中に良さがあるんだ。だから、俳句は、私は滅びないと思う。これからも俳句をいつまでも愛して、日本語の美しさ、潔さ、面白さ、そういうものを愉しんでいきたいと思うね」

大石は、インタビュー中だということを忘れて、化石の話に聞き入ってしまっていた。結局、取材は、五時間前後に及んだ。

この模様は、「静岡新聞」（十月十四日）の夕刊に、「〝魂の俳人〟後世に─化石さん語り記録」の大きな見出しと、三浦晴子が化石にインタビューする写真や岡部町の玉露の里の化石の句碑と共に詳しく紹介された。

はばたく静岡国民文化祭「ふじえだ文学フェスティバル」に合わせた文学展「小川国夫・藤枝静男・村越化石」展が藤枝市郷土博物館・文学館で開催されたのは、十月二十四日から十一月二十九日までである。化石のものは、化石の故郷岡部町の風景と、句集、代表句と共に、それらを丁寧に解説したものがパネル展示された。

化石は、同年十一月より、心不全で入院している。楽泉園の病棟から長野原町にある西吾妻福祉総合病院に転院したという知らせを栗生楽泉園の盲人会の職員・中沢幸子から受けた三浦晴子は、祈るような思いで夫の海野敏行と共に駆け付けると、集中治療室から個室に移ったばかりの化石は、駆け付けた晴子夫妻をにこやかに迎えた。それを見た晴子は、嬉しくてそっと目頭を拭った。晴子から化石の病状を聞いたルポライターの栗林浩夫妻も、この年の十二月に長野原草津口駅で下車すると、近くでレンタカーを借りて病院に駆け付けた。すると化石は、しきりに楽泉園に帰りたがっていた。栗林夫妻はその後、足を怪我して楽泉園内の病棟に入院しているなみを見舞った。

暫くして化石は楽泉園の病棟に移ったが、結局、化石の入院生活は八か月に及んだ。

そんな中、化石の句は休むことなくコンスタントに発表されているが、『俳句』(平成二十二年五月号)に掲載された「弥生尽」八句の中に、次の句がある。

精一杯生きて悔いなし弥生尽

この頃化石は、今迄の自分の人生をふり返って、強い達成感と満足感を味わったことであろう。この二か月後に発行された『広報ふじえだ』(七月五日)は、六ページにわたる化石の特集「心眼 魂の俳人 村越化石」を組んでいる。たくさんの写真や句が掲載され、化石の生涯がわかりやすく紹介されている。

◉家族との再会

この年の八月の盆過ぎには、岡部町の生家の家族が揃って化石を訪ねている。鉦吾が、かつての化石との約束を果たしたのだった。化石の姉の久子を残し、鉦吾夫妻、その子どもの吉直夫妻、彼らの子どもの兼太をはじめとする四人の子どもたちの、総勢八人が訪れたのだった。化石の住居が、花が咲いたように華やかになった。

子どもたちは、本能的に化石と血がつながっているのがわかるのか、化石の傍を離れようとしない。『濱』（十月号）に化石は「盆過ぎ」十句を発表しているが、その中に次の一句がある。

盆過ぎて故郷の家族ら会ひに来る

この句には、化石の照れくささと喜びが、いっぱいに詰まっている。

また、『濱』（十一月号）に発表した「日焼の児」十句の中には、次の四句がある。

日焼児を連れて家族ら会ひに来る
サッカーの好きな日焼の児となれり
日焼の児歌ふ校歌に山河あり
米寿の手日焼児の手と重ねけり

兼太はこの時、朝比奈第一小学校の四年生。サッカーが大好きな少年に育っていた。化石は、自分の少年時代を思い出していたことであろう。兼太は無邪気に校歌を歌ったり、手を重ねてくれたりしたようだ。出された梨は、子どもたちがあっという間にペロペロと平らげてしまった。化石の喜びようは、尋常ではなかった。化石は、長生きしてよかったと、しみじみ思ったに違いない。

部屋の梁にずらりと掲げられた賞状を見ていた兼太が、化石に聞く。

「叔父さん、どうしたらこんなにたくさんの賞状が貰えるようになるの？」

「それはねえ、一生懸命勉強したからだよ。それからもう一つは、たくさんのいい出逢いに恵まれたからだよ。その一つ一つを大切にして来たからだよ」

「ふうん」

この時、化石は、自分の人生に対する姿勢を兼太に話すことができて、深い満足感があったに違いない。自分の人生は、俳句一筋に、ひた向きに勉強してきたことと、林火先生をはじめとする良い出逢いに恵まれたことが総てであったからである。

その時、縁側の風鈴がチリン、チリンと鳴った。

今度は、風鈴の鐘の下の細長い白い紙の両面に、化石の句〈松虫草今生や師と吹かれゆく〉と、〈望郷の目覚む八十八夜かな〉が書かれているのを、兼太は不思議な顔をして眺めていた。

化石のＤＶＤ「心眼　村越化石　魂を句に託して」が完成し、藤枝文学館の映像コーナーで公開されたのは、八月二十七日のことである。前日の「静岡新聞」に「化石さん半生／映像で紹介／

明日から市文学館」の大きな見出しと共に詳しい記事が掲載された。

初日には、朝から希望者が詰めかけた。自分たちが制作した映像を、涙をポロポロ流しながら見る人もいて、大石は、本人の口から語られる言葉の重さと映像の強さを改めて実感した。

化石たち高原俳句会の仲間を長く長野に案内した竹中龍青は、ここ数年体調を崩し、入退院を繰り返していたが、退院したある日、一人で栗生楽泉園に赴き、化石に逢って来たようだと、彼の長男の透氏（昭和三十八年生）が教えて下さった。

二人は何を話したろうか。お互い、俳句が縁となって出会えた喜びを伝えあったに違いない。二人が敬愛する大野林火の思い出話に、花が咲いたことであろう。

◉『句集　団扇』刊行

この年（平成二十二年）の十月には『句集　団扇』（角川書店）が出ている。これは、平成十九年から二十二年までの三百十句を纏めたものである。

口絵写真に、林火の直筆の色紙〈雪の水車ごつとんことりもうやむか　林火〉が掲載された。また「あとがき」には、「生まれ故郷でもある岡部が、今年、藤枝市に合併となり、藤枝市岡部町となった。この市の文学館に、私の句集などが展示されることとなった。米寿の齢を迎える今日まで、私を支えてくれた多くの皆様の善意と友情に、感謝申し上げる次第である。／小さな俳句が大きな力となって私を救い、人生を心豊かに送ることができた。これからも詠い続けていきたいと思う」とある。

晴れ女晴子が来り霧晴るる
来客は森の小鳥ら梅もどき
石ころも松ぼつくりも日向ぼこ
着ぶくれて己が命をあづかりぬ
枯れ枯るる中に仏の在しけり
招くなり障子の外にいる春を
右の山左の山と笑ひ合う
手に団扇ありて齢を重ねたる
色鳥や心眼心耳授かりて
鈴蘭の香を嗅ぐ化石甦り

この頃の化石の句は面白い。まるで、対象物の魂を鷲掴みにして単純化した熊谷守一の画みたいだ。それから読むと、意表を突かれて思わずプッと噴き出してしまう句が多い。

「朝日新聞」(十二月十三日)夕刊の文化欄では、「ハンセン病を生きる/八十七歳　村越化石が句集」の見出しと彼の顔写真と共に『句集　団扇』を紹介している。

この記事の中で化石は、「最近やっと肩の力が抜けた」と話しているが、新たな境地へと飛躍したようだ。

この句集は、「毎日新聞」（十二月十九日）に掲載された俳人井上弘美の「老若両極の活躍目立つ 二〇一〇年回顧・俳壇」でも、「境涯を超えての命の実感が、言葉の温もりとなって伝わる『団扇』（角川書店）の村越化石など、大きな収穫があった」と触れている。

「朝日新聞」（翌平成二十三年三月八日）の群馬全県版の「郷土ゆかりのほん」欄には、俳人の水野真由美（昭和三十二年生）が「『団扇』村越化石／全身の感覚を俳句に働かす」を書いた。

『俳句』（同年四月号）には、矢島渚男が、「新刊サロン」欄に「村越化石句集『団扇』／心眼の人」を書いた。

『句集 団扇』は、化石から柳田邦男のもとにも送られて来たと、柳田が「死は人生の物語を飛躍させる」（「文芸春秋」平成二十二年十二月号）に書いている。岡部町で柳田が化石についての講演をしたことが化石の耳に入り、律儀な彼が感謝の思いを示したのであろう。

藤田三四郎が、化石から「十句の添削は大変なので、五句にして下さい」と言われたのは、平成二十三年頃のことである。その後、化石は体調を崩して第一病棟に入院したが、藤田の句の添削は欠かさずしてくれた。

『濱』（平成二十三年二月号）に発表した「竹馬」十句の中に次の一句がある。

晴子・敏行夫婦
晴々と処女雪踏みて来たまへる

三浦晴子夫妻は、この頃は年に二度のペースで化石のもとを訪れていた。

◉龍青と龍太

『濱』（同年七月号）に発表した「雪形」十句の中に次の一句がある。

龍青さんを偲ぶ
雪形を君の形見と思ふなり

同年三月二十日に七十七歳で他界した竹中龍青を追悼したものだ。彼は、高原俳句会の仲間をバスレクで二十何年も信州に案内してくれた。深い感慨があったことであろう。化石にとって悲しいことは続く。『濱』（同年十月号）に発表した「桃源郷」十句の中に、次の一句がある。

文次郎さんを偲ぶ
夏山を闊歩し雲へ入りゆけり

同年七月二十五日に九十歳で他界した草津町の友人中沢文次郎を追悼したものだ。彼は、長い間、高原俳句会と世間との懸け橋になってくれた。化石は、竹中龍青の時と同様、深い感慨があったに違いない。

そんな日々、思いがけない嬉しいこともある。『高原』（平成二十四年三月号）に次の一句がある。

こきこきと柿食ふ甥つ子眼の前に

化石の甥の鉦吾が、岡部町から駆け付けてくれたのだ。鉦吾からは、定期的にお茶やみかんやジュース等が送られて来た。久しぶりに身内に会えて、化石にとって心和む時間であったろう。おそらくこれは、化石が呼び寄せたものであろう。この時、コツコツと貯めた化石の貯金が渡され、自分の死後のことを頼んだと思われる。

長生きをするということは、多くの仲間を見送ることでもある。この年の九月三十日には、白井米子が逝去した。享年九十。

高原俳句会のかつてのメンバーが、総て旅立ってしまった。それぞれが多くの俳句大会でいくつもの賞を獲り、自信を付け、ほとんどの人が句集を出して誇り高く生き抜いていった。化石には、深い感慨があったに違いない。

この時の化石の脳裏に甦って来たのは、「一人になっても俳句を続けなさいよ」という大野林火の言葉であったろう。

『濱』（平成二十五年三月号）に発表した「屠蘇祝ふ」五句の中に、次の句がある。

癩の名を神に返上年新た

「神様、『癩』の名をあなたに返上します。この名が、私に様々な試練を与え、俳人としての私を大きく育ててくれたことは間違いがありません。けれど、もう、私には、『癩』の名は必要ありません。長い間、ありがとうございました」そんな、淡々とした気持ちであったろう。

また、この「屠蘇祝ふ」の中に次の句もある。

龍青の後継ぐ龍太雪踏み来る

竹中龍青は、三人の子息を持ったが、龍太（昭和四十三年生）は三男である。龍太の名は、龍青が、俳壇の大物・飯田龍太にちなんで付けた名だ。

この時、東京でフリーの編集者をしていた竹中龍太が栗生楽泉園に赴いたのは、編集者仲間の姜信子（きょうのぶこ）（昭和三十六年生）に誘われたからだ。彼女は、栗生楽泉園の詩人、谺雄二（昭和七年生）の編集者であり、また「ごく普通の在日韓国人」でノンフィクション朝日ジャーナル賞を受賞した作家でもあった。姜は、化石の句集を読むうちに、どうしても彼に会いたくなったのだ。

その日、龍太が姜と谺と共に化石の病室を訪れると、化石はベッドに横たわっていた。大病ですっかり体力が落ちて、なかなか声も言葉にならないと聞いていたが、俳句初心者の姜が、蛮勇をふるって「句会をやりませんか」と声をかけると、化石は、にわかに全身に力を漲らせて「やろう、いますぐやろう」と答えたのだった。化石は、俳句となると、すぐにスイッチが入るのだ。すぐにと言われても、初心者の妻たちにすぐ句が出来るはずはない。そこで化石から句題の「年新た」「朝の雪」「楽泉園にて」をもらい、一晩かけて絞り出した。

この夜化石は、龍青のことを一晩中思い出していたはずだ。龍青のお蔭で、高原俳句会は年に一度、バスレクで信州のあちこちを案内された。葡萄も御馳走になった。千曲川の川音も聞いた。皆、子どものように喜んでいた。その時、句もたくさん出来た。龍青は、自分の句碑が草津の光泉寺の境内に出来た時も、故郷に出来た時も駆け付けて、一緒になって喜んでくれた。龍青は、神様みたいな人だった。きっと彼が、龍太の背中を押して、自分に会いに来てくれたのだ。龍太は、どんな句を詠むだろうか。化石は、嬉しくて、なかなか寝付けなかったに違いない。

さて、翌日、化石のベッドを囲んで四人の句会が始まった。トップバッターは、妻だ。

年新た石うたい山のこだまする

化石は、「ああ」と軽く頷いた。次は冴だ。

年新たまた友が逝く闇に彳(た)つ

次は龍太だ。

年新た亡父とともに栗生参り

化石が、「ああ、ああ」と体の芯から声を上げた。龍青のことを思い出したのであろう。
谺が、「これまでのところ、いかがですか」と化石に問うと、「ふううむ」と化石は不満げに
小さく唸った。その瞬間、三人は声を出して笑った。
続いて姜は、

深々と雪踏む命の音を聞く

と詠むと、化石は、

龍青の後継ぐ龍太雪踏み来る

と力強く詠んだ。龍太が、

湯の香抱きて眠る雪月夜

と詠むと、化石は頷いて、柔らかな笑みを浮かべた。

来客三人の俳句をさんざん聞かされたあと、化石が、

尊者の語この身にさずかって年新た

と詠んだ。訝が、「尊者って誰?」と聞くと、化石は、「みんなのことだ」と答えた。

ちなみにこの句は、「屠蘇祝ふ」では、〈尊者との語を授かりて屠蘇祝ふ〉に改稿されている。

この句会の時間は、三十分ほどであった。しかし化石にとって、ありがたく、とても長い時間に感じられたことであろう。そして化石は、龍青の精神が、龍太に継承されていることを強く思ったに違いない。ありがたいものを見せて貰ったと、神に感謝したはずだ。

かつて東京の病人宿を去る時に化石の心に芽生えた薄緑色の俳句の心は、彼の中で大きく育ち、彼を支え、今や彼の命そのものとなっていたのだ。

◉『自選句集　籠枕』刊行

先の『句集　団扇』に続き、化石の最後の句集『自選句集　籠枕』（文學の森）が出たのは、平成二十五年四月のことである。

この句集は、今迄出した句集から厳選したものと、句集以前のものと、今迄の最後の『句集　団扇』以後を加えたものである。化石の句業の集大成と言えるものである。

ここで再び、先に「六章　両眼失明」の「大野林火の死」の箇所で触れた次の句に注目して戴きたい。

これからの長夜無明の身の置き処

林火先生の柩の中に納めた句。

『句集　筒鳥』の時にはなかった「林火先生の柩の中に納めた句」の添え書きが増えているのは、何故だろうか。おそらく、松崎鉄之介から化石のもとに、林火の柩の中に入れる句を至急作れと電話があった時には、無我夢中で気づかなかったが、後で振り返ると、自分だけが抜け駆けをしたようで申し訳なく、高原俳句会の仲間たちが生きているうちは書くことが憚られたのであろう。こんなところにも、化石の聡明さが顔を出している。

この本の巻頭に掲載されている多くの写真は、三浦晴子の夫の敏行の撮ったものである。晴子は、化石から『抜句集』化石」の三冊のノートをテープ録音することと、巻末の「跋」を依頼された。晴子は、心を込めて一句一句をテープに吹き込み、十八頁にわたる「跋」を書いた。

化石は「あとがき」に、「俳句は芸術である。日常使われている言葉から自分で選び、五・七・五の十七音で作った俳句を、自分でまず褒め、他の人からも褒められたものを、昭和十五年から今日までの作品を集めて『卒寿記念　村越化石自選句集　籠枕』とした」と口述している。故郷の玉露の里の句碑建立を終えて帰った時、化石は周囲の人たちに「卒寿」まで生きると宣言していたが、今迄の総決算とも言える卒寿記念のこの句集を出して、もう思い残すことは何もなかったのではなかろうか。

この句集は、栗林浩の所へも送られて来て、彼は丁重なお礼状を出している。先の、柳田邦男の「死は人生の物語を飛躍させる」を読んで、『句集 団扇』が化石から柳田のもとに送られて来たことを知った私は、ひょっとして二人は文通等をしていたのではないかと思い柳田に問い合わせると、柳田は、文通はなかった、箱入りの『自選句集 籠枕』も化石から郵送で届いたと教えて下さった。化石の律儀さが伝わって来る話である。

『自選句集 籠枕』の版元の「文學の森」から出ている『俳句界』（五月号）では、「ピックアップ注目の句集 村越化石『籠枕』」の小特集を組んでいる。

化石の句集の表紙の写真と共に経歴と新作「年新た」十句。柳田邦男の二段組四頁にわたる「『籠枕』鑑賞 色即是空への昇華」、松崎鉄之介と大串章の「『籠枕』一句鑑賞」と続いている。

六月二十四日の「朝日新聞」の「俳句時評」欄には、俳人の田中亜美（昭和四十五年生）が、『自選句集 籠枕』を紹介する「生くるべし」を書いた。

ちなみに田中亜美は、この年の年末に出た『俳句年鑑2014』に寄せた「今年の句集Best15生きること、記すこと」にも化石の『自選句集 籠枕』を挙げている。

この句集は好評で、翌年の六月には二刷が出ている。

◉『濱』の終焉

化石が長く俳句を発表した『濱』が八百十二号で終刊を迎えたのは、この年の八月のことだ。

同年七月二十五日に濱同人会臨時総会が、横浜の「かながわ労働プラザ」に於いて午後一時より開催され、三浦晴子も出席した。

この時、松崎主宰は、次のように挨拶した。

「このところ、村越化石君が句を出していない。私はこれまで、『濱』誌を化石の俳句の発表の場であると思って続けてきた。化石が句を発表しないということであれば、これ以上『濱』を続けていく意味がない。『濱』は本年八月号の通巻八百十二号をもって終刊とする」

九十年代後半には七百人ほどいた会員も、今は三百人に減ってしまった。有力俳人の独立や死亡、主宰者を含む会員の高齢化で夜の句会を中止したため、新たに参加する若い会員が減った。そのため、赤字を出すようになり、続けられなくなってしまったのだ。

ちなみに松崎は、俳人協会の会長を平成十四年二月まで、三期九年務め、その後は顧問に就いている。また平成十五年三月四日には、『句集 長江』で第十八回詩歌文学館賞を受賞していた。

先の松崎の発言の通り、化石の『濱』に掲載された句は、今年になってからだんだん少なくなっている。一月号「雪の夜」五句。二月号「鏡餅」六句。三月号「屠蘇祝ふ」五句。四月号「復活祭」五句。五月号と六月号はない。七月号「立夏」六句、と続いている。そして化石は、終刊号に「母の日」十句を発表している。

「濱」の長い歴史の中で、「濱」関係者でこの日までに俳壇の最高の蛇笏賞に輝いたのは、大野林火と化石の二人だけであった。この日、出席した人たちは、松崎主宰の口から村越化石の名前が出たことによって、改めて化石を育てた大野林火の慧眼の凄さと、それに応えた化石のひた向きな精進に思いを馳せたに違いない。「濱」の歴史はまた、大野林火と村越化石の歴史でもあったからである。

◉三浦晴子夫妻最後の訪問

三浦晴子夫妻が最後の訪問をしたのは、この年（平成二十五年）の十二月十三日のことであった。同月十七日に満九十一歳の誕生日を迎える化石の御祝いに訪れたのだった。園の病室のベッドに横たわった化石は、二人の来訪を悦び、二人が持参した自然薯のとろろ汁と、朝採りの苺を「お・い・し・い・お・い・し・い」と喜んで食べた。

晴子は、歌が大好きな化石のために、持って行った童謡集を開いて歌って聴かせた。

「雪やこんこ、あられやこんこ、降っても降ってもまだ降りやまぬ……」

晴子の澄んだソプラノが、静かな病棟に響き渡る。化石は、うっとりと目を細めて聴いている。続いて晴子は、「ふるさと」「里の秋」「みかんの花咲く丘」等を心を込めて歌った。

その後、化石は晴子に何か言おうとしている。晴子が化石の口に耳を近づけると、「は・る・こ・の・く・しゅう」と聞こえた。晴子が、化石の微かに聞こえる左耳に顔を近づけて、「化石先生、『晴子の句集』ですか？　私に句集を作りなさいとおっしゃっているんですか？」と聞くと、化石は大きく頷いた。

晴子が、「わかりました。私の第二句集を作ります」と答えると、化石は嬉しそうに再び大きく頷いた。

やがて宿に戻る時間が近づいた時、化石は突然、「な・み・の・と・こ・ろ・へ・い・き・た・い」とか細い声で何度も二人に懇願した。化石は、自分の子どものような晴子夫妻に甘えてみたかったのであろう。

この日は、既に四時を廻っていたので、なみを遠く離れた病室まで連れて来てもらうことは無理だった。そこで晴子はナース室に出かけ、翌朝、なみに化石の部屋まで来てもらうようお願いした。

翌朝、なみは車椅子で化石の部屋に現れた。

晴子が、

「化石先生、なみさんですよ。なみさんが来て下さいましたよ」

と声をかけると、化石の顔がほころんだ。

晴子が、ベッドで横たわる化石の手を取り、晴子の夫の敏行がなみの手を取り持ち上げた。化石夫妻の手が、晴子夫妻の手の中で、しっかりと結ばれた。

その時、なみが、「これが化石さんの手なんだねえ」とぽつりとつぶやいた。

その瞬間、晴子の心に熱いものが満ち溢れ、頬を伝わった。その時、晴子の脳裏に、化石の次の二句が浮かんで来た。

山眠り火種の如く妻が居り　（『句集　筒鳥』）

風鈴や心眼夫婦ここに居り　（『句集　団扇』）

やがてなみは自分の病室に戻り、二人も帰る時間が近づいて来た。その時、化石が満身の力を込めて、「こ・ん・ど・い・つ・く・る?」と聞いた。晴子が、

「来年の四月に来ます。なみさんのお誕生日をお祝いしましょうね」

と言うと、化石は目を細めて安心したように大きく頷いた。晴子が、化石から「今度いつ来る?」と聞かれたのは、初めてのことであった。

これが、三浦晴子夫妻が化石に会った最後であった。

◉化石の死

翌平成二十六年の三月に入ると、化石の身体は次第に衰弱していった。

三月八日の午後には、もう危ないということで、妻のなみも呼ばれていた。夕方になると、化石の衰弱は一層激しくなった。

その頃、化石は、淡いまどろみの中にいた。いつの間にか、自分が少年時代に戻っていた。

「英ちゃん、ご飯ですよ」

朝比奈川の向こうで、自分を呼ぶ母の声がする。対岸で、近所の子どもたちと遊ぶ化石を呼んでいるのだ。

化石は子どもたちに別れを告げると、夢中で榎橋を駈け、母のもとに向かった。幸せな時間であった。家に帰れば、両親や姉の久子や愛犬が待っている。化石は、夢中で駈け続けていた。

「化石さん！」

と枕元で呼ぶなみの声に、化石はふっと笑顔をみせたが、次の瞬間、化石の顔が、ガクッと動いた。傍にいた職員の医師が、「残念ですが、ご臨終です」と低く言った。彼が時計を見ると六時二十四分であった。

そこには、自分の天寿を全うした誇りが漂っていた。俳句と出会い、俳句に精進し、その力が差別偏見を溶かし、彼に数々の栄誉を与え、俳句に救われた生涯であった。

『高原』に掲載された彼の句を追っていくと、休みなく続き、五月号に掲載された次の三句が最後だった。

大雪に籠りて何かもの焦がす
昔は皆よく歩きたり暖かし
春の大地連れ立ちてゆく者をれり

二句目を読むと、病床の化石の脳裏に、昔、高原俳句会の仲間たちと連れだって吟行のために野山を歩いた日々が甦って来たのであろう。

あの頃は楽しかったな。いい仲間たちと出会えて幸せだったな。自分がここまで来ることが出来たのも、みんな彼らのお蔭だ。そんな化石の呟きが聞こえて来るようだ。彼は、最後まで現役の俳人であったことがわかる。

化石の遺体は、霊安室に運ばれ、その後、通夜、告別式のために中央会館に運ばれた。

十日の朝、次の園内放送があった。

「自治会より会員の皆様にお知らせ致します。

村越化石様には病棟にて静養中のところ、三月八日午後六時二十四分にご逝去されました。告別式は、本日十時より中央会館にて執り行われます。会員の皆様にお知らせ申し上げるとともに、謹んで哀悼の意を表し、ご冥福をお祈り申し上げます。

尚、村越化石様には、享年九十一歳でした。自治会、高齢者会、静岡県人会、盲人会よりこの放送をもって各所属団体のお知らせにかえさせていただきます」

この日の朝、中央会館で福祉課の職員たちが、かいがいしく告別式の準備をした。十時から始まった告別式は、近親者のみで行われた。密葬は、化石の意思でもあった。

なみは合掌しながら心の中でつぶやいた。

「英ちゃん、あなたの大好きな故郷に帰ったら、両親の傍で永遠の眠りについて下さい。こんな私と一緒になってくれて、ありがとうございました。私は、英ちゃんの妻で幸せでした。俳句、頑張りましたね。英ちゃんの喜びは、私の喜びでもありました。今迄、本当にありがとうございました」

出棺は、十時四十分であった。化石の棺桶を乗せた車は、草津の西部火葬場へと向かった。職員と入園者の七、八名が後に続いた。職員と入園者たちの四十名ほどが野辺送りをした。職員たちの中に、長い間化石と関わった中沢幸子の姿もあった。合掌する彼女の小鹿のような大きな両目からは、大粒の涙がこぼれ落ちた。幸子は、心の中でつぶやいた。

「化石さん、色々ありがとうございました。職場で、あなたに逢うことが、私はとても楽しみでした。今度は、どんな作品が生れるのだろうか。いつしか私も俳句が大好きになっておりました。光泉寺に句碑が出来た時の御挨拶、立派でしたね。あの日は、私の晴れ舞台でもありました。感動の日々をありがとうございました。私は、あなたのことは忘れません。安らかに眠って下さい」

化石が遺骨になって戻って来たのは、十二時二十分であった。納骨堂に納骨を済ませた後、納骨堂の前で妙法会の僧侶が読経を上げ、火葬場に行った人たちが唱和した。

その日、葬儀委員長を務めた、若い時から化石と親交があり、高原俳句会で化石から俳句の指導を受けて来た入園者自治会長の藤田三四郎（八十八歳）は、

「化石さん、あなたは私たちの前を堂々と歩いて下さり、ありがとうございました。あなたの活躍で、私たちが、どんなに肩身が広くなったか、ただただ感謝しかありません。今度は、私たちが、あなたの切り開いた道を護って行きます。あなたが私に教えてくれた俳句も大切にします。どうか安らかに眠って下さい」

と、心の中でつぶやいた。そして、次の句を詠んだ。

化石恩師悲しみ包むぼたん雪

高原に、春の訪れを告げる使者のぼたん雪が降る日であった。遠くの山々が、点描画のように

キラキラと光り輝いていた。

エピローグ

私が、東京都東村山市にある国立ハンセン病資料館に向かったのは、平成三十年十一月四日のことであった。初冬の、どんよりとした曇り空の肌寒い日であった。

村越化石への旅の終わりは、ここが一番ふさわしいと思われたからだ。西武池袋線の清瀬駅南口からタクシーに乗ると五分ほどで着く。

玄関を入り、左手の受付で手続きを済ませ、長い廊下の先の左手にある階段を登ると、左手の展示室1「歴史展示」から始まり、展示室2「癩療養所」と続き、最後の展示室3「生き抜いた証」の終わりにハンセン病を代表する表現者四人の顔写真と遺品が展示されている。

北条民雄と明石海人と村越化石と大島青松園の詩人塔和子（昭和四年〜平成二十五年）の四人である。塔は、平成十二年に『記憶の川』で第二十九回高見順賞を受賞し、平成十六年から平成十八年にかけて『塔和子全詩集』（編集工房ノア）全三巻が出ている。

この四人の中で、一番精彩を放っているのが化石のように思えてならない。というのは、四人の顔写真の下に、彼が紫綬褒章を受章した時の賞状「褒章の記」が展示されているからだ。北条民雄も明石海人も、一瞬の光芒を放って消えて行ったが、化石は長く俳壇の檜舞台を堂々と歩き続けた人である。活躍した期間が長く、彼を越す人は誰もいない。

その下の透明なケースの中には、『句集 山國抄』と『句集 筒鳥』と化石自筆の短冊〈雪の界睡りも幸もゆっくり来 化石〉が並べられている。

その時、私の脳裏に一人の俳人の姿が甦っていた。化石の師匠の大野林火である。林火との出会いなくして、後の化石はなかったであろう。

非凡な化石の才能を見抜いた林火は、俳壇の檜舞台である『俳句』の編集長に就任すると、真っ先に彼を押し出した。そして主宰する『濱』と栗生楽泉園の機関誌『高原』の句を選び続け、昏い海を照らす灯台の燈のように化石の進む方向を照らし続けた。

また彼は、直接指導するために栗生楽泉園に三十回余も足を運んだ。ハンセン病の感染が恐れられ、またこの病気が忌み嫌われている時代であったから、誰にも出来ることではない。

そんな指導によって磨かれた化石の俳句の力が人々に感動を与え、読者の心を浄化し、彼に数々の栄誉を与えた。そしてついには紫綬褒章を受章するまでに至り、皇居で天皇に拝謁し、お言葉を賜った。プロローグでも触れたが、ハンセン病及び元ハンセン病の表現者で、このような栄誉を賜ったのは彼だけである。

この時、化石は、本名の英彦で臨んでいる。平成三年十一月十四日のことであるから、まだこの病気への差別偏見が色濃く残っていた時代である。俳句の力が、差別偏見に打ち勝ったのである。それを見て、勇気づけられた元ハンセン病者も多かったはずである。彼は、元ハンセン病者の心に長く巣食っていたバリアを取っ払い、療養所と社会に大きな橋を架けて見せたのである。続いて彼の足跡が認められて、草津の光泉寺の境内と故郷の玉露の里に句碑が建ち、夢でしかないと思っていた凱旋帰郷を果たすことが出来た。彼は、故郷の人々や生家の人たちに温かく迎えられた。

化石は、終生、大野林火の恩を忘れなかった。林火亡き後も、彼の声をテープレコーダーで聞き、反復した。林火に会いたくなると、昭和五十八年七月に草津周辺の林火を敬慕する仲間たちで建立した吾妻郡嬬恋村鎌原の林火の句碑を訪れ、偲んだ。一度は、彼の遺骨が分骨されて眠っている高野山まで仲間たちと供養に出かけた。林火死後、化石は句集が出版される度に林火の遺族に送っていたことは、栗生楽泉園の職員中沢幸子が証言している。

一方の林火には心配があった。特効薬が出来ると、それまで張りつめていたものが崩れてしまい、虚脱感に襲われて、俳句から離れてしまう可能性があることを危惧していたからだ。

しかし化石の場合は、その心配は杞憂だった。

ある日、化石は林火に力強く告げた。

「先生、我々が最後の癩者だと言う気持ちで詠みつづけます」

化石は、自分の原点を忘れずに生きて行こうとしている。化石のその気持ちを聞いて、林火は嬉しくてならなかった。

「そうだ。その心意気で頑張りなさい」

そして、さらに続けた。

「俳句は人と人の心を結ぶ素晴らしい文学です。いつの日かその力が故郷まで届き、大手を振って故郷に迎えられる日が必ずやって来ます。その日まで、頑張りなさい」

「はい先生」

二人の声が、静かな館内に響き渡る。その向こうで、美しい師弟の絆が燦然と輝いている。

寒餅や最後の癩の詩つよかれ
(『句集　獨眼』)

あとがき

最後までお読みくださいまして、誠にありがとうございました。

私が、村越化石の名前を初めて知ったのは、平成十二年の春にハンセン病の歌人、明石海人の生涯を掘り起こした『よみがえる〝万葉歌人〟明石海人』（新潮社）の発表直後のことであった。

ある新聞のコラムに、ハンセン病の文学者で有名なのは、作家の北条民雄と歌人の明石海人と俳人の村越化石の三人だと書かれていた。それを読んだ時、北条民雄と明石海人はすぐに納得したが、村越化石は間違いだと思った。私は明石海人を書いている時、膨大なハンセン病関係の資料を読んだが、俳人村越化石はどこにも出てこなかったのである（後で気づいたが、明石海人とは活躍する年代が全く違っていた）。

その後、化石の故郷岡部町の句碑建立の新聞記事を目にするようになったが、私は傍観者でしかなかった。話題になっているからといって物欲しげに近づくのは、私の性分ではない。それから少し経って、近くの出身なのだから、縁のある人かもしれないと思い、彼のことを調べてみた。大変魅力的な人で創作意欲をかきたてられたが、この頃の私には致命的な欠陥があった。それは、彼の句集を読んでみたが、少しも心に響いてこなかったのである。この頃の私には、俳句は無理であった。それから、既に俳句雑誌に発表された彼の小評伝が二、三あった。本格的な評伝は、おそらく彼らが書くに違いない。私の出番はなさそうだ。そう思った私は、彼の評伝に取り組むことは断念した。

ただ、この頃の資料を見て一つだけ疑問が残った。岡部町に化石の句碑が建ったのは、彼の弟子の働きかけがあったからだというが、いったい誰だろうか。

私が、再び化石の名前を思い出したのは、それから十数年後のことである。『知の巨人 評伝生田長江』と、前著の時には、また差別偏見の色濃く残っていて書けなかった遺族のことを書き入れたもう一冊の『幾世の底より 評伝・明石海人』を書き終えて、次は誰を書こうかと考えていた時、ふいに彼の名前が浮かんで来たのだった。

生田長江と明石海人と村越化石の三人を書けば、ハンセン病の文学者の評伝三部作になるのではないか。そんな思いも抱いた。

静岡県立中央図書館で彼の句集を再び開いた時、今度はスーッと心に沁みて来た。この時、シメタと思った。

私が、俳句が好きになったのには、二つの理由があると思う。一つは、私は、藤枝文学舎を育てる会から依頼されて、平成十五年四月十三日に藤枝市文化センターで講演をさせていただいたが、この時、ご縁が出来た俳人の小宮山遠氏や池谷晃氏からいただいた何冊もの句集を読んだ。面白かった。この時、俳句の魅力が少しわかって来たのだと思う。

それからもう一つは、私は、先の『よみがえる〝万葉歌人〟明石海人』が縁となって何人かの読者と文通を始めたが、その中に愛知県丹羽郡扶桑町の曽我大八氏がいて、彼は何年後かから俳句をやり始め、たちまち頭角を現し、あちこちの新聞に入選した掲載紙を送ってくれるようになった。それが何年も続くうちに、私はすっかり俳句の魅力に取りつかれてしまっていたのだと思う。

私が化石の評伝に取り組むのには、もう一つ大きな条件があった。それは、まだ誰も化石の本格的な評伝を発表していないということであった。これも調べると、まだなかった。この時、私は、化石の評伝を書こうと決心した。近くに住む物書きの責務なのだと思ったのである。

それから資料を集め始め、一年が過ぎてようやく目途がついた平成三十年の四月中旬に化石の甥の村越鉦吾氏に手紙を差しあげると、折り返し了承のご返事をいただき、この作品の一章へとつながって行くわけである。

この時、私は鉦吾氏のご子息と奥さんの、鉦吾氏の体を気遣う気配は強く感じたが、彼は毅然とした態度で、体調を崩されているようには見えなかった。短い時間であったが、私は、彼を通じて村越家の「血脈」のようなものは良く理解できた。

私は、この年の夏、栗生楽泉園に赴いたが、この時、『高原』を一冊いただいた。ここに、化石の弟子の三浦晴子さんの句誌『湧』に連載された「村越化石の一句」が転載されていた。『湧』に連載された他のものも読んでみたいと思ったが、この句誌が何処から出ているか知る術はなかった。おそらく東京だろうと思っていた。

それから二、三か月後、「静岡新聞」の「同人誌」のコーナーを何気なく見ていると、『湧』が出ていた。富士宮から出ていた。それなら、私が一週間に一回は通っている静岡県立中央図書館が持っているかも知れないと思い、調べると所蔵していた。

そんな訳で、『湧』のバックナンバーを夢中になって読んでいる時、『湧』平成三十年十月号の「湧玉集」の三浦晴子さんの次の句に目が止まった。

村越化石先生の生家当主村越鉦吾さん（七六歳）ご逝去
笑み給ふ露けき頬を掌につつみ

その瞬間、ガーンと頭を殴られたような気がした。あの時、あんなに元気そうに見えた人が、もうこの世の人ではないのだ。

ショックで何日も茫然としてしまったが、時間が経つにつれて気持ちが変わっていった。私は、名刺代わりに自著を二冊贈らせていただいたが、受け取る時の彼は、本当に嬉しそうな顔をされた。化石の評伝を完成させることが、彼への一番の供養になるはずだ。そう思った私は、また化石の世界に戻っていった。

この年の暮れ、鉦吾氏の奥さんの博子さんからお手紙をいただき、彼が八月に亡くなられこと、最後は眠るように穏やかな表情で逝かれたと教えられた。彼は、化石さん、化石さん、と口癖のように言われていたという。化石を誇りに思っていたのだ。

彼の化石のために果たした役割は大きかった。そんな彼のもとに、平成二十六年三月十日の化石の告別式のあった日に栗生楽泉園の職員から届いた化石の訃報の衝撃は大きかった。というのは、この年の夏に再び家族で化石のもとを訪ねる計画を立てていたからである。

しかし彼は悲しみに浸っている訳にはいかなかった。化石との約束を果たすべく、すぐに三浦晴子夫妻と連絡を取り合い、十二日の早朝、化石の遺骨の分骨をするため、三人で栗生楽泉園に向かった。そして四月十九日には、自宅に三浦晴子夫妻をはじめ、親戚の人たちを招いて化石の四十九日の法要を営み、納骨の後、三浦晴子を通じて届いた「私等は、このまま何もできずに化石先生とお別れしなければならないと思うと、どうしてもやりきれないですよ。せめて、何か化石先生のためにさせてもらえることはないものでしょうか」という山本庄吾の思いに応えて、「ファミリー民宿朝比奈」に親族や元岡部町町長の井田久義をはじめとする化石縁の人たちを招いて、総勢四十名で「化石先生を偲ぶ会」を開催していた。

そんな彼のもとに、近くに住む物書きから化石の評伝を書かせて欲しいという手紙が届いた。その時病床にあり、死へのカウントダウンが始まっていた彼は、これは自分の最後の仕事だと思ったに違いない。あの時、体調の悪いのを隠して応じて下さった彼は、村越家の家長としての務めを立派に果たされたのだと思った。化石のために、命を懸けて応対して下さったのだ。

私も、この作品に命を懸けよう。そう強く思ったものだった。この本が出来たら、私は村越家に赴き、仏壇の前で、この本を掲げ、鉦吾氏に一番に報告させていただこうと思う。彼が、この本が出るのを一番待ち望んでくれていると思うからだ。私は、胸を張って報告させていただく。約束は果たしましたよ。ありがとうございました、と。

この作品は、群馬県立図書館の全面的な協力なしには成立しなかった。また静岡県立中央図書館や藤枝市文学館を初め、多くの図書館や文学館にもお世話になった。感謝の気持ちでいっぱいである。

それから栗生楽泉園の職員の小林綾さんにも、大変お世話になった。数回に亘って様々な質問をさせていただいたが、彼女があちこち問い合わせて教えて下さった。

資料では、三浦晴子さんが句誌『湧』に連載された「村越化石の一句」は、とても貴重で化石について多くのことを教えられた。彼女の作品に出て来る会話は、私のこの作品にも、何ヵ所も引用させていただいた。そのことをここに明記しておきたい。感謝の気持ちでいっぱいである。化石の幸せを思わざるを得ない。

最後に、化石の妻のなみさんについて触れさせていただく。彼女は、令和元年六月二十九日に亡くなられた。享年九十九。最後は、とても静かで眠るようであったという。

私は、化石存命中の『高原』の巻末に掲載された「自治会」に関する総ての記事に目を通したが、なみさんの関係の方がコンスタントに訪れていることが確認できた。その度に、関係者が寄付をしていたのである。

当時、ハンセン病になると、親戚や友人から縁を切られてしまう人が多かった。化石も幸せな人であったが、なみさんもとても幸せな人だなあ、と心から思ったものだった。

また令和二年三月十五日には、化石の葬儀委員長であった藤田三四郎さんも亡くなられた。享年九十四。心からのご冥福を祈らせていただく。

まるで藤田さんの死を追うかのように、栗生楽泉園の機関誌『高原』はこの年十二月に発行の通巻八二一号で終刊した。

この作品で、私のハンセン病文学者の評伝三部作は終了する。人間は、どんな逆境に陥っても、必ずどこかに光が射す場所があるはずだ。必ず協力者が現れる。彼らの生涯から、そのことを学んでいただけたら、作者としてこんなに嬉しいことはありません。

私は、デビュー作の時から、自分が書きたい作品を書き、出来た時点で出版社に打診するという姿勢を貫いている。今回も、令和三年の初めから売り込みを始めたが、まともに相手をしてくれる出版社は一社もなかった。ある出版社の社長は、「いったい誰が買ってくれるのですか？売れそうもないと判断されたら、置いてくれない書店もあるのですよ」と言われた。

こんな凄い人を無視する出版界の方がおかしい。そう思って頑張ったが、断られ続けて心が折れそうになった時、私の脳裏にハンセン病者の守護神のような一人の人物の顔が浮かんだ。世界のハンセン病をほぼ制圧に導かれた、日本財団会長で、WHOハンセン病制圧大使で日本政府ハンセン病人権啓発大使の笹川陽平氏である。彼ならわかってくれるはずだ。そう思った私は、思い切ってお手紙を差し上げると、折り返し彼の秘書から電話が入り、工作舎を紹介されて今回の出版に至った訳である。ただただ感謝の気持ちでいっぱいである。

編集は、米澤敬氏にお世話になった。私は、今まで三人の編集者と仕事をしているが、三人とも編集の腕は一流であった。米澤氏は、彼らに勝るとも劣らない方で、また笹川氏の『地球を駆ける 世界のハンセン病の現場から』や『ハンセン病 日本と世界』等を編集された方でもあったので、ハンセン病の世界にも詳しく、この本の編集者としては最適任者であった。彼とのご縁を結んで下さった笹川氏にも改めて感謝いたしたい。

化石は、令和四年の末から五年にかけて生誕百年を迎える。私のこの作品が、化石再評価の起爆剤になることを願ってやまない。

それでは読者の皆さん、またお会いしましょう。

荒波力

令和四年十月二十三日

村越化石（英彦）年譜

＊印……化石の随筆及び評論

●大正十一（一九二二）年

十二月十七日、静岡県志太郡朝比奈村新舟（現・藤枝市岡部町新舟）に父・村越鑑雄、母・起里の長男（本名・英彦）として生まれる。村越家は、代々庄屋の家柄。父の鑑雄は人格者で、後、村会議員を二期務めている。起里は、焼津の裕福な中野家から嫁いできた。姉・久子がいる。

●昭和四（一九二九）年……七歳

四月五日、朝比奈尋常高等小学校（現・朝比奈第一小学校）入学。勉強が大好きで、文学方面や植物にも興味を持っていた。その頃はわからなかったが、後で振り返ると、七、八歳の頃ハンセン病（当時は癩病）を発病していた。手首の部分に麻痺があった。

●昭和十年（一九三五）年……十三歳

三月二十八日、朝比奈尋常高等小学校の尋常科卒業。

四月、志太中学（現・藤枝東高等学校）入学。片道一時間ほどの自転車通学であったが、手が悴み、そのために怪我をしたこともある。三年の頃から手指に力がなくなり、体操、教練の時間が哀しかった。一度大阪の病院に連れて行かれたが、親から何の病気か知らされず、ただ薬を飲まされていた。

●昭和十三（一九三八）年……十六歳

四月、志太中学四年の一学期の身体検査の時、ハンセン病に罹患していることが発覚して退学させられる。この頃、無らい県運動の嵐が全国各地に吹き荒れていた。家を離れることを拒否する彼に、母親は、それなら自分と一緒に死んでくれるかと言う。母親に伴われて地元の産土神（六社神社）に詣でてから東京の滝野川中里の病人宿に向かう。ここで、大風子油の注射治療。この頃、宿の主人や仲間から俳句の手ほどきを受ける。病人宿も、医師法違反ということで取り締まりが厳しくなり、英彦のいた病人宿も中里から日暮里に移る。また戦時色が濃くなり、砂糖も米も配給になったので次第にここにもいられなくなる。

●昭和十五年（一九四〇）年……………………十八歳

七月上旬、宿の主人の紹介で、群馬県の草津温泉・湯之沢の津久井館に移動する。点灸治療を一か月やったが耐えられず辞め、コンウォール・リーが創設したバルナバ病院に通い、大風子油の注射を受ける。湯之沢の白旗神社の夏祭り（七月十七、十八日）に俳句募集があり、これに〈雲海に大気養ふ登山かな〉を応募すると「天位」に入選し、「天才俳句少年現る」などと一躍注目される。俳句仲間と知り合い、湯之沢にあった「若葉会」や「高原俳句会」に属し、同病の俳人、浅香甲陽を知る。十二月二十四日、「読売新聞・群馬版」群馬歌壇・俳壇二句。（月毎に選者とテーマが代わり、翌月初めに月毎の天・地・人の課題入選者の発表があった。昭和十八年十二月二十四日まで、二十七回二十八句。月課題の入選句は四句（「天」一句、「人」一句、「佳作」二句）。合計三十二句が掲載された）。

●昭和十六（一九四一）年……………………十九歳

一、二月頃、一か月ほど帰郷して今後のことを家族と相談。ちょうど姉に結婚話が持ち上がっており、家は姉が継ぎ化石は栗生楽泉園に入ることが決まる。十一月、湯之沢の津久井館で出会った二歳年上の埼玉出身の同病のなみと結婚。十二月二十日、妻のなみと国立らい療養所栗生楽泉園に赴き自由地区に自費で建てた一軒家（千五百円位）に住む。

●昭和十七（一九四二）年……………………二十歳

園の「栗の花句会」に所属し、先輩の俳人、浅香甲陽と親交を結び影響を受ける。七月、『若葉』（富安風生選。以下同じ）雑詠二句（『若葉』には、昭和二十一年四、五月合併号まで二十七回、二十八句が掲載された）。十月、『鴫野』（「ホトトギス」同人、本田一杉の主宰する救癩俳句誌）雑詠一句（化石の句は昭和二十四年十月の最終号までに八十九句が掲載された）。

●昭和十九（一九四四）年……………………二十二歳

六月二十八日、前田普羅、慰問のため来園。歓迎俳句会開催。

●昭和二十（一九四五）年……二十三歳

五月、『ホトトギス』雑詠一句（後、二回、二句掲載される）。八月十五日、敗戦をラジオで知る。この頃、浅香甲陽から菊鉢を一鉢貰い菊作りを始める。

●昭和二十一（一九四六）年……二十四歳

一月六日、朝比奈村郵便局長であった父・鑑雄逝去（病死）。享年四十六。十二月、『高原』（楽泉園文芸総合誌）創刊（俳句欄の選者は前田普羅）、俳句雑詠三句。「前田普羅先生歓迎会雑詠」特選二句。

●昭和二十二（一九四七）年……二十五歳

六月、『高原』雑詠一句（この回から選者は本田一杉）。九月、下旬、本田一杉来園して俳句講話。化石が差し出した甲陽のノートに、「肉眼はものを見る／心眼は仏を見る／俳句は心眼あるところに生ず」と揮毫する。これは、以後の化石の指針ともなる。

●昭和二十三（一九四八）年……二十六歳

十二月、栗生楽泉園でプロミン治療始まる。

●昭和二十四（一九四九）年……二十七歳

二月、十四日、同病の俳句の先輩、浅香甲陽逝去。享年四十二。遺言で化石に句集『白夢』の刊行を頼む。この年の春、大野林火の句集『冬雁』を栗生楽泉園の図書館で読み感動する。六月、『濱』雑詠二句（大野林火主宰の句誌『濱』に境遇を隠したまま投句）。十八日、本田一杉死去、享年五十五（『高原』の俳句の選者は十二月に出た十一・十二月号より中村汀女となる）。この頃、『濱』を通じて草津町湯畑近くで時計商をしていた中沢文次郎と友達になる。

●昭和二十五（一九五〇）年……二十八歳

この年、化石が選挙で高原俳句会の会長に選ばれる（その後は、選挙または話し合いで交代）。七月、栗生楽泉園での将棋のチャンピオン第一期天狗名人位を化石が獲得。十月、中村汀女が『高原』の俳句の選を十二月二十五日発行のものから降りてしまったので、大野林火に境遇を打ち明けて、栗生楽泉園高原俳句会の指導を依頼する手紙を書く。大野は快諾。化石が編集に尽力した浅香甲陽著『白夢』（文芸部）刊行される。化石は「後記」を書く。

●**昭和二十六（一九五一）年**……………**二十九歳**

二月、『高原』（早春号）より大野林火の選が始まる。十二月雑詠三句。一月雑詠六句（『濱』一月号より転載二句）。四月二十八、九日、大野林火来園（受講者五十余名）。林火はこの後も、俳句指導に平均して一年に一回は訪れている。十月『濱』雑詠五句。〈炎天にかざす癩の手皺増えぬ〉他で雑詠巻頭を獲得。十一月、『濱』雑詠五句。〈生き堪えて七夕の文字太く書く〉他で雑詠巻頭を連続して獲得。高原俳句会では祝賀会を開催。

●**昭和二十七（一九五二）年**……………**三十歳**

一月、『濱』第五回濱賞（昭和二十六年度）受賞、「癩*園の正月」。中沢文次郎らを招いて祝賀会開催。七月、『俳句』大野林火「現代俳句鑑賞」で高原俳句会を取り上げる（化石三句）。この年の秋、母面会に訪れる。十月、この頃、らい予防法改正闘争始まる。

●**昭和二十八（一九五三）年**……………**三十一歳**

二月、『濱』「癩*園と俳句」。四月、「濱」同人に推される。二十五日、栗生親善団の一員として初めて多磨全生園を訪れ、芽生句会と交流する。六月十一日、らい予防法闘争が広がる最中、化石も「栗生文芸部 村越化石」の名で各療養所に檄文を送る。八月六日、らい予防法（新法）制定、隔離政策が踏襲され、九項目の付帯決議が付く。九月、『高原』（九月号）「ライ*予防法改正運動の過程から・運動から得たもの」。十一月、『俳句』の編集長に就任した林火からの依頼で「夜の端居」十五句が掲載される（以後もコツコツと掲載される）。

●**昭和二十九（一九五四）年**……………**三十二歳**

この年の夏、母が面会に訪れ十日ほど泊まる。

●**昭和三十（一九五五）年**……………**三十三歳**

三月、『俳句』化石・山本よ志朗・白井春星子が編集した「癩園俳句集」（化石六十句収録）。六月、この頃、化石、左眼の視力喪失。十二月、高原俳句会合同句集『火山翳』刊行。

●**昭和三十一（一九五六）年**……………**三十四歳**

二月七日、大野林火、近藤書店主が来園し『火山翳』

出版記念会。二十五日、『火山翳』を読んで感動した楠本憲吉来園。三月、『文藝春秋』「俳句」欄で『火山翳』が取り上げられる（無著名の筆者は山本健吉）。四月、『濱』楠本憲吉「『火山翳』頌」。五月、三、四、五日、草津町で「濱」鍛錬会が開催され、高原俳句会も作品参加。化石は鍛錬会賞。〈早蕨の頭青く崖の瘠せにけり〉他三句。松崎鉄之介、田中灯京ら「濱」関係者多く楽泉園を訪れる。林火は五日に来園。八月、『濱』「*山間にて―俳句随筆―」。九月、『俳句』「*書架新彩・青松園火星句会作品集『火星人』」。

●昭和三十二（一九五七）年……三十五歳

二月、『濱』「*ダルマと雪」。八月、『高原』に筆名、村・かせきで「*H氏病と看護婦」。十月、『高原』「*楽泉園と林火俳句」。

●昭和三十三（一九五八）年……三十六歳

六月十一日、山本健吉、教養講座の講師として来園「芭蕉について」。この時化石が、「境涯を凝視して来た我々の俳句に新しみを加えるためには何を対象にしたらいいか」と問うと、山本は、「此処の自然を詠いなさい。季節季節の花も咲くでしょう」と答えている。秋、母面会にやって来る。母の急な衰えを感じる。九月九日、第四回「角川俳句賞」受賞。十月、『俳句』第四回角川賞発表。「山間―受賞作品―村越化石」、「受賞の言葉」、「選考経過」、「選者評」。「後記」で角川俳句賞を受賞した化石に触れる。三十日、楽泉園の大谷光明寮で化石の角川俳句賞受賞の祝賀会、林火講演。十一月、『俳句』「いわし雲　角川賞受賞第一作」三十句。十二月、『俳句研究』「住み別る」二十句と感想（以後もコツコツと掲載される）。

●昭和三十四（一九五九）年……三十七歳

一月、『高原』「村越化石角川俳句賞受賞記念」、大野林火「受賞祝賀会記念講演」、村越化石「山間」五十句、羽賀義雄「化石氏の受賞を祝う」、大和白玲「受賞祝賀会記」、山本よ志朗他五名「『山間』鑑賞」。二月、『濱』「*噴煙の下で」。十月、『濱』「*癩俳人の先達たち」。三十一日から十一月三日まで菊花展、化石、草津商工会長賞と優等を受賞。十二月、第三十三年度現代俳句協会新会員に推される。

●昭和三十五（一九六〇）年……三十八歳

二月、『濱』大野林火「作家と『場』（一）村越化石（一）」。三月、『濱』大野林火「作家と『場』（二）村越化石（二）」。十一月一日から三日まで第十二回菊花大会、秋楽会賞。

●昭和三十六（一九六一）年……三十九歳

八月、『濱』「*山中雑記」。十二月、俳人協会会員に推される。

●昭和三十七（一九六二）年……四十歳

一月、『高原』「*ある年賀状」。六月一日、初めての句集刊行準備中に故郷の母脳溢血で逝去。享年六十四。化石は友人たちを自宅に招き法要を行う。七月、『俳句』佐藤鬼房、化石、赤尾兜子「現代俳句合評」（『俳句』八、九月号の同メンバーの合評にも参加）。八月、『濱』「二百号記念コンクール・発行所賞」三十句、「*私の吟行地・泉への道」。『村越化石句集　獨眼』（琅玕洞）刊行。母への献辞を付す。十月九日、「読売新聞」（夕刊）「手帳欄・ライ作家化石の句集『独眼』」。二十八日、「上毛新聞」市川為雄「村越化石句集『独眼』を読んで」。十一月、『俳句』中野菊夫「『独眼』論―村越化石句集」。十二月、『俳句研究年鑑』「作家のこの一年・自選句二十句と加倉井秋をの感想」。第二回俳人協会賞は西東三鬼に決まったが、化石（『句集　獨眼』）も候補に入る。

●昭和三十八（一九六三）年……四十一歳

五月、『俳句』「続　現代俳句の百人」に化石が入り一句掲載。十二日、化石の『獨眼』を読んで感動した綱島竹生（真理運動東京同信会常務理事）が化石を訪問（この日は母の日で、以後毎年母の日に慰問する）。十月、『濱』「*回想」。十二月、第三回俳人協会賞で「『句集　獨眼』及び最近作」が候補となる。

●昭和三十九（一九六四）年……四十二歳

三月、『濱』「*自分の俳句に加えたいと希求しているもの・生きるよろこび」。四月、『濱』「*雪解前」。七月、『高原』「*俳句会の誕生から現在まで」。八月、『俳句研究』「*草津ライ園の俳句」。十月、『俳句』「*角川賞受賞作家　特集あの頃この頃・私の歩み」。十一月、『高原』「*秋楽会十六年」。三日、文化祭入賞、菊花の部

「小渕賞」。

●**昭和四十（一九六五）年**……………………**四十三歳**

二月、『濱』「林火先生の水の句*」。五月、高原俳句会合同第二句集『雪割』（大野林火編集）刊行。七月三十一日から八月三日まで、療研第四回全国委員会が栗生楽泉園で開催され、療研の委員であった化石も意見発表をする。十月二日から五日まで、駿河療養所への駿河親善交流に夫妻で参加し、二十五年ぶりに故郷を見る（実家には寄らず）。三十一から十一月三日まで、文化祭展示会・菊花展の部、「群馬県知事賞」。

●**昭和四十一（一九六六）年**……………………**四十四歳**

二月、『高原』「大野林火句集『雪華』*」。三月、『濱』「俳句と伝統*」。五月、『俳句』現代新人自選五十人集「来世は馬とならむ」。五十句。七月、『濱』「山中独語*」。十九日、大野林火を迎え合同句集『雪割』出版祝賀会。

●**昭和四十三（一九六八）年**……………………**四十六歳**

二月、入園者自治会・副会長兼庶務委員就任（一年間）。病者たちの年金問題に力を入れる。四月、群馬県俳句作家協会理事に推される。十二月一日、第四回濱同人賞（化石に）決定。九日、「毎日新聞」大野林火「私の選んだ今年の秀句」に〈闘うて鷹がえぐりし深雪なり〉が入る。

●**昭和四十四（一九六九）年**……………………**四十七歳**

一月、『濱』「第四回濱同人賞、化石十五句、受賞の言葉、略歴、浜同人賞折衝経過」。四月、『高原』「『せんせん集』を読む*」「羽山明さん*」。五月、ヘルペス角膜炎で病室に移る。七月二十九日、大野林火来園。教養講座「縋る、求める心」。化石は病室より参加する。秋、病室を出る。暮れに再び目を病み病棟に入る。

●**昭和四十五（一九七〇）年**……………………**四十八歳**

四月、多磨全生園に一時移転して治療。妻のなみも同行。六月、この頃、多磨全生園に入院中の化石は、大野林火と中戸川朝人と中沢文次郎の見舞いを受け

対談収録。九月、『濱』大野林火、村越化石、中沢文次郎「対談三百号史（第九回）」。化石、十一月の末、帰園。両眼失明する。

●昭和四十六（一九七一）年……四十九歳

化石の『句集 獨眼』を通じて縁が出来た東京神田同信会の石黒さと逝去。彼女の遺言で、遺産一千万円余が実弟渡辺隆より寄贈される。中央公会堂の改修が迫られていたので、これを改修して石黒会館とする。また寄贈金の一部を文化活動費として組み入れ年次使用した。

●昭和四十七（一九七二）年……五十歳

この年の夏、姉（久子）の訪問があった。十月、『高原』「『母の日』*の来客」（石黒さとの追悼文）。

●昭和四十八（一九七三）年……五十一歳

この年、俳人協会から高原俳句会が老人福祉施設俳句会に指定され、化石がその講師に委嘱され、指導を行い毎月句会報を送る。

●昭和四十九（一九七四）年……五十二歳

八月、『句集 山國抄』（濱発行所）刊行（発売と同時に売り切れ。再版も好調）。二十五日、大野林火、岡田鉄を迎えて出版記念会を石黒会館で開催。五十人が出席。この時、大野から〈僧のごと端坐涼しく盲化石〉の句を贈られる。九月、『俳句研究』「特集・大野林火」「『白幡南町』*の秀句」。十二月七日、第十四回俳人協会賞受賞。二十九日、「毎日新聞」大野林火「私が選んだ今年の秀句」に〈路傍仏人も着ぶくれ来る日向〉が入る。

●昭和五十（一九七五）年……五十三歳

二月、『俳句』第十四回俳人協会賞決定発表、『山國抄』より五十句、受賞感想、略歴。林翔「選考経過」。平畑静塔「称賛『山国抄』」。『俳句とエッセイ』二月号、第十四回俳人協会賞受賞発表、句集『山國抄』より二十五句、受賞感想、略歴。松崎鉄之介「『化石』浄土」。二十五日、楽泉園・石黒会館で俳人協会受賞祝賀会開催。三月、『俳句研究』「第十四回俳人協会賞・決定発表。林翔「選考経過報告」、受賞作『山國抄』作品抄五十句、受賞の感想、略年歴。六月二

日、「濱」同人で高野山南院の内海世潮、弘喜夫妻に招かれて高原俳句会一行十一名、高野山への旅に出る（三泊四日）。この時、関西方面の「濱」の会員と交流。帰途、飛鳥、大和路を車で辿る。九月、『高原』「*高野山の旅 師の句碑」。十月、この頃、『濱』を投じて小県郡（現上田市丸子町）の俳人竹中龍青と交際が始まる。十二月二十八日、「毎日新聞」大野林火選「私が選んだ今年の秀句」に〈土橋一つ渡る春来てゐたりしよ〉が入る。

●昭和五十一（一九七六）年……五十四歳

四月、『濱』「*わが三十代・径通ず」。五月、高原俳句会第三合同句集『一代畑』（大野林火編集）刊行。八月、『濱』「雨垂れ石」九句。『報恩』大野林火が「松虫草 私の俳句歳時記・八月」で、化石のことを書く。二十六日、大野林火ほか二名、『句集一代畑』出版記念会のために来園、記念講話。十月、『濱』化石の「雨垂れ石」に衝撃を受けた林火が、「私の俳句歳時記―松虫草」で『報恩』に発表したものを書き直して発表。秋、竹中龍青の案内で高原俳句会は信州修那羅へ吟行の旅（以後、彼の案内で二十数回続く）。

十二月十八日、「毎日新聞」大野林火「私が選んだ今年の秀句」に〈天が下雨垂れ石の涼しけれ〉が入る。

●昭和五十二（一九七七）年……五十五歳

六月二十五日、藤楓協会創立二十五周年記念式典「ハンセン氏病を正しく理解する集い」が明治神宮会館で開催され、小林園長他化石を含む在園者二十名も列席。阿部名誉園長らと共に大野林火も表彰される。十月、『高原』「*林火先生と楽泉園」。

●昭和五十三（一九七八）年……五十六歳

十二月十六日、「毎日新聞」飯田龍太「私が選んだ今年の秀句」に〈月帰る西に親しさ冬隣〉が入る。

●昭和五十四（一九七九）年……五十七歳

二月、『自註現代俳句シリーズ・二期38村越化石集』（俳人協会）刊行。

●昭和五十六（一九八一）年……五十九歳

六月、『濱』「*山本よ志朗さんを偲んで」。八月三十日、大野林火、松崎鉄之助、岡田鉄と共に最後の来園。「俳句のこころ」を講話。

●昭和五十七（一九八二）年……六十歳

四月、『濱』「*推敲ということ」。六月、『句集 端坐』（濱発行所）刊行。八月二十一日、大野林火逝去。享年七十八。この夜、通夜。二十二日密葬。化石は柩の中に〈これからの長夜無明の身の置き処〉を入れてもらう（大野の死後、『濱』と『高原』の選者は弟子の松崎鉄之助が継承する）。九月二日、俳句文学館において俳人協会と「濱」俳句会の合同による林火の告別式。十月六日、石黒会館にて高原俳句会・大野林火追悼句会開催。十一月、『俳句』大野林火追悼特集「*病者への愛と献身」。『俳句とエッセイ』「雲明り」十二句。十二月、『高原』「*大野林火先生に捧ぐ」。

●昭和五十八（一九八三）年……六十一歳

一月、『濱』大野林火特集号「*草津訪問とその作品―句集『白幡南町』『雪華』の時代」。五月、第十七回蛇笏賞受賞。七月、『俳句』第十七回蛇笏賞発表、村越化石『端坐』抄五十句、受賞のことば、沢木欣一他「蛇笏賞選後感想」。七日、盲人会主催で化石蛇笏賞受賞の祝賀会。園長、自治会長を初め、盲人会の会員が多数出席。二十四日、鎌原の大野林火句碑除幕式、高原俳句会会員の他、松崎鉄之介、大野登志子、大野玲子、「濱」同人十四名出席。

●昭和五十九（一九八四）年……六十二歳

一月、『高嶺』（第一一六号）「*わが俳句―蛇笏賞を受賞して―」。五月十日、栗生楽泉園の盲人会の役員・参与に就任。八月、静岡市に住む三浦晴子が、両親と共に楽泉園の化石の許を訪れる。その姿に接した晴子は、化石の弟子になることを決意し、『濱』に入会する。

●昭和六十一（一九八六）年……六十四歳

五月、『高嶺』（第一二三号）四句。「*甲陽らの思い出」。六月、『濱』「*天野武雄氏を悼む」。二日から五日まで、高原俳句会十八名・再び林火の供養に高野山への旅。四十五年住んだ一般舎の独立家屋から不自由者センターの新棟に移る。

●**昭和六十二（一九八七）年……六十五歳**

秋、俳人の矢島渚男が竹中龍青に案内されて栗生楽泉園を初訪問。十二月二十八日、「毎日新聞」松崎鉄之介「私が選んだ今年の秀句」に〈山眠り火種のごとく妻が居り〉が入る。

●**昭和六十三（一九八八）年……六十六歳**

五月、『句集 筒鳥』（濱発行所）刊行。八月、『俳句』*「大特集山本健吉の世界・青葉に憶う」。九月、『俳句』*「大特集現代花の俳句歳時記・わが花の句」。十一月三日、NHKラジオ・生きるあかしをもとめて「ある俳人村越化石の日々」放送。十二日、福祉会館に於いて化石『筒鳥』、上山茂子『父似』、後藤一朗『雪間』の合同出版記念会を松崎鉄之介他を招いて開催。四十数名参加。十二月、『俳句年鑑』上田五千石選「88秀句百句選」に〈あたたかく声に覚えのありて会ふ〉が入る。

●**昭和六十四・平成元（一九八九）年……六十七歳**

三月、高原俳句会第四合同句集『花鳥山水譜』刊行。十四日、第四回詩歌文学館賞受賞。六月、『すばる』に化石の「受賞のことば」と選考委員代表、野澤節子の選評掲載。九月、『俳句』*「俳号の由来と思い出・暗さを越えて」。十月、『俳句』*「角川春樹句集『花咲爺』の一句」。十一月十八日、「濱」主宰の松崎鉄之介や同人・誌友十六名を迎えて合同句集『花鳥山水譜』出版記念祝賀会。十二月、『俳句年鑑』後藤比奈夫選「89秀句百句選」に〈朝からの雪解雫の翌檜〉が入る。二十三日、「毎日新聞」松崎鉄之介「私の選んだ今年の秀句」に〈手も足も杖もねむたし鳥ぐもり〉が入る。

●**平成二（一九九〇）年……六十八歳**

九月二十二日、第二十七回点字毎日文化賞受賞。十月十七日、群馬県社会福祉協議会会長賞受賞の伝達式。十九日、点字毎日文化賞の関係者が栗生楽泉園を訪れ、栗生会館で授賞式が開催された。二十九日、盲人会主催で、小林名誉会長の保健文化賞と化石の受賞祝賀会を開催。十一月三日、「毎日新聞」*「私の俳句作法①」。十日、同紙*「私の俳句作法②」。十七日、同紙*「私の俳句作法③」、二十四日、同紙*「私の俳句作法④」。

●平成三（一九九一）年……六十九歳

二月二十二日、「朝日新聞」（夕刊）「雪解風」七句。十一月二日、化石の紫綬褒章受章が全国各紙で報道される。十四日、紫綬褒章受章。他の受賞は、総て代理にお願いしているが、この時は自分が出席。神田の如水会館で褒章伝達式、その後皇居の豊明殿で天皇陛下に拝謁、お言葉を賜る。二十五日、化石紫綬褒章受章祝賀会を栗生楽泉園自治会主催で開催。十二月十二日、福祉会館に於いて園内文芸団体役員主宰で紫綬褒章受章記念祝賀会を開催。五十名参加。『俳句年鑑』森田峠選「91秀句百句選」に〈大寒の生きては塵芥を出しにけり〉が入る。二十一日、「毎日新聞」村沢夏風「私の選んだ今年の秀句」に〈全山の枯れて一人の歩みなる〉が入る。

●平成四（一九九二）年……七十歳

一月二十八日、盲人会主催、紫綬褒章・県文学賞・濱賞受賞記念祝賀会に出席。十月二十三日、栗生楽泉園創立六十周年記念式典で、松崎鉄之介に感謝状、化石に表彰状が贈られた。十二月、『俳句年鑑』星野麥丘人選「92秀句百句選」に〈今日会ひて今日去る人と春惜む〉が入る。『句集 石と杖』（濱発行所）刊行。

●平成五（一九九三）年……七十一歳

三月二十三日、松崎鉄之介ほか十八名来園。化石『石と杖』出版記念会に出席。三十日、俳人協会群馬県支部の顧問に就任。五月、この頃三浦晴子は岡部町に移り住む。やがて化石の生家の人たちと交流を始める。十二月、『俳句年鑑』石田勝彦選「93秀句百句選」に〈土恋し恋しと歩く影法師〉が入る。

●平成六（一九九四）年……七十二歳

六月、高松宮記念ハンセン病資料館（現・国立ハンセン病資料館）が多磨全生園に竣工され、文芸コーナーに化石の資料数点が展示される。八月、『高原』「師*恩尽きず—大野林火先生十三回忌」。十一月十九日、「東京・中日新聞」（夕刊）後藤喜一「土曜訪問 心眼で詠む／俳人村越化石さん」。十二月、『俳句年鑑』林翔選「94秀句百句選」に〈坂下る杖にも秋意おのづから〉が入る。二十四日、「毎日新聞」鷲谷七菜子「私が選んだ今年の秀句」に〈永き日のうしろへ道の伸びてをり〉が入る。

●平成七（一九九五）年……七十三歳

八月十七日、英字新聞ジャパンタイムスで化石の〈どこ見ても青嶺来世は馬とならむ〉が紹介される。十二月、『俳句年鑑』福田甲子雄選「95秀句百句選」に〈春寒く寝耳に水の事ばかり〉が入る。

●平成八（一九九六）年……七十四歳

三月二十七日、らい予防法廃止。九月十五日、「朝日新聞・群馬版」「難病との闘い、俳句が支えに 草津町の村越化石さん／群馬」。十二月、『俳句年鑑』上田五千石選「96秀句百句選」に〈道伴れをいつか失ふ鳥ぐもり〉が入る。二十二日、「毎日新聞」大峯あきら選「私が選んだ今年の秀句」に〈こぼしつつ運びてゆくよ春の土〉が入る。

●平成九（一九九七）年……七十五歳

四月四日、「上毛新聞」林桂「視点オピニオン欄21 心眼明眸の俳人、村越化石氏」。平成九年度盲人会役員の参与になる。七月『小説新潮』「筒鳥」七句。『句集 八十八夜』（近代文芸社）刊行。十月十五日、「信濃毎日新聞」村上護「けさの一句」（平成二十四年三月十六日まで、全部で九回掲載される）。

●平成十（一九九八）年……七十六歳

六月、『俳句』「特集蛇笏賞と私・霞立つ」十二句。「蛇笏賞以後自選三十句抄＋エ*ッセイ」。

●平成十二（二〇〇〇）年……七十八歳

一月、『俳句年鑑』広瀬直人選「99年一〇〇句選」に〈湯どころに吊橋かかり猫の恋〉入る。二月、この頃、三浦晴子は岡部町の生活を切り上げて静岡市に移り住む。六月十八日、午後七時半よりNHKラジオ「視覚障碍者のみなさんへ」で「私の歩んだ道・俳句に託した人生」放送される。十月十五日十一時十分より村越化石句碑〈松虫草今生や師と吹かれゆく〉が草津光泉園の境内に建立され開眼除幕式が行われる。その後、草津ハイランドホテルにて祝賀会。

●平成十三（二〇〇一）年……七十九歳

五月十一日、熊本地裁で、遅くとも一九六〇年以降のらい予防法の隔離政策の違法性が指摘された判決が出る。やがて小泉純一郎首相は上告を断念。国の敗訴が確定する。八月、この頃、三浦晴子は高校時代の旧友佐原愛子夫妻の訪問を受ける。晴子が、岡部町に化石の句碑建立の夢を話すと、岡部町の井田町長と友人の愛子の県会議員の夫は、井田町長にその思いを伝える。町長は、晴子に会うことを希望し、晴子は化石の句集を携えて岡部町役場に赴き、化石の業績や句碑建立の思いを伝える。十一月三十日、岡部町の井田町長と榊原教育長は、連れ立って化石のもとを訪れ、化石の句碑を建立する計画を伝える。十二月十六日、「毎日新聞」大石悦子「私が選んだ今年の秀句」に〈手の届く柿の一つを祝福す〉が入る。

●平成十四（二〇〇二）年……………八十歳

十一月十四日、午後四時二十分、化石を乗せたワゴン車が、岡部町役場に到着。ここで関係者による歓迎会に出席。井田町長から特別功労を受ける。その後、実家に向かう。新舟の人たちから歓迎を受ける。十五日、化石の句碑〈望郷の目覚む八十八夜かな〉が故郷の生家近くの玉露の里に建立され、十一時より除幕式。出席者は三百余名。この除幕式に化石も出席して挨拶。十二時三十分より十四時三十分まで「ファミリー民宿朝比奈」にて祝賀会「化石さんを囲む会」開催。朝比奈尋常小学校の同級生や地元の人等六十名出席。その後、生家で親戚を招いて祝賀会。生家に二泊し、姉や親族、朝比奈尋常高等小学校時代の同級生たちと親交を深める。

●平成十五（二〇〇三）年……………八十一歳

一月、『俳句年鑑』矢島渚男選「二〇〇二年一〇〇句選」に〈老と老雀と雀夕涼み〉が入る。二月十六日から四月六日まで、県立土屋文明記念館で「『群馬の俳人』展」が開催され、化石の自筆句稿ノート等が展示される。二月二十二日から三月二十三日まで、群馬県前橋・県庁昭和庁舎特別展示室にて「ハンセン病文学展・栗生楽泉園の文学者たち」（県立土屋文明記念文学館主催）が開催され、化石の自筆句稿ノートも展示される。三月二十三日、県立土屋文明記念館で俳人、大串章の「村越化石について」の講演会。化石たち栗生楽泉園の仲間六人も聴講。五月二十六日、午前〇時五〇分より静岡のＳＢＳテレビで「生くるべし―魂の俳人村越化石―」放映。十月、『句集 蛍袋』（角川書店）刊行。十二月二十八日、「毎日新聞」宇多喜代子「私が選んだ今年の秀句」に〈よき里によき人ら住み茶が咲けり〉が入る。

●平成十六（二〇〇四）年……八十二歳

一月、『俳句年鑑』大石悦子選「二〇〇三年一〇〇句選」に〈童居て十一月の日和かな〉が入る。十月、『俳句』片山由美子「角川俳句賞に見る不易流行」に取り上げられる。「第四回受賞作・山間（自選三十句抄）」、「新作、玉虫」七句、「*あの時代を思う」。

●平成十七（二〇〇五）年……八十三歳

十一月、『俳句界』「巻頭インタビュー 心と魂を詠う～村越化石」。

●平成十八（二〇〇六）年……八十四歳

一月、『俳句年鑑』大串章選「二〇〇五年一〇〇句選」に〈恵方とす雀の声のする方を〉が入る。四月、『俳句界』栗林浩「生くるべし―魂の俳人・村越化石」。十二月、『俳句研究』「平成十八年俳人大アンケート俳句の現在」で木割大雄と高橋悦男が「今年のベスト3句」のトップに化石の句を上げ、山西雅子が二番目に上げる。

●平成十九（二〇〇七）年……八十五歳

六月、『俳句朝日』「特集『村越化石』強靭な詩懇」。八月、『俳句研究』「『俳句研究』掲載作品から選ぶ平成の秀句一〇〇句鑑賞事典」に加藤かな女、片山由美子、三村純也が選んだ〈見えぬ眼の目の前に置く柿一つ〉が入る。『句集 八十路』（角川書店）刊行。十二月十六日、「毎日新聞」大石悦子選「私が選んだ今年の秀句」に〈わが夜長森の夜長とつながれり〉が入る。

●平成二十（二〇〇八）年……八十六歳

一月、『俳句年鑑』池田澄子選「二〇〇七年一〇〇句選」に〈わが夜長森の夜長とつながれり〉が入る。二月二十六日、『句集 八十路』で第八回山本健吉文学賞受賞。五月、『俳句界』に山本健吉文学賞の金子兜太の選評と化石の「受賞のことば・受賞作品より十五句」。十二月十四日、「毎日新聞」大石悦子選「私が選んだ今年の秀句」に〈草噛みて草芳しき今を生く〉が入る。

●**平成二十一（二〇〇九）年**……………………**八十七歳**

一月、『俳句年鑑』長谷川櫂選「二〇〇八年一〇〇句選」に〈生きてこそ生きてゐてこそ雑煮食ふ〉が入る。二月、『致知』「句に託した賜生の喜び 俳人村越化石」。八月二十三日、藤枝市文学館の職員らが化石を訪れてDVDを作るための取材をする。十一月、心不全により入院（やがて楽泉園の病棟から長野原町にある西吾妻福祉総合病院に転院。その後、再び楽泉園の病棟に移り、八か月間の闘病生活）。

●**平成二十二（二〇一〇）年**……………………**八十八歳**

八月、盆過ぎに故郷の家族が総勢八人で化石に会いに来る。二十七日、化石のインタビューで構成されたDVD「心眼—村越化石 魂を句に託して」（インタビュアー・三浦晴子、解説・静岡県立大名誉教授の関森勝夫）が完成し藤枝文学館で公開が始まる。また藤枝市の三図書館でも貸し出される。十月、『句集 団扇』（角川書店）刊行。十二月、『俳句年鑑』正木ゆう子選「二〇一〇年一〇〇句選」に〈昔拾ひし石の一つと春惜しむ〉が入る。十九日、「毎日新聞」「私が選んだ今年の秀句」廣瀬直人選に〈昔拾ひし石の一つと春惜しむ〉が入る。ここ数年、竹中龍青は体調を崩し入退院を繰り返していたが、体調のいいある日、一人で化石に会いに行く。

●**平成二十三（二〇一一）年**……………………**八十九歳**

三月二十日、竹中龍青逝去。享年七十七。七月二十五日、中沢文次郎逝去。享年九十。十月、この頃、化石の甥の鉦吾見舞いに訪れる。この時化石は、自分の死後のことを彼に頼んだと思われる。十二月二十五日、「毎日新聞」大峯あきら選「私が選んだ今年の秀句」に〈行く雲を指さす二月来りけり〉が入る。二十八日、「読売新聞」「『五七五 七七』欄十二月の題 つなぐ」五句。

●**平成二十四（二〇一二）年**……………………**九十歳**

六月、『俳句』（七月号）矢島渚男・宇多喜代子・岩淵喜代子・今井聖・山下千津子・津川絵理子選「極めつき！ 平成の六〇〇句」（二十名が三十句選ぶ）

中に一句ずつ入る。八月、『濱』「*『濱』の思い出 俳句の絆」。十月、『高原』「栗生楽泉園創立八十周年記念特集号」「*高原俳句会」。

●平成二十五（二〇一三）年……九十一歳

一月、この頃、竹中龍青の三男の龍太が、友人の姜信子と共に化石に会いに来る。翌日、栗生楽泉園の詩人谺雄二を交えて四人で句会をする。四月、『高原』「*私の俳句作法」。『自選句集 籠枕』（文學の森）刊行。五月、『高原』「*私の俳句作法②」。六月、『高原』「*私の俳句作法③」。七月、『高原』「*私の俳句作法④」。八月、『濱』（最終号）「母の日」十句。『高原』「*私の俳句作法⑤」。九月、『高原』「*私の俳句作法⑥」。十月、『高原』「*私の俳句作法⑦」。十一月、『高原』「*私の俳句作法⑧」。十二月十三、十四日、三浦晴子夫妻、九十一歳を迎える化石を祝うために栗生楽泉園の病室を見舞う。化石は、彼らが持参した自然薯のとろろ汁と朝採れの苺を美味しそうに食べ、妻のなみに逢いたいと晴子夫妻に懇願する。翌朝、化石夫妻の対面が叶う。

●平成二十六（二〇一四）年……

三月八日、午後六時二十四分、老衰のために逝去。享年九十一。告別式は十日、近親者のみで行った。十日の「静岡新聞」（夕刊）は、いち早く化石の訃報を伝えた。十一日の「朝日新聞」「読売新聞」「毎日新聞」「日経新聞」「産経新聞」等の全国紙や出身県の「静岡新聞」（前日よりも詳しい記事と「評伝」）、栗生楽泉園のある「上毛新聞」は一斉に化石の訃報を掲載した。またその他の全国の各紙の多くは、この日と翌日にかけて化石の訃報を掲載した。十一日、「東京新聞」（夕刊）後藤喜一・評伝『魂の俳人』村越化石さん死去／心の眼で詠み続け」。十二日、「読売新聞」一面の「編集手帳」欄で化石の死を悼んでいる。この日の早朝、化石の甥の鉦吾と三浦晴子夫妻は、化石の遺骨を分骨しに栗生楽泉園に向かう。十五日、「信濃毎日新聞」「文化」欄に大串章「詠み続けた命の句／村越化石さんを悼む」（この文章は三月十七日の「静岡新聞」、同月二十一日の「東奥日報」や四月一日の「神奈川新聞」にも掲載された）。二十二日、「上毛新聞」「魂の俳人村越化石さん逝く／病と向き合い生命詠む／作風澄んで明るく」、林桂「化石氏を悼む／境涯俳句の極北ゆく」。三十一日、「毎日新聞」「悼む」欄に酒井佐忠「『心眼』が生み出す言葉」。「読売新聞」（夕刊）「文化やすらぎ」欄に宇多喜代子「村越化石さんを悼む」。四月十九日の十時から、村越家で化石の四十九日の法要が営まれる。その後納骨。正午から「ファミリー民宿朝比奈」で「化石先生を偲ぶ会」が開催される。化石に縁のある四十名が出席。『俳句』（五月号）「緊急企画・追悼村越化石の生涯と仕事」。五月、『高原』三句「自選十句・百千鳥」（生前最後の作品）。十二月、『俳句年鑑』「物故俳人名彙」欄掲載。

付記◉化石の俳句は、『高原』と『濱』には、目の治療をした時期を除き、ほとんど毎月のように掲載されている。また晩年には、栗生楽泉園の盲人会の機関紙『高嶺』にも掲載された。全国版の句誌では、『俳句』が彼のホームグランドで、彼の俳句や随筆の掲載は、年に二、三回前後、晩年まで続いている。同誌の俳句月評や鼎談にも取り上げられることが多かった。平成十九年に終刊した『俳句研究』がこれに続く。また『俳壇』や平成十九年に終刊した『俳句朝日』にも時々掲載された。化石の発表された随筆や評論も多く、ここに紹介したものが総てではない。化石についての紙誌の記事も多く、これらを纏めて発表しようとしたが、膨大な量で、掲載は不可能であった。

参考文献

［化石の句集］
『句集 獨眼』（琅玕洞 一九六二年）
『句集 山國抄』（濱発行所 一九七四年）
『句集 端坐』（濱発行所 一九八二年）
『句集 筒鳥』（濱発行所 一九八八年）
『句集 石と杖』（濱発行所 一九九二年）
『村越化石集 八十八夜』（日本全国俳人叢書 近代文芸社 一九九七年）
『句集 蛍袋』（角川書店 二〇〇三年）
『句集 八十路』（角川書店 二〇〇七年）
『句集 団扇』（角川書店 二〇一〇年）
『自選句集 籠枕』（文學の森 二〇一三年）

［自註自解］
『自註現代俳句シリーズ第二期38 村越化石集』（俳人協会 一九七九年）

［化石の作品が収録された主なもの］
『現代俳句大系 第12巻 昭和三十四〜四十三年』（『句集獨眼』収録）安住敦他編（角川書店 一九七三年）
『現代俳句集成第十五巻［昭和XI］』（『句集山國抄』収録）山本健吉他編（河出書房新社 一九八一年）
『俳人協会賞作品集』（『句集山國抄』収録）（俳人協会編 永田書房 一九八二年）
『現代の俳句』（五十句収録）（平井照敏編 講談社 一九九三年）
『群馬文学全集第十三巻 群馬の俳人』（「村越化石」収録）林桂編（群馬県立土屋文明記念文学館 二〇〇二年）
『大龍勢 魂の俳人 村越化石句碑建立記念集』（村越化石句碑建立実行委員会 二〇〇二年）
『ハンセン病文学全集9 俳句川柳』（百六十六句収録）（大岡信・田口麦彦責任編集 皓星社 二〇一〇年）

［俳人協会会員名鑑］
『俳人協会会員名鑑』（略歴・代表句三句）（俳人協会 一九八二年）
『俳人協会会員名鑑 平成十一年』（略歴・代表句一句）（俳人協会 一九九九年）

［『現代俳句選集』他］

『現代俳句選集　第一集』（「山國抄」三十句）（俳人協会　一九六四年）
『現代俳句選集　第二集』（「鳥けもの」三十句）（俳人協会　一九六七年）
『現代俳句選集　第三集』（「深息」十二句）（俳人協会　一九七〇年）
『現代俳句全集　第四集』（「柿の暮」十五句）（俳人協会　一九七三年）
『現代俳句選集　第五集下』（「花鳥の夢」十五句）（俳人協会　一九七七年）
『現代俳句選集　第六集下』（「杖一本」十二句）（俳人協会　一九八〇年）
『現代俳句選集　第七集』（「籠枕」十二句）（俳人協会　一九八四年）
『現代俳句選集　第八集』（十二句）（俳人協会　一九八七年）
『季題別現代俳句選集　平成五年』（三句）（俳人協会　一九九三年）
『季題別現代俳句選集　平成九年』（三句）（俳人協会　一九九七年）
『季題別現代俳句選集　平成十三年』（三句）（俳人協会　二〇〇一年）

［『濱代表作品選集』及び『濱』関連書籍］

『句集　海音』（濱代表作品選集　二十九句）（大野林火編　近藤書店　一九五八年）
『句集　荒鋤』（濱代表作品選集　三十句）（大野林火編　濱発行所　一九六二年）
『句集　風炎』（濱代表作品選集　十四句）（大野林火編　濱発行所　一九六六年）
『句集　海橋』（濱代表作品選集　十五句）（大野林火編　濱発行所　一九七〇年）
『濱俳句選集』（濱俳句選集　四十九句）（大野林火編　濱発行所　一九七五年）
『濱俳句鑑賞』（十六句）（大野林火編　濱発行所　一九七八年）
『爽籟　濱四十周年記念合同句集』（十四句）（松崎鉄之介編　濱発行所　一九八五年）
『濱　俳句鑑賞』（一句）（松崎鉄之介編　梅里書房　二〇〇四年）
『濱七百句』（十九句）（濱発行所編　梅里書房　二〇〇五年）

［高原俳句会の合同句集］

『句集　火山翳』（七十二句・「刊行に際して」収録）（栗生楽泉園俳句会　大野林火編　近藤書店　一九五五年）

『句集　雪割』（九十二句・「謝辞」収録）（栗生楽泉園俳句会　大野林火編　草津栗生楽泉園　一九六五年）

『句集　一代畑』（七十九句・「後記」収録）（栗生楽泉園高原俳句会　大野林火編　栗生楽泉園高原俳句会　一九七六年）

『句集　花鳥山水譜』（四十一句・「あとがき」収録）（栗生楽泉園高原俳句会　高原俳句会編　一九八九年）

［『俳句甲子園』『ラジオ深夜便』『富士山百人一句』］

『第一回　俳句甲子園』（一句収録）（ＮＴＴ出版　二〇〇〇年）

『第三回　俳句甲子園』（一句収録）（ＮＴＴ出版　二〇〇二年）

『ラジオ深夜便　誕生日の花ときょうの一句』（一句収録）（ＮＨＫサービスセンター　二〇〇八年）

『ラジオ深夜便　誕生日の花ときょうの一句第二集』（一句収録）（ＮＨＫサービスセンター　二〇一一年）

『富士山百人一句』（一句収録）（静岡県文化・観光部　二〇一二年三月　二版）

［化石のインタビュー・評伝］

竹村実との対談「第27回点毎文化賞を受賞した村越化石さん」（『視覚障害』一九九一年一月号）

竹内　実「魂の俳人　村越化石」『道ひとすじ―昭和を生きた盲人たち―』（あづさ書店　一九九三年）

村越化石・村松栄子・中沢文次郎「大野林火を語る―村越化石」（『百鳥』一九九四年八月号）

榊原陸一「みなさんご存知ですか　村越化石」（『広報おかべ』二〇〇二年十月号）

「村越化石　白露やまみえし富士の御姿」『ふるさと田園都市　おかべ　岡部町制施行50周年記念誌』（二〇〇五年三月）

栗林浩「心と魂を詠う―村越化石」（『俳句界』二〇〇五年十一月号）

栗林浩「生くるべし―魂の俳人・村越化石」（『俳句界』二〇〇六年四月号）（『俳人探訪』文學の森　二〇〇七年に再録）

「特集『村越化石』強靭な詩魂」：村越化石・自選八十句、越村蔵「栗生楽泉園や生家を訪ねて」、村上護「村越化石　揺るぎなきその句業」（『俳句朝日』二〇〇七年六月号）

村越化石「インタビュー・句に託した賜生の喜び」

(『致知』二〇〇九年三月号)

「特集 魂の俳人 村越化石」(『広報ふじえだ』二〇一〇年七月五日号)

「追悼 村越化石の生涯と仕事」:宇多喜代子「『生くるべし』の生涯」、大串章他「一句鑑賞」、栗林浩「村越化石一〇〇句選 永遠の帰郷」、『俳句』編集部編「村越化石略年譜」(『俳句』二〇一四年五月号)

「追悼 村越化石 魂の俳人 母と故郷への愛」(『広報ふじえだ』二〇一四年五月五日号)

[化石論・化石に触れたもの]

大和白玲「―濱賞を授けられた―化石君を讃う」(『高原』一九五二年早春号)

山本よ志朗「化石の足音」(『濱』一九五八年十一月号)

羽賀義雄「化石君の受賞を祝う」、大和白玲「受賞祝賀会記」、山本よ志朗他五名「『山間』鑑賞」(『高原』一九五九年一月号)

山本よ志朗「化石のこと」(『濱』一九七四年九月号)

横山石鳥「化石俳句の出発『山国抄』俳人協会賞受賞に思う」(『高原』一九七五年五月号)

大串章「村越化石論」『現代俳句の山河』(黙阿弥書店 一九九四年)

阿部誠文「村越化石」『輝ける俳人たち』(邑書林 一九九六年)

大串章「村越化石のこと・他」『大串章講演集 俳句とともに』(文學の森 二〇一四年)

諸談子「俳句時評・句集『伎芸天』ほか」(『馬酔木』一九七五年四月号)

清水基吉「配所の月―赤城さかえ・村越化石」『意中の俳人たち』(富士見書房 一九八九年)

松沢清之「村越化石氏の点字毎日文化賞受賞」(『高嶺』一九九一年一月)

坂口たつを「俳人村越化石さんに会う その①街道」(『菊池野』一九九三年十月号)

坂口たつを「俳人村越化石さんに会う その②師弟」(『菊池野』一九九三年十一月号)

坂口たつを「俳人村越化石さんに会う その③母と妻」(『菊池野』一九九三年十二月号)

林桂「村越化石―心眼明眸の俳人―」『群馬の作家たち』(土屋文明記念文学館編 塙書房 一九九八年)

榊原陸一「村越化石の句碑建立について」(『藤枝文学舎ニュース42号』二〇〇二年十月)

柳田邦男「言葉が息づく時」（『文芸春秋』二〇〇五年三月臨時増刊号）

大石裕美「映像番組制作うらばなし①心眼―俳人村越化石、魂を句に託して」（『藤枝文学舎ニュース73号』二〇一〇年七月）

大石裕美「映像番組制作うらばなし②心眼―俳人村越化石、魂を句に託して」（『藤枝文学舎ニュース74号』二〇一〇年一〇月）

「魂の俳人　村越化石」『藤枝市史　通史編下　近世・近現代』（藤枝市　二〇一一年）

由利雪二「難病の俳人たち　村越化石」（『俳句四季』二〇一一年一二月号）

水野真由美「村越化石と阪口涯子―二つの青を見た人たち」『小さな神へ　未明の詩学』（上武印刷株式会社　二〇一二年）

大石裕美「魂の俳人・村越化石さんを悼む」（『藤枝文学舎ニュース86号』二〇一四年八月）

姜信子『声　千年先に届くほどに』（ぷねうま舎　二〇一五年）

小嶋良之「魂の俳人　村越化石」『志太の人物遺産』（志太情報創造ネット　二〇一七年）

角谷昌子「村越化石―心眼心耳の世界へ」『俳句の水脈を求めて　平成に逝った俳人たち』（角川文化振興財団　二〇一八年）

［年譜関係］

高原俳句会「二〇年の歩み（1）」（『高原』一九七〇年一二月号）

高原俳句会「二〇年の歩み（2）」（『高原』一九七一年一月号）

山本よ志朗「高原俳句会の足音」（『高原』一九七八年十月号）

『濱年譜　一号（一九四六）～五〇〇号（一九八七・八）』（濱発行所　一九八八年）

林　桂編「年譜」『群馬文学全集第一三巻　群馬の俳人』（群馬県立土屋文明記念文学館　二〇〇二年）

［化石関係の座談会］

「《座談会》いのちの記録　句集『独眼』を囲んで」出席者・高原俳句会員、司会・金子晃典（『高原』一九六三年四月号）

「―座談会―こんな療養所でありたい〈生きがいと

いうこと〉」沢田五郎、村越化石、市川峯一、大和武夫（『高原』一九七二年八月号）
「『山国抄』をめぐり」出席者・化石、中沢文次郎、横山石鳥、沢田五郎（『濱』一九七五年三月号）
「座談会 四十年の回顧」司会古川 出席者・化石他（『あしあと』一九七六年七月号）

［前田普羅関係］

前田普羅『定本普羅句集』（辛夷社 一九七二年）
中西舗士『前田普羅』（角川書店 一九七一年）

［本田一杉関係］

本田一杉「診療閑話」（『ホトトギス』一九三四年四月号）
本田一杉 句文集『大汝』（鳴野発行所 一九三九年）
本田一杉『句集 雲海』（星雲社 一九四九年）
本田泰三「本田一杉」『大阪の俳人たち3』（大阪俳句史研究会編 和泉書院 一九九三年）

［大野林火関係］

大野林火「村越化石君」（『高原』一九五二年早春号）
大野林火「村越化石角川俳句賞受賞祝賀会講演」（『高原』一九五九年一月号）
大野林火「松虫草—私の俳句歳時記・八月—」（『濱』一九七六年十月号）
大野林火『行雲流水』（明治書院 一九七九年）
大野林火『大野林火全句集上』／『大野林火全句集下』（明治書院 一九八三年）
宮津昭彦『大野林火の世界』（梅里書房 一九九〇年）
大野林火『大野林火全集 第七巻・自句自解、随筆』（梅里書房 一九九四年）
大野林火『大野林火全集 第八巻・未刊評論』（梅里書房 一九九四年）

［松崎鉄之介関係］

「同人ぷろふいる・松崎鉄之介」（『濱』一九八二年四月号）
中戸川朝人「『歩行者』と松崎鉄之介」（『俳句研究』一九八〇年二月号）
岡田 鉄「松崎鉄之介」（『俳句研究』一九八一年八月号）
松崎鉄之介「今日に至るまで—私の俳歴一通」（『俳句』一九八九年四月号）

【野澤節子関係】

松村多美『野澤節子 ひたすらのいのち』（北溟社 二〇一三年）

野澤節子『野澤節子全句集』（ふらんす堂 二〇一五年）

【中沢文次郎関係】

「同人ぷろふぃる・中沢文次郎」（『濱』一九七九年十一月号）

中沢文次郎『句集 山座』（濱発行所 一九七九年）

【竹中龍青関係】

「同人ぷろふぃる・竹中龍青」（『濱』一九八〇年三月号）

竹中龍青『句集 蠶影』（濱発行所 一九八八年）

宮坂静生「凛乎たる父性―「蠶影」讃―」（『濱』一九八八年十二月号）

一ノ瀬綾「『蠶影』に目を洗われる」（『濱』一九八八年十二月号）

【三浦晴子関係】

三浦妃代『句集 花野に佇つ』（濱発行所 一九九六年）

三浦晴子『句集 晴』（濱発行所 一九九八年）

三浦勲『句集 生きる』（濱発行所 二〇〇〇年）

三浦晴子「村越化石句碑建立に参加して」（『濱』二〇〇一年二月号）

三浦晴子「手紙」（草津光泉寺の化石句碑建立に触れたもの）（『高原』二〇〇一年三月号）

三浦晴子「村越化石句碑建立に寄せて」（『濱』二〇〇三年一月号）

三浦晴子「うたをよむ 火種のごとく」（「朝日新聞」二〇一四年五月十二日）

三浦晴子「レポート追悼 村越化石『村越化石先生を偲ぶ会』に寄せて」（『俳句界』二〇一四年七月号）

三浦晴子「村越化石の一句（四）」（『湧』二〇一六年四月号）～「村越化石の一句（三十九）（最終回）」（『湧』二〇一九年三月号）

【栗生楽泉園関係】

山本よ志朗・加藤三郎共著『御座の湯口碑』（御座の湯口碑刊行協力委員会 一九七二年）

栗生楽泉園入園者自治会編・発行『風雪の紋―栗生楽泉園患者50年史』（一九八二年）

『湯けむりの園 栗生盲人会五十年史』（栗生楽泉園盲

人会編・発行一九八六年）
『続湯けむりの園　栗生盲人会創立六十周年記念文集』（栗生楽泉園盲人会編・発行一九九六年）

［化石の学校に関するもの］
藤枝市史編さん専門委員会編「朝比奈尋常高等小学校」『静岡県志太郡朝比奈村誌（復刻）藤枝市史叢書15』（藤枝市　二〇一一年）
静岡県立藤枝東高等学校編『藤枝東高五十年史』（藤枝東高創立50周年記念事業実行委員会　一九七四年）
『藤枝東高90年の記録』（静岡県立藤枝東高等学校編・発行二〇一四年）

［化石縁の土地に関するもの］
岡部町史編纂委員会編『岡部町史』（静岡県志太郡岡部町　一九七〇年）
群馬県高等学校教育研究会歴史部会編『歴史散歩⑩群馬県の歴史散歩』（山川出版社　二〇〇五年）
藤枝市史編さん専門委員会編『静岡県志太郡　岡部町誌（復刻）藤枝市誌叢書14』（藤枝市　二〇一〇年）
藤枝市史編さん委員会編『図説　藤枝市史』（「魂の俳人村越化石」収録）（静岡県藤枝市　二〇一三年）

［ハンセン病関係］
藤楓協会編・発行『光田健輔と日本のらい予防事業―らい予防法五十周年記念―』（一九五八年）
全国ハンセン氏病患者協議会編『全患協運動史　ハンセン氏病患者のたたかいの記録』（化石の『句集　山國抄』より十句収録）（一光社　一九七七年）
長島愛生園入園者自治会『隔絶の里程―長島愛生園入園者五十年史―』（日本文教出版　一九八二年）
聖成稔他『創立三十周年誌』（藤楓協会　一九八三年）
山本俊一『日本らい史』（東京大学出版会　一九九三年）
中村茂『草津「喜びの谷」の物語　コンウォール・リーとハンセン病』（教文館　二〇〇七年）

［俳句関係］
山本三生編『俳諧歳時記　新年』／『俳諧歳時記　春』／『俳諧歳時記　夏』／『俳諧歳時記　秋』／『俳諧歳時記　冬』（改造社　一九三三年）
著作者代表・水原秋櫻子『現代俳句　第一巻』／著作者代表・松本たかし『現代俳句　第二巻』（河出書

房　一九四〇年）
社団法人俳人協会『俳人協会の歩み―記録で綴る四十五年―』（梅里書房　二〇〇六年）
鷹羽狩行『俳人協会四十年小史』（俳人協会　二〇〇一年）
長谷川櫂編著『現代俳句の鑑賞１０１』（新書館　二〇〇一年）
金子兜太編『現代の俳人１０１』（新書館　二〇〇四年）

［**同時代を知るために参考にしたもの**］
今井清一『日本の歴史23大正デモクラシー』（中公文庫　一九七四年）
大内力『日本の歴史24ファシズムへの道』（中公文庫　一九七四年）
林茂『日本の歴史25太平洋戦争』（中公文庫　一九七四年）
岩崎爾郎『物価世相１００年』（読売新聞社　一九八二年）

［**その他参考資料**］
日本近代文学館編『日本近代文学大事典』（一～五巻　講談社　一九七七年）

謝辞

本書の執筆にあたり、次の方々にお世話になりました。記してお礼申し上げます（敬称略）。

宇佐美恒城　江口元治　大串 章　金井正之　小林 綾　駒林明代　榊原陸一　坂本浩之助　佐藤 学
澤本行央　重富朋子　関森勝夫　曽我大八　竹中 透　田中美江　中沢孝之　福富裕子　細田亜津抄
新妻 幸　増田弘子　増田玲子　松浦志保　村越鉦吾　村越博子　村越吉直　村山隆司　諸田雄斗　柳田邦男
山本庄吾
湯本光夫　吉野洋子　渡辺紋加　藁科光彦

島田市立川根図書館　島田市立島田図書館　藤枝市立おかべ図書館　藤枝市立岡出山図書館
藤枝市郷土博物館・文学館　沼津市立図書館　浜松市立城北図書館　静岡市南部図書館　静岡市立中央図書館
静岡県立中央図書館　草津町立温泉図書館　群馬県立図書館　群馬県立土屋文明記念文学館
長島愛生園愛生誌編集部　大阪府立中之島図書館　富山県立図書館　東京都立中央図書館
神奈川県立図書館　リーかあさま記念館　致知出版社編集部　神奈川近代文学館　日本近代文学館
俳句文学館　国立ハンセン病資料館図書室　国立国会図書館　国立療養所栗生楽泉園
栗生楽泉園入園者自治会　公益社団法人群馬県視覚障害者福祉協会　国立療養所多磨全生園
大阪市城東区役所　朝比奈第一小学校　藤枝東高等学校

著者略歴

荒波 力（あらなみちから）

一九五一年静岡県生まれ。静岡工業高校（現・科学技術高校）土木科卒。作家・評論家。十九歳のとき作家の堤玲子と出会い文章の手ほどきを受ける。三十八歳のとき京大名誉教授で歴史家の会田雄次と出会い、物の見方を教えられる。以来私淑。主要著書『火だるま槐多』、『青嵐の関根正二』（以上春秋社）、『よみがえる〝万葉歌人〟明石海人』（新潮社）、『知の巨人 評伝生田長江』、『幾世の底より 評伝・明石海人』（以上白水社）等。

現住所 〒428-0104 静岡県島田市川根町家山778の1

生きねばや――評伝 村越化石

発行日　二〇二三年一月三〇日発行
著者　荒波力
編集　米澤敬
エディトリアル・デザイン　松川祐子
印刷・製本　シナノ印刷株式会社
発行者　岡田澄江
発行　工作舎 editorial corporation for human becoming
〒169-0072　東京都新宿区大久保2-4-12 新宿ラムダックスビル12F
Phone：03-5155-8940　Fax：03-5155-8941
URL：www.kousakusha.co.jp
E-mail：saturn@kousakusha.co.jp
ISBN978-4-87502-552-8

ハンセン病　日本と世界

ハンセン病フォーラム＝編

加賀乙彦、杉良太郎など国内外で支援活動を行う人々や元患者など、総勢41名が多角的にハンセン病について語り、綴る。ハンセン病の全体像を捉え直す画期的な書。オールカラー。

A5判変型―376頁―定価　本体2500円＋税

地球を駆ける

笹川陽平

日本財団会長であり、WHOハンセン病制圧大使を務める笹川陽平の、ハンセン病撲滅とハンセン病差別撤廃に向けた闘いの記録。2001年から2020年まで約70カ国におよぶ活動を収める。

A5判上製―936頁―定価　本体2800円＋税

Ibasyo

岡原功祐

5人の女性たちの自傷行為をめぐるフォト・ドキュメンタリー。「居場所」を求めながら、自らを傷つけずにはいられなかった彼女たちの細やかな心性に、気鋭の写真家・岡原功祐が光をあてる。

四六判変型フランス装―372頁―定価　本体2800円＋税

うたかたの国

松岡正剛

物語も、日記も、信心も、日本は歌とともにあった。万葉集から歌謡曲まで、百月一首から琉歌まで、松岡詩歌論30余冊をリミックス。歌を忘れた日本人のために、歌で辿る日本の文化史。

四六判―428頁―定価　本体1800円＋税

古書の森　逍遥

黒岩比佐子

サントリー学芸賞の気鋭のノンフィクション作家が古書展通いで出会った魅力的な雑書たち。村井弦斎、国木田独歩など作家が追うテーマの軌跡とともに、近代日本の出版文化を浮き彫りにする。

A5判―396頁―定価　本体3200円＋税

新・文學入門

岡崎武志＋山本善行

人気古本ライター・岡崎武志と関西古本業界の雄・山本善行の痛快文学談義。埋もれた名作を古本めぐりで発見する楽しみ。やがて、独断と偏見に満ちた架空の日本文学全集企画が全貌をあらわす。

四六判―456頁―定価　本体2300円＋税